12. Juni 2020

Alles Liebe.

viel Vergnügen ...

es ist ein Roman!

Herzlich,

Paul

Gefördert von der Stadt Wien Kultur.

Stadt
Wien

Der Autor bedankt sich beim Land Kärnten
für das großzügige Stipendium.

LAND KÄRNTEN
Kultur

FSC
www.fsc.org
MIX
Papier aus verantwortungsvollen Quellen
FSC® C012536

Lektorat: Elvira M. Gross
Umschlag und Satz: Jürgen Schütz
Umschlagbild: *Der Gipfel der Lust* © 2007, Christian Einfalt
Druck und Bindung: Buch Theiss GmbH
Printed in Austria

ISBN: 978-3-902711-88-5
www.septime-verlag.at
www.facebook.com/septimeverlag | www.twitter.com/septimeverlag

Paul Auer

FALLEN

Roman

Vorgeschichte

Bauschige Wolken, die sich in weißem Marmor spiegelten … feuergelbe Sonnen, die sich im Blau des Himmels wiegten. Unsere Haut war von Gold- und Blütenstaub bedeckt. Die Wangen karmesinrot. Feiner noch als Byssus war unser Haar, und in unseren Augen lag der Schimmer von Mandelblüten. Unsere Flügel, bestückt mit Smaragden, Rubinen und Rosen, waren weißer noch als Schnee. Sobald wir sie schwangen, rauschten die Meere, duftete es nach Myrrhe und Zimt. Nie wurden sie müde, nie mussten wir schlafen, der Tag war die Nacht, und die Nacht war der Tag. Wann immer wir die Blicke senkten, spiegelten sich bauschige Wolken; wann immer wir die Köpfe reckten, wiegten sich feuergelbe Sonnen. Schwiegen wir, so träumten wir, und träumten wir, so sprachen wir, und sprachen wir, so sangen wir, und wenn wir sangen, wurden Welten erschaffen, Welten, endlos und schön. Die Wasser waren klar und die Wälder smaragden, die Wiesen prächtig und die Früchte üppig, die Tiere waren frei und die Lüfte rein und so wärmend und zärtlich wie göttlicher Atem auf unseren Stirnen. Alles, ich sage euch, alles war Liebe. Alles war gut, war endlos und schön. Da war Lachen und Freude und Spiel – bis eines Tages es Ihm gefiel …

Niemals wären wir bereit gewesen, vorbereitet auf jenen Tag, der uns entzweite und die Erde verseuchte, der uns verwirrte und alles begrenzte, der uns die feuergelben Sonnen verrußte, der uns die bauschigen Wolken zerschnitt. Schuld und Scham und Hass luden wir auf uns, obwohl die Zerstörung ja ausging von Ihm; Er war es, der die Sünde beging, denn Er hat euch erschaffen. Wir wollten retten, warnen, rufen, wir wollten glauben, dies wäre die Prüfung: das drohende Unheil zu erkennen. Wir suchten Ihn auf und blickten in Seine Augen, darin wir selbst erzitterten. Denn Er war ein Anderer, anders geworden, ein schwarzer Schleier in blutigem Schleim. Er blies uns Miasma auf die Stirn, zwang uns, ehe wir das Wort ergreifen konnten, uns vor Ihm auf den Boden zu werfen, Angst überfiel uns – das Gefühl war uns fremd. Wir streckten uns hin, erkaltet und grau, erbrachen Lachen und Freude und Spiel. Lagen gebrochen und hörten uns flüstern, hörten uns ahnen und warnen, befürchten, fühlten und hofften und wollten bloß fort, bloß fort … Doch lahmten die Flügel, die Zungen, die Glieder. Dann gab Er Befehl aufzustehen und sagte: Den Zorn, wir hätten ihn verdient. Wir haben es verdient, verspottet zu werden, bespuckt und geschlagen, verhöhnt und beschimpft, von Ihm und den Seinen, die waren wie wir, wir waren wie sie, davor. Wir hörten Ihn donnern in Schleier und Schleim: »Nie und nimmer wird dieser Frevel verziehen werden! Zu allen Zeiten, in allen Welten seist du von nun an verstoßen! Verstoßen, verwunschen, gemieden, gehasst! Dein Name sei Abschaum, dein Antlitz sei Ekel, dein Körper ein faulendes, stinkendes Fleisch! Allein wirst du sein, getrieben und hungrig, und niemals wirst du Gefährten finden, nie wieder jemals zur Ruhe kommen, nie wird dein Hunger gestillt werden! Er wird dich verbittern, er wird dich quälen, und kein Geschöpf, nicht mal du selbst, wird dich je wieder lieben; kein Geschöpft, nicht mal dich selbst, wirst du je wieder lieben!«

Michaels Schwerthieb, die Flügel am Boden, Risse im Marmor, Schwefel steigt auf. Steigt in Mund, Nase und Ohren desjenigen, der nun der Lichtträger heißt; der nichts mehr spüren wird, bloß noch erahnen, sein Schreien, sein Hallen durch Welten, beim Fallen, sein Fallen … sein grausamer, ewiger Fall.

1.

Tommy hatte recht. Den ganzen Plunder in die Luft sprengen, aufhören mit dem Gejammer, kurzen Prozess machen, Action. Dann ab ins Kloster, eine ruhige Kugel schieben. Ein bisschen arbeiten, ein bisschen beten, ein bisschen bereuen. Vielleicht wirklich zu einer Religion finden, wenigstens zu Gott. Wird es zu langweilig, gibt es irgendwo einen Strick. Putzmittel. Eine Rasierklinge. Die einzig würdevolle Art zu leben, zu sterben. Gleich morgen eine Karte schreiben: ›Tommy, Du hattest recht!‹ Dann ab ins Kloster. Tommy könnte ja nachkommen. Wir könnten leben wie in der guten alten Zeit.

»Christian, alles klar da drin?«

Hier gibt es weder Strick noch Putzmittel, nicht mal eine Rasierklinge. Gesprengt habe ich auch nichts, noch nicht. Also weitermachen, aufstehen, Hosen raufziehen, spülen. Tür auf, lächeln, ganz Herr der Lage. Souveräne Schritte setzen, selbst wenn die Wände drängeln, der Boden wankt. Die Küchentür wie ein verrutschter Bilderrahmen. Beim Tisch sitzen nur mehr Stefan und … hey, was hat Stefan da in seiner Hand? Doch nicht etwa … den *Eumeswil*? »Du hast das Paket schon aufgemacht?«

»Ja, hab ich«, antwortet Stefan, ohne den Kopf zu wenden. »Woher hast du das Buch?«

Martha … Martha … nein, die ist nicht mehr da. Ich muss keinen auf souverän machen, nicht Herr der Lage sein. Stefan, dieser Hund, macht mein Geschenk einfach auf! Dem muss mal jemand die Leviten lesen, aber zuerst … was liege ich da überhaupt herum? Dieser Küchenboden ist auch nicht der sauberste. Dafür bekommt Stefan eine Putzfrau finanziert? Für meine Mutter ist das nicht drin, trotzdem könnte man bei mir den Boden ablecken. Wie bin ich überhaupt hingefallen? Zu einem Stuhl kriechen, die Lehne umklammern, mich wieder hochziehen. Stefan hat nicht mal den Anstand wegzuschauen. Klar, das gefällt dem Schnösel, wenn sich ein anderer blamiert.

»Jetzt sag schon, wo hast du das Buch her? Sogar eine Originalausgabe. Hat da Jünger selbst reingeschrieben?«

Ich lehne mich zurück, greife nach meinen Zigaretten. Bierdosen scheppern. »Du hast es also wirklich aufgemacht?« Fuck, so larmoyant. Ich möchte vorwurfsvoll klingen, kühl, ein strenger Vater. Knallrot soll Stefan werden, die Sprache soll es ihm verschlagen. »Das ist unhöflich!« Schon besser. Stefan lässt sich trotzdem nichts anmerken. Schmerzfreier Typ. Ich stecke mir eine Parisienne in den Mund. Ein Streichholz nach dem anderen zischt, flammt auf, verschwindet verkohlt in der Schachtel. Klar, dass sich Stefan jetzt wichtig machen muss. Holt sein Zippo raus, schnippt den Deckel hoch, hält mir die Flamme vors Gesicht. Ach, hätte ich nicht solche Lust aufs Rauchen! Ich würde Stefan das Feuerzeug aus der Hand pfeffern, einen Abgang machen. »Wirklich unhöflich! Ich wollte den perfekten Moment abwarten!«

»Das haben wir gemerkt«, erwidert Stefan. »Seit fast einer Stunde rennst du durch die Wohnung und kündigst dein

Geschenk an. Ganz ehrlich, das war nervig. Was glaubst du, warum die anderen alle gegangen sind? Aber egal, danke. Trotzdem cool. Da wird mein Vater Augen machen …«

»Verdammt, Stefan, es geht nicht um deinen Vater. Es geht um …«

»Meine Güte, Christian, ich bin nicht blöd! Ich weiß, worum es geht! Und wenn du mir nicht verraten willst, wo du das Buch her hast, dann lass es!«

Ich überschlage die Beine, lehne mich zurück, ziehe lange an der Zigarette. Starre Stefan an. Der vorwurfvollste Blick aller Zeiten. Stefan hat ihn verdient, hat verdient, dass ich kein Wort mehr sage. Nichts erzähle. Die Geschichte, die ich mir zurechtgezimmert habe. Vor ein paar Wochen in Dharamsala, letzte Station meiner mühsamen Reise. Als Abschluss zwei Wochen buddhistischer Retreat, schweigen und meditieren, ohne Fluchtmöglichkeiten in Sex, Substanzen, Sentimentalitäten. Zittern, beben und heulen, bis ich leer war, kein Schmerz und keine Tränen mehr in mir, ich wurde reinste Achtsamkeit. Wiedergeboren kam ich raus aus dem Center, wanderte runter in die Stadt, ging in ein Café. Löffelte mit Blick auf die Berge ein Superfood-Müsli, schlürfte Chai Latte. Dermaßen entspannt, beruhigt, mit mir im Reinen, fiel es mir erst nach einiger Zeit auf: Am Sessel neben mir lag dieses Buch, *Eumeswil*, Originalausgabe, vom Autor signiert. Wenn das kein Zeichen war! Abschied und Neubeginn. Das perfekte Geburtstagsgeschenk für Stefan. Er würde augenblicklich verstehen, wir würden einander in die Arme fallen, alle Friktionen vergessen. Mit Jünger in der Hand in den Sonnenuntergang, Tommy winkt uns nach, eine Träne verdrückend. Klug genug, um zu begreifen: Alles im Leben hat ein Ende. Sogar er.

»Christian? Du schaust nicht gut aus. Geht's noch?«

Die abgebrannte Zigarette in meiner Hand, der Tisch gerammelt voll. Stefan, der mich betrachtet wie ein Arzt seinen Patienten. Seine sanften Gesichtszüge, die braunen Augen, die schwarzen Haare zum akkuraten Undercut geschnitten, ein werbetauglicher Dreitagebart – die bösartigsten Typen sind allesamt hübsch.

»Wo ist Martha? Wo sind alle hin?«

»Heute kannst du es aber wieder. Längst gegangen … das solltest du auch. Soll ich dir einen Uber bestellen?«

»Aber das Buch, *Eumeswil* …«

Stefan seufzt. Drama-Queen! Ich lange nach einer Flasche Wein, kippe sie, leer. Erspähe eine andere, strecke die Hand danach aus, die Flasche rückt weg. Stefan, der Hund, gönnt mir gar nichts! Wie ich den Kerl hasse! Diese Stadt, dieses Land, dieses kastrierte Europa. Im dreckigen Indien hätte ich bleiben sollen; ich hätte es schon geschafft, mich …

»Hey, nich einschachen!« Stefan steht in der Tür, Zähne putzend. »Gein Ua wiag geich ga chein.«

Wer hat die Flasche verrückt? Ah. Klar. Von wegen alle gegangen. *Er* sitzt noch da, sitzt immer da; verlässt jede Party als Letzter. Schaut trotzdem am Frischesten aus mit seinen blonden Dreads, seinen blauen Augen, dem Michel-von-Lönneberga-Grinsen. Nicht mal die Narbe über dem rechten Auge ein Makel. Tommy … ausgerechnet du missgönnst mir den Wein? … Stefan hat sich wohl wieder ins Badezimmer verzogen. Also nochmal: Ich strecke die Hand nach der Flasche aus und – Tommy schnappt sie sich, stellt sie auf den Boden.

»Was soll der Scheiß?«

Tommy schweigt. Bitterböse sieht er drein. Kramt in

seinen Hosentaschen, fischt was raus. Eine … Rasierklinge? Tommy nickt. Schneidet mit der Klinge eine Kerbe in die Tischplatte, von einem Ende zum anderen. Gläser, Flaschen, Dosen, der Aschenbecher, alles fällt runter. Es quietscht, klirrt, scheppert, rumst.

»Was war das?«, ruft Stefan. »Alles klar?«

Tommy schiebt sich die Rasierklinge zwischen die Lippen. Schleckt sie ab, bis ihm Blut aus den Mundwinkeln rinnt. Steckt die Rasierklinge zurück in die Hosentasche, wirft mir einen Kuss zu. Nimmt die Weinflasche vom Boden, trinkt sie in einem Zug aus.

»Ja, Stefan, alles gut. Richtig irre!«

Tommy prustet los, spuckt mir Wein, Blut und Speichel ins Gesicht. Lässt die Flasche fallen, dann sich selbst. Liegt mit um den Bauch geschlungenen Armen inmitten von Glasscherben und Zigarettenstummeln. Hört nicht zu lachen auf, selbst als Stefan in die Küche gestürmt kommt und …

2.

Es ist einfach so gewesen: Lange Zeit war da ein Nichts gewesen. Ein gutes Nichts, sofern ein Nichts gut sein konnte. Dann schlug er die Augen auf, hörte das Tropfen. Er spürte die Schmerzen. Er ahnte. Jedoch sah er – nichts. Finsternis umgab ihn. War er womöglich erblindet? Dies wäre zur Abwechslung kein Wunder, auch kein Drama beim unzufriedenstellenden Gesamtzustand seines Körpers. Wie eine Sardine hatte man ihn offenbar in ölige Windeln eingelegt, sein Leib war in jeder Hinsicht verbraucht, ein hoministisches Schlachtfeld. Jedermann und jedefrau hatten die Gelegenheit genutzt, sich an ihm auszutoben. Er hatte als der Schrotthändler für das allzu Menschliche gegolten, war als solcher weithin bekannt gewesen. Nunmehr war sein Körper sämtlicher Kräfte beraubt. Von seinem Geist ganz zu schweigen. Er fühlte sich richtiggehend ausgelaugt. Derlei Aufopferung ging an die Substanz, emotional, intellektuell, körperlich. Den Tod wünschte er sich zurück. Was er sich den Mund fusselig geredet, an Argumenten vorgebracht hatte! All diese fadenscheinigen Gleichnisse, das musste einem erst mal einfallen. Und was war der Dank? Dieses Land hatte ihn fertiggemacht, dieses kleine, rückständige Land mit seinen dummen, engstirnigen Bewohnern. Menschen – widerlich; jene in Indien waren bei Gott nicht klüger oder angenehmer gewesen. Allerdings gab es dort wenigstens genügend Platz, um einander aus dem Weg zu gehen. Dort war er nicht permanent angequatscht worden, bloß einer von vielen gewesen, niemand hatte sich besonders für ihn interessiert. Selige Ruhe. Kein mühselig Beladener hatte ihn gestört beim Nachdenken, oder wenn er so getan hatte, als würde er nachdenken. Er hätte bis ans Ende seiner Tage das Leben eines Müßiggängers führen können, herumstreunen, meditieren, kiffen; von einem solchen Dasein träumten die meisten. Aber er? Hatte er sein Glück geschätzt? War er zufrieden gewesen? Natürlich nicht. Er hatte sich als etwas Besseres betrachtet, zu Höherem berufen, seit er in jenem stinkenden Stall mittels kitschtriefender Melodeien und übelriechendem Rauchwerk willkommen geheißen worden war. Ein weltgeschichtliches Lebenswerk war ihm vorgeschwebt, Ruhm und Ehre. *The biggest show in the world*, wie Petrus, dieser Eiferer, es einst genannt hatte. Jubel, Verehrung, die idealtypische Apotheose. Man bezeichne ihn doch als idealtypischen Trottel! Wozu das Ganze, für wen? Bloß um die Geburtswehen seiner Mutter zu rechtfertigen, die zahllosen väterlichen Sorgen? Eltern – eine himmelschreiende Zumutung. So wie dieses Tropfen. Was tropfte hier überhaupt so penetrant? Plitsch, plitsch, plitsch, es war unerträglich. Wäre er bloß taub! Diese jammernden Lädierten, die ihm die ganze Zeit nachgestiegen waren, sie wussten ja gar nicht, wie gut sie es getroffen hatten. Als wäre es so erstrebenswert, permanent sämtliche Auswürfe dieser krawalligen Welt wahrzunehmen. Nichts zu hören, nichts zu sehen, nichts zu riechen, insbesondere nichts zu fühlen – was gäbe es Erlösenderes? O wie selig waren jene paar Augenblicke des ätherischen Wegdösens, der genügsame Out-of-body-Moment kurz vor seinem Tod, nachdem Steph ihn mit dem Schwamm getränkt hatte. Das Gift hätte er jetzt wieder nötig, außerdem eine Dusche, um sich das grindige Öl vom Leib zu waschen, eine heiße Dusche, es fröstelte ihn erbärmlich. Die Tücher fühlten sich an wie kalter Lehm. Wie himmlisch ihm zumute wäre, würde er nun an einem … Aber was denn, was denn, was denn? Verfügte er am Ende doch über Zauberkräfte? Sehnte sich nach einem einsamen Strand, nach Palmen und schwarzem Sand, nach Magdalena und der Kunstfertigkeit ihrer Hände, der idealen letzten Ruhestätte also – und in diesem Moment … drang über ihm durch einen sichelförmigen Spalt Licht ein. Tageslicht. Er kniff die Augen zusammen. Mit einem Grollen verbreiterte sich der Spalt und blähte sich zu einer Sichel auf. Das Licht fiel auf ihn herab, senkte sich nieder auf seine Füße, seine Beine, ah – wie zärtlich war es! Es streichelte seinen Bauch, seine Brust, blendete seine Augen – wie schön! Er vernahm wieder dieses

Tropfen. Endlich eine menschliche Stimme. Sie war ihm vertraut wie Magdalenas schiefer linker Vorderzahn …

»He, Meister – bereit für die Auferstehung?«

Na, wenn es denn sein musste. Er blinzelte. Aus der Sichel war eine ovale grellgelbe Öffnung geworden, in ihr stand eine winkende Silhouette. Er blickte auf seinen Körper hinunter, sah die rot gebatikten Tücher, in denen er eingewickelt war. Aus deren Enden lösten sich fette rote Tropfen, fielen zu Boden, wo sich schon eine kleine Pfütze gebildet hatte. Plitsch, plitsch, plitsch, es war sein Blut, das er fallen hörte, schauerlich, er musste Unmengen davon besitzen. Wie viel von dem Saft er bereits vergossen hatte! Mittlerweile war Niko zu ihm heruntergestiegen, beugte sich über ihn, grinste verschmitzt; wischte ihm Haarsträhnen aus dem Gesicht.

»Wo warst du so lange, Niko?« Seine Stimme klang krähenhaft und laut, ein Stechen in seinen Ohren.

»Sorry, wir haben eine Menge zu tun. Wollten dich auch nicht früher als nötig wecken. Du hast ja geschlafen wie ein Stein.« Niko gluckste. »Wie ein Stein, verstehst du?«

»Meine Güte, ich bin nicht blöd!«

»Weiß ich, weiß ich. Wir alle wissen, welches Goldstück du bist. Sonst hätten wir uns den ganzen Zirkus gar nicht erst angetan.«

»Zirkus? Hast du eine Ahnung, was ich durchgemacht habe? Wie mir alles wehtut? Ich könnt noch was von dem Opium vertragen. Und wo treibt sich Magdalena rum?«

»Unser Meister, ganz der Alte! Denkt immer nur ans Himmelreich! Sie wartet auf dich in Bethanien. Also noch ein bisschen Geduld.«

Noch ein bisschen Geduld – wie oft hatte er den Spruch bereits gehört! Er wollte das Opium, er wollte

Magdalena – oder den Tod. Jedenfalls keine Kompromisse mehr. Hatte er nicht mal gesagt, er sei mit dem Schwert gekommen … »Aber du versprichst mir, dass ich in Bethanien …« Himmelherrgott! Gekreuzigt, gestorben und begraben, und trotzdem musste er um die allerselbstverständlichste Glückseligkeit betteln? Ach, Niko möge einen Stein nehmen und ihm den Schädel zertrümmern, wozu das alles noch, wozu?

»In Bethanien gibt es alles, keine Sorge! Komm jetzt, wir müssen rauf. Ich hab uns einen Uber gecheckt, der wartet schon …«

»Mir tut alles so weh, Niko!«

»Es hilft nichts, du musst da durch. Bald ist es vollbracht, versprochen.«

»Ich mag aber nicht mehr!«

»Jesus Fucking Christ – jetzt reiß dich zusammen! Denk an was anderes. Da, ich schalt den Radio ein, gleich kommen die Nachrichten. Hör mal, wie es auf der Welt zugeht, und dann überleg dir, auf welchem Niveau du jammerst!«

»Niko, was …«

»Ruhe jetzt! Sonst gibt's kein Opium und keine Magdalena! Nie wieder!«

3.

Hey, du Kretin, aufwachen! Abblätternder Putz an der Decke. Kalter Rauch in der Luft. Bettwäsche ohne Lavendelseligkeit. Niemand neben mir. Nur die Nachrichten aus dem Radio, sieben Uhr. Eine neue Stufe des Masochismus. Irgendwas Schräges ist passiert, mit Flüchtlingen, keine Seltenheit. Aber würde Jesus wirklich Uber fahren?

Ich klettere vom Hochbett. Hat eine weitere Nacht gehalten,

wackelig und schief, verzogen und verrückt, wie alles in meiner Garçonnière. Bis vor Kurzem von Erinnerungskrempel und Studentenkitsch überfrachtet. Nach meiner Rückkehr aus Indien habe ich alle Bilder, Fotos, Plakate von den Wänden genommen, sämtlichen Zierrat verbannt, all den Plunder, den ich nicht mehr sehen konnte. Sogar die *Lustigen Taschenbücher*. Das Zeug nicht im Keller zwischengelagert, sondern gleich in den Müll geworfen. Bett, Tisch, Kasten, Bücherregal, ein zerschlissener Flickenteppich, eine russische Leuchte, das reicht. Ich bräuchte trotzdem ein zweites Zimmer. Einen Ort, wo ich mich verstecken kann.

Es klopft. Ich gehe in die Hocke, hebe eine Ansichtskarte vom Boden auf. Ein tibetanisches Kloster vorne drauf, könnte Shangri-La sein. Ich drehe die Karte um. Devote, an Tommy gerichtete Zeilen. Richtig übel, noch dazu in meiner Schrift. Ich weiß zum Glück keine Adresse. Ich weiß so wenig. Wozu bin ich überhaupt aufgestanden? Es klopft noch einmal, ich öffne. Ist es wegen dieser Frau, die ich erst auf den zweiten Blick erkenne? Mein erster ist über sie hinweggegangen. Sie ist nicht groß, strahlt zu mir herauf. Trägt Latzhosen, kein Make-up, ihre Augen tommy-blau, ihr Haar straßenköterblond; eigentlich tommy-blond, aber der bezeichnet die Farbe selber so.

»Entschuldigung, dass ich Sie … Ich wollte nur fragen, steht das Angebot noch?«

Meine neue Nachbarin. Julia, Jutta oder – Judit. Hat offenbar ein Faible für Goa-Trance. Jeden Abend wummert das Zeug zu mir rüber. Vielleicht steht ihr Kind auf die Musik, das mütterliche Alter hat sie wohl. Ich habe ihr irgendwas versprochen. So früh, als wäre ich ein richtiger Arbeiter. Das gibt Karmapunkte.

»Klar, klar, ich …«

»Brauchen Sie noch eine Minute?«

Ich höre den Gesang einer Amsel, Frühlingsluft kitzelt meine Nase. Dabei will der graue Herbsthimmel die Fensterscheiben eindrücken.

»Klopfen Sie einfach bei mir drüben an, wenn Sie so weit sind.«

Judits Wohnung … im Vergleich zu meiner ein Palast. Im Vorzimmer zwei Clubsessel; an der Wand ein Picasso, *Der kleine Paul als Harlekin.* Vom dekadent großen Wohnzimmer führt eine Wendeltreppe in den oberen Stock, eine offene Galerie. Ein Perserteppich am Eichenparkett. Den könnte man wirklich abschlecken, auch sonst … glänzt und blitzt alles. Es riecht nach Räucherstäbchen, Weihrauch und frischem Putz. An den Wänden surrealistische, etwas kitschige Bilder. Mal irgendeine indische Gottheit, dann wieder ein Engel, alles penetrant lebensbejahend und positiv … heimelig. Mich vor den Holzofen legen, oder auf das große Ecksofa, oder das Abendessen zelebrieren an diesem runden Esstisch; darauf drei Gedecke, eine Vase mit einem Herbststrauß. Es gibt auch ein Bücherregal, leer, davor ein paar zugeklebte Kartons. Im Hintergrund ganz leise Klaviermusik. Klingt nicht nach Easy Listening. Tommy wüsste, worum es sich handelt; wüsste, was er Judit versprochen hatte.

»Wollen Sie Kaffee?«

Ohne meine Antwort abzuwarten, trippelt sie in die Küche. Ihr Haar reicht ihr bis zum Hintern. »Sie sind in Indien gewesen?«, ruft sie. »Tolles Land, oder?« Kommt mit einem Teller Kekse zurück. Ich muss ihr im Stiegenhaus davon erzählt haben, warum auch immer, ich rede nicht gern davon. Sobald die Leute ›Indien‹ hören, erwarten sie sich Erkenntnis, Erleuchtung, Wiedergeburt, wenigstens spektakuläre Drogentrips.

»Ja, großartig.«

»Waren Sie alleine dort?«

»Mit meiner Freundin.«

»Das erste Mal?«

Ich nicke, und sie nickt auch. Verständnisvoll, sanft, ätherisch … Meine Hände schwitzen. Diese Yoga-Tante in Rishikesh … wie sie erst über alte Chakren-Weisheiten und Geistreinigungsrituale doziert hatte, sodass ich mich geborgen und sicher fühlte, die Angst vor dem Leben und dem Tod verlor. Dann kippte sie ein Power-Lassi runter, klagte über die Monster in ihrem Kopf, erkannte in mir den Teufel, wollte mich mit einer Ganesha-Statue erschlagen. In der Küche brodelt der Kaffee. Judit stellt den Teller ab.

»Setzen Sie sich doch!«

Außer einer Vase entdecke ich auf dem Tisch keine potenzielle Mordwaffe. Dass sie mich siezt, ist ein Pluspunkt. In der Russischen Revolution sind die Leute dafür gestorben, gesiezt zu werden, und heute … kein Job bislang, in dem mir nicht bald nach der Einstellung das Du aufgezwungen wurde. Affig, diese pseudoegalitäre Kumpanei. Trotzdem, was mache ich hier? Sie kommt mit Kaffee für mich und Tee für sich zurück.

»Sie trinken ihn bestimmt schwarz, nicht wahr?«

Ihre Stimme klingt samtig. Habe ich ihr vielleicht … *das* versprochen? Ich bin doch nicht Stefan!

»Und Sie?«, presse ich hervor.

»Meinen Tee? Ohne Milch, falls Sie das meinen …«

Meine rechte Wange wird heiß, genau dort, wo ihr Blick mich streichelt … von wegen, wo er sich einbrennt.

»Nein, ich meine Indien. Waren Sie schon mal dort?«

»Ich war eigentlich noch nirgends. Aber mein … Freund, der war schon oft in Indien. Deswegen nehme ich an, es ist ein tolles Land.«

»Es ist in Wahrheit ziemlich anstrengend.«

»Das sagt er auch. Trotzdem ein tolles Land. Für jemanden wie ihn zumindest. Übrigens findet er es hier genauso anstrengend. Nicht gerade das Richtige, um zur Ruhe zu kommen.«

Ich nippe vom Kaffee. Er schmeckt großartig.

»Kardamom«, erklärt sie, jetzt neben mir auf der Couch sitzend.

Ich drücke den Rücken durch. Kein Klavierspiel mehr. Kardamom, Kardamom, irgendwas sollte mir dazu einfallen … Wieder spüre ich das Brennen. Ich drehe mein Gesicht zu ihr, wir sehen einander direkt in die Augen. Ich springe mit einem Schrei auf.

»Was … ist mit Ihnen?«

Ich will einen Schritt wegmachen, stolpere, falle rücklings zu Boden. Judits Gesicht taucht über mir auf, darin zwei feuerrote Löcher …

»Was ist mit Ihren Augen?«

»Was haben Sie plötzlich? Soll ich einen Arzt rufen?«

»Ja! Sie … Sie brauchen einen Arzt! Solche Augen, das kann doch nicht gesund …« Ich rapple mich auf. »Ich muss …«

»Aber was ist denn mit dem Bücherregal?«

»Welches Bücherregal?«

»Sie wollten mir doch helfen, es aufzubauen.«

Ich atme laut ein und aus. Die Bilder an den Wänden hängen schief. Die Gedecke auf dem Esstisch schmutzig. Der Herbststrauß vertrocknet. Ein eigenartiger Schwefelgeruch steigt mir in die Nase. Judit hat es sich wieder auf dem Sofa bequem gemacht. Blickt zum Fenster. Der Rabe auf dem Baum davor beginnt zu krähen. Klaviermusik setzt ein. Mein Herzschlag beruhigt sich. Ich spüre jemanden im Rücken. Ich taste mit den Händen, aber da ist nichts, nein, niemand steht da.

»Ist das Grieg?«, frage ich flüsternd.

»Sie kennen die Musik?« Judits Stimme klingt schlaftrunken. »Ich habe sie bis vor Kurzem nicht gekannt.«

»Klavierkonzert in a-Moll, op. 16. War mal mein Lieblingsstück.«

»Seines ist es auch.«

»Seines? Von Ihrem … Bekannten?«

Sie kneift die Augen zusammen. Ihr Körper scheint zu beben, etwas in ihr zu brodeln. Ich gebe mir einen Ruck, setze mich neben sie. Im Zeitlupentempo dreht sie sich zu mir. Ein verschüchtertes Schulmädchen. Allerdings … mit Stirn- und Sturmfalten, sind mir vorhin wohl entgangen. Ein bitterer Zug um den Mund. Ich versuche einen aufmunternden Blick. Ist ja nichts dabei. Rote Augen, meine Güte … Vielleicht trinkt sie zu viel. Kifft. Oder ist sehr krank. Nichts, wofür man sich schämen sollte. Ich will niemanden beschämen. Kann sie ohne Weiteres anschauen, werde nicht durchdrehen, versprochen. Aber sie weicht meinem Blick aus. Der verheddert sich in ihrer Teetasse. Refugees Welcome steht darauf. Kardamom, Kardamom, auf einmal fällt mir so viel ein. Aphrodisierende Wirkung. Judit beugt sich vor, streckt den Arm und lässt die Tasse in ihrer Handfläche balancieren. Starrt sie wie hypnotisiert an, mit leicht wippendem Kopf. »Waren Sie damals dabei?«, flüstert sie. »Bestimmt waren Sie damals dabei. Wir waren alle dabei. Der Jubel am Hauptbahnhof, diese Euphorie. Die vielen Teddybären. Erinnern Sie sich an meine Kartoffelsuppe? Wie gut sie den Leuten geschmeckt hat, den Kindern. Sie haben meine Kartoffelsuppe geliebt.«

»Das kann ich mir vorstellen«, murmle ich, mehr nicht, denn zu Judits wippendem Kopf gesellen sich wippende Knie, immer schneller, jetzt zittert ihr ganzer Körper, Tee schwappt über, die Tasse fällt ihr aus der Hand, zerschellt, eine Pfütze am Parkett. Judit bricht in Tränen aus, krümmt sich zusammen, ein kleines heulendes Knäuel.

»Diese armen Menschen!«, wimmert sie. »Diese … Kinder! Ich ertrage es nicht mehr … Er hat es auch nicht mehr ertragen!«

Meine Zehen verkrampfen sich, während meine Hand vorsichtig über ihren Rücken streichelt. Wie weich ihr Haar sich anfühlt. Wie es wohl riecht? Ich beiße mir auf die Lippen. »Aber … den meisten geht es doch gut heute …«, höre ich mich sagen.

Ein verrotztes, faltiges Kindergesicht schaut mich an, hasserfüllte, verquollene Augen: »Gut? Sie sind alle gestorben! Alle diese Kinder! Jahrhundertelang! Und niemanden hat es berührt.«

Ich stehe langsam auf, luge zur Vase rechts von mir. »Haben Sie mir nicht gerade …? Moment – wovon reden sie eigentlich?«

Sie fährt sich übers Gesicht, dreht sich von mir weg, schaut wieder zum Fenster. Der Rabe ist weggeflogen, ihre Stimme eiskalt: »Ich glaube, es ist besser, wenn Sie jetzt gehen.«

4.

Niemand ist gestorben. Nicht in dem Kleintransporter, der im Morgengrauen auf einem Parkplatz an der Flughafenautobahn entdeckt wurde. Hat Judit darauf angespielt? Am Display meines Smartphones ein Lastwagen mit offenem Laderaum. Ein paar Dutzend Menschen stehen davor, zerlumpt und ausgemergelt, orientalische Phänotypen. Gerettet oder aufgegriffen, je nach Standpunkt. Vom Kindes- bis zum Greisenalter ist alles vertreten. In den Gesichtern keine Spur von Glück, Hoffnung oder gar Übermut auszumachen wie einst am Hauptbahnhof. Ein anderes Zeitalter. Vielleicht habe ich damals mit Judit Wäsche sortiert, gemeinsam mit Stefan, Martha, Tommy. Tommy … Langsam wird er schrullig. Oder sentimental? Kommentarlos hat er mir diesen Artikel geschickt. Ich spitze die Ohren. Wieder Goa-Trance? Nein, es ist mein Herz, ein Flimmern. Kein Grund, abzudriften. Ich sollte den Mund aufmachen, wenn ich auf der Leitung stehe; ansonsten … fallen Tassen zu Boden. *Anrufen*, ich lege wieder auf. *Anrufen*, ich lege wieder auf. Wiederhole das Ritual ein paar Mal, bis ich es läuten lasse.

»Sieh an, sieh an!«, blafft Stefan. »Was verschafft mir die Ehre?«

Warum Stefan? Ich habe doch Tommy … egal. Aber was sagen? ›Weiß du noch, damals am Hauptbahnhof?‹, oder ›Hat dir Tommy auch diesen Bericht geschickt?‹, oder ›Ich glaub, meine neue Nachbarin ist psychisch labil.‹ Lieber nicht. Small Talk führen. Wie zwei normale Freunde. Alles im Lot scheinen lassen.

»Na gut, wenn du nichts sagst, sage ich halt was: Du bist eine saufende Zeitbombe!«

Also kein Small Talk. Stefan will über seine Party reden.

»Du hast zirka hundertmal die Geschichte von deiner Darmgrippe erzählt, wegen der du dein Schweige-Retreat in Indien spritzen musstest. Eh lustig, aber alle Einzelheiten hätten nicht sein müssen. Dann hast du in einer Endlosschleife Martha angeflennt, wie sehr du sie lieben, wie sehr du sie hassen würdest. Schlimm mitanzusehen, aber das kann ich schon verstehen. Und dass du ständig dein Geschenk für mich angekündigt hast, als ginge es um die Bekanntgabe des Friedensnobelpreises – gut, will ich auch nicht an die große Glocke hängen, war dir halt wichtig. Am Ende, bevor ich dich in den Uber verfrachten konnte, hast du aber richtig Radau gemacht. Ich meine, mein Tisch ist kein Designerstück, den Schrick hätte ich trotzdem nicht gebraucht. Und: Kannst du dich erinnern, was du zum Abschied zu mir gesagt hast? Nein? Du hast mich als Jus-Schnösel bezeichnet, für den Lungenkrebs eine zu milde Strafe wäre. Das war heftig, sogar für deine Verhältnisse. Wenn du mich also nach mehr als einer Woche anrufst und dich nicht mal entschuldigst, frage ich dich halt: Was habe ich dir eigentlich getan?«

Jetzt aber. Goa-Trance von drüben. Wie wäre das? Rübergehen, anläuten, mir die Blödheit aus dem Leib beuteln. Judit fragen, was mit ihren Augen passiert sei, was sie so erschüttert habe; an ihren Haaren riechen, ihren Rücken streicheln, das Bücherregal aufbauen, mit ihr was kochen. All das ist möglich. Bloß eines nicht: Tommy verraten.

»Tut mir leid«, flüstere ich.

»Es tut dir leid? Christian, du hast Probleme.«

»Ich weiß.«

»Mach was dagegen.«

»Werde ich.«

»Und was?«

Noch immer liegt diese Ansichtskarte am Boden. Ich klemme das Telefon zwischen Kinn und Schulter, hebe sie auf, reiße sie in Stücke.

»Das ist nicht viel«, höre ich Stefan sagen. »Denk mal darüber nach. Zeit genug hast du ja.«

Ich lasse die Schnipsel auf den Teppich fallen, ebenso mein Smartphone, das Display hat sowieso schon einen Sprung. Klettere auf das Hochbett, verkrieche mich unter der Decke. Die Musik von drüben wird lauter. Das Bett vibriert. Nicht mehr lange. Ich kann den Exit sehen: Eine verstörende Reportage werde ich schreiben – aufwühlend; ein Psychogramm über Tommy. Sobald die Welt seine Vision kennt, seine Verletzung, seine Verirrung; so ich präzise ergründe, weshalb er alles sprengen wollte, kann ihm niemand mehr böse sein. Jeder wird verstehen, weshalb ich ihn nicht zum Teufel gejagt habe. Im Gegenteil. ›Wie hat es der Arme je einen Tag ohne Tommy aushalten können?‹ So werden die Leute reden. Aber dazu muss ich ... ihm jedenfalls keine peinliche Karte schreiben; auf solche Anbiederei fällt er doch nicht rein. Ernsthaftes Interesse muss ich zeigen, sein Vertrauen wiedergewinnen, lange Gespräche mit Tommy führen. Aus dem Material einen messerscharfen Text zimmern, die Geschichte einem großen Nachrichtenmagazin anbieten. Die Story des Jahres. Ich sehe mich schon vor dem Notebook sitzen, hier in meiner Garçonnière. Bett, Tisch, Kasten und Bücherregal reichen, solange Martha sich über meine Schultern beugt, mir den Rücken streichelt. Ich schütte literweise Kaffee in mich rein, rauche eine Zigarette nach der anderen. Lese, was es über Tommy im Netz zu lesen gibt: sensationsheischendes Zeug, oberflächliches Tatsachenstakkato. Was er wirklich wollte, wer er wirklich ist, darüber zu schreiben, bleibt mir überlassen: meine Eintrittskarte in eine Welt großer skurriler Persönlichkeiten. Deren Porträts werden meine Spezialität werden. In die wildesten Gegenden wird es mich verschlagen, in die bizarrsten Wirklichkeiten; ständig auf Achse, ein Traveller mit Kreditkarte, ein Mann mit Mission. Kein Alltag, keine Abstürze, kein Stefan. Die Leben der anderen werden mich berühmt machen, ich werde Preise gewinnen, meine besten Reportagen erscheinen in prächtigen Sammelbänden: die begehrten *Christian-Rieder-Reader I–IV* …

Der Klingelton zerstört meinen Traum. Es läutet, läutet, hört nicht auf. Na gut, runterklettern, *Stefan*, ein harter Name. Aber eben bloß ein Name, eine Stimme in meinem Ohr.

»Nein, ich weiß noch nicht, was ich dagegen machen werde«, töne ich, ehe er etwas sagt, drehe mich um die eigene Achse, mache alberne Bewegungen zum nachbarlichen Goa-Trance-Beat. Ich sollte Judit in die Grelle Forelle ausführen.

Stefan gluckst. »Du bist ein Trottel. Hör zu, ich gebe dir noch eine Chance. Am Samstag lade ich wieder ein, nur ein paar Leute, ein kleines Essen für alle, die letztens keine Zeit hatten. – Oder zu besoffen waren. Das soll diesmal nicht ausarten. Wenn du willst, kannst du um sieben bei mir sein und beim Kochen helfen. Den Rest musst du selber wissen.«

»Den Rest … Wie meinst du das?«

»Meine Güte, Christian! Benimm dich einfach!«

5.

Es ist einfach so gewesen: In einem dieser miesen Viertel in der Innenstadt, wo die Lehmhäuser brüchig, die Straßen schlammig, die Kinder schmutzig waren, wo das Keppeln frustrierter Eheleute und das Klagen abgemagerter Tiere herrschten; wo stets irgendwo jemand mit zertrümmertem Schädel oder gebrochenem Genick herumlag; wo am Tag mit schlechten Drogen gehandelt wurde und in der Nacht mit alten Huren; in einer Gegend also, in die sich kein ehrbarer Bürger ohne Schutzmann und dieser nicht ohne Panzerfaust hineinwagte, wo der Ruß der Gesellschaft hauste und somit überproportional viele von Jesus gefischte Fans wohnten, versammelte sich in einer lauen Vollmondnacht eine Schar eben jener Anhänger jeglichen Geschlechts vom Kindes- bis zum Greisenalter im Keller einer schummrigen Taverne, die ansonsten als Schauplatz von Sex-positive-Partys der Jeunesse dorée vom Stadtrand fungierte. Der Wirt, ein rachitischer Mann namens Leb, hatte am Nachmittag ein ›Geschlossen‹-Schild auf die Gasse gestellt und den Eingang verriegelt, ihn sodann lediglich geöffnet, sobald das geheime Zeichen an das Tor gepocht wurde. Dieses ging ungefähr so: klopf, klopfklopf, klopf, klopfklopfklopf. Mit der Zeit waren mehrere Dutzend Leute eingetrudelt und hinab in den Keller geführt worden, um sich dort auf ihren vorsorglich mitgebrachten Decken am Boden auszubreiten und ihre Butterbrote und Himbeerlimonaden auszupacken.

Jesus hockte mitten unter ihnen, war bislang jedoch von niemandem erkannt worden. Verblüffend, was eine Rasur und ein Haarschnitt bewirkten; erschreckend indes, wie rasant seine Lust stieg, saftige Ohrfeigen zu verteilen – auch und gerade unter den Minderjährigen. Diese betroppezten Visagen, dieses selbstmitleidige Geseufze, diese sprachlose Trauer um ihn … insbesondere aber die vierschrötigen Anatomien, die gekrümmten Rücken, die schwieligen Hände, der Gestank nach Schweiß und Angst; die geschmacklose

Kleidung, die billigen Frisuren, diese aus allen Körperporen triefende, elendige Armut! Er würde sich ja offenbaren und dem Spuk ein Ende bereiten, liefe er nicht Gefahr, von vertrockneten Frauen abgeschleckt, von impotenten Männern auf die Schultern gehoben, von tuberkulösen Kindern mit Zeichnungen und Selbstgebasteltem überschüttet zu werden. Allein die Vorstellung löste Übelkeit in ihm aus.

Schließlich betrat Longinus den Keller. Sein Blick wanderte über die Anwesenden, strich über Jesus, doch ließ sich der Römer nichts anmerken, verriet nichts, hielt sich an die Vereinbarung. Er stieg auf ein Weinfass und breitete die Arme aus. Für Ruhe zu sorgen, wäre jetzt das Wichtigste, diese Meinung hatten sie alle vertreten – Steph, Niko, Magdalena, seine Mutter; sie müssten Zeit gewinnen, um sich ohne Druck darüber im Klaren zu werden, wie sie mit der Marke Jesus weiter verfahren wollten. Das Potenzial für eine proletarische, glückseligmachende Weltrevolution wäre zweifellos vorhanden, sofern umsichtig und zielstrebig auf dem Vorhandenem aufgebaut würde … Himmel und Hölle, wie dankbar er sein sollte, dass er mit alledem bald nichts mehr zu schaffen hatte. Sollten sie doch machen, was sie wollten, mit seinem Namen, seinem Konterfei. Jesus selbst wäre bald über alle Berge und müsste nie wieder im Mittelpunkt einer derartig peinlichen Versammlung stehen, etliche Augenpaare auf sich gerichtet, einer Herde stumpfsinniger Rindsviecher das Himmelreich versprechen, wo doch jeder wusste, Leute diesen Schlags würden noch in zweitausend Jahren von den Mächtigen ausgebeutet, verarscht, verachtet und verspottet werden. Jesus war der Verlogenheit ihrer Friedens- und Freudenbewegung schon lange überdrüssig, sein Todesurteil zu hören – welch ein Glücksgefühl! War er je mehr als ein verwirrter Marktschreier gewesen? Longinus hingegen, diese geltungssüchtige Rampensau glaubte womöglich tatsächlich an die Lügen vom Paradies, ob hier oder dort; er war auch optisch der geborene Volkstribun: groß, muskulös, der Teint bronzen und frisch; zwar waren seine Augen seit der Kreuzigung blutunterlaufen, doch trübten sie das satte Bild keineswegs, im Gegenteil. Ihre Rötung verliehe dem Mann erst Authentizität, Massentauglichkeit.

»Jesus, meine Lieben«, begann Longinus nun seine Rede, »war ein richtiger Punk. Das lag weder an seinem Haarschnitt noch an seinem Kleidungsstil, auch nicht an seinem zuweilen irren Blick oder seinem rabiaten Musikgeschmack. All das sind oberflächliche Stereotype für eine oberflächliche Zeit. Jesus war Punk, weil er alles Erstarrte wachrütteln, alles Ausgehöhlte zertrümmern, alles Leblose entsorgen, alles Dekorative vernichten wollte. Er wollte die Welt bis zur letzten Konsequenz, bis zu ihrem einzig notwendigen Kern, provozieren; ihr die Hüllen und Masken vom Leib reißen, bis sie nackt und wesentlich vor ihm stand, keine Rolle mehr spielte. Er begnügte sich nicht mit Konventionen, er wollte Überzeugungen, hielt nichts von Loyalitäten, er wollte Solidarität, beruhte das eine doch auf Gesetzen, das andere auf dem Herzen. Nicht einmal dem sogenannten Rechtsstaat war er zugetan, wenngleich dieser Menschlichkeit zu garantieren vermag. Doch verordnete Menschlichkeit hatte keinerlei Wert für ihn. Einen solchen Anarchoindividualismus konnten viele nicht verstehen. Auch mir war seine Radikalität manchmal zu viel. Er konnte so liebevoll sein, hilfsbereit, voller Herzensgüte. Aber seine Sprache, ihr wisst es, war oft voller Gewalt, Zorn, unversöhnlich. Kein Verniedlichen und Verbrämen dessen, was es heißt, ein Mensch zu sein. Denn um nichts weniger ging es ihm: zu ergründen, was das Menschsein ausmacht. Es war bloß unser Glück, dass er uns seine Gedanken verriet, uns an seinem Handeln und Wirken teilhaben ließ, sogar an seinem mutigen Tod. Welch bedeutende Stunden hatten wir zuvor mit ihm verbracht! Die Zumutungen des Daseins, mit Jesus waren sie ein Fest. Er konnte trinken wie ein Kelte und kiffen wie ein Gott, er liebte nicht nur den Geist, sondern auch den Körper der Menschen. Er war hungrig danach, jeden Landstrich zu bereisen, sich mit jedem Thema auseinanderzusetzen, jedes Menschen Geschichte zu erfahren, jede Grenze in seinem Inneren zu überschreiten. Er blickte nie zurück, und dennoch war Geschichte eine seiner größten Leidenschaften, insbesondere die Beschäftigung mit der Französischen Revolution und dem Nationalsozialismus, die für ihn wesentlichen Epochen Europas. Er liebte Bob Dylan, weil er durch dessen Musik sich der eigenen Widersprüche bewusst wurde, und er verehrte Donald Duck, weil der ihm dabei half, die eigenen Widersprüche zu ertragen. Am wichtigsten aber wäre ihm gewesen, und deshalb, liebe Freundinnen und Freunde, spreche ich heute zu euch, dass wir ihn vergessen, seinen Namen, seine Taten, seinen Tod, und stattdessen …«

»Entschuldige mal!«, schrie plötzlich jemand. »Vom wem redest du da bitte?«

Das würde mich, dachte Jesus, verblüfft über seine Großartigkeit, ebenso interessieren. Alle, auch er, reckten ihre Köpfe, um denjenigen auszumachen, der die emphatische Ansprache so brüsk unterbrochen hatte. Kerzen wurden emporgehoben, ein Flüstern ging durch den Raum. Da! Ganz hinten, lässig an die Wand gelehnt, ein junger Mann in Tunika, einen Trinkbeutel in der einen, ein rauchendes Holzstück in der anderen Hand.

»Warum unterbrichst du mich, junger Freund?«, fragte Longinus. »Kenne ich dich? Ich sehe dich heute doch zum ersten Mal. Kennt jemand diesen Menschen?«

Alle außer Jesus winkten ab.

Der Unbekannte erwiderte: »Richtig, ihr kennt mich nicht. Aber so, wie du von diesem Jesus sprichst, könnte man meinen, dass ich ihn kenne, weil es sich um meinen besten Freund Tommy handelt! Wer immer dieser Jesus war, er hat sich von Tommy eine Menge abgekupfert. Das ist ja okay, ich will es nur gesagt haben.«

Ein Raunen ging durch die Zuhörerschaft. Geschnatter brandete auf: Was dieser Eindringling sich einbildete! Ihr Meister sollte etwas abgekupfert haben von … Wer sollte das überhaupt sein: Tommy?! Jesus musste ein Kichern hinunterschlucken. Endlich! Endlich wagte jemand, es diesen ahnungslosen Tölpeln reinzusagen: Ihr Meister war nichts als ein Wiederkäuer von zusammengesammelten Kalendersprüchen gewesen, ein Wiederkäuer von Bibelstellen, die keine Sau kannte.

»Das sind große Worte, Frechdachs!«, zischte Longinus. »Wie kommst du darauf? Jesus war genau so, wie ich ihn beschrieben habe. Ich weiß es, ich war an seiner Seite. Schau mir in die Augen! Glaubst du, dein Tommy hätte das zustande gebracht? Wohl kaum! Jesus alleine hat mich blutig geblendet!«

»Du elender Lügner!«, erwiderte der Fremde zornig. »Wie soll ich dir glauben, wo du davon faselst, dieser Jesus habe sich für die Französische Revolution und den Nationalsozialismus interessiert? Mann! Diese Sachen werden erst in zweitausend Jahren stattfinden. Und ihr, die ihr mit großen Augen diesem Sonntagsredner zuhört, fragt euch nicht, was er damit meint? Französische Revolution? Nationalsozialismus? Habt ihr je von Bob Dylan gehört? Oder von Donald Duck? Ihr seid ja alle total verblendet! Schaltet euer Hirn ein! Außerdem …« Er starrte Jesus an. Diesem fiel sogleich das Atmen schwer, der Druck zwischen seinen Ohren drohte ihm den Schädel zu sprengen. Seine Zehen krampften. Der junge Mann drängelte sich durch die erstarrte Zuhörerschaft nach vorne, sprang auf das Weinfass, stieß Longinus nach einem kurzen Gerangel hinunter, riss die Arme in die Höhe und schrie: »Jesus ist nicht tot! Hört ihr? Er ist nicht tot! Das war alles Fake! Er ist nicht …«

6.

»… tot!«

Ich halte mir die Hand vor den Mund. Das Mädchen neben mir rutscht weg. Der alte Mann gegenüber versteckt sich hinter der Gratiszeitung. Von draußen gaffen mich die Leute an. Es macht einen Ruck, die Straßenbahn fährt weiter.

»Total ungewöhnlich, meine ich. Schnee im November. Schön irgendwie. Erinnert mich an Zuhause …«

Das Mädchen steht auf. Der alte Mann lässt die Zeitung sinken. Zuckt zusammen, als mein Smartphone vibriert. Eine Nachricht von Tommy. Alles gut! Bloß eine Nachricht von Tommy! Ich habe nicht vor, die Straßenbahn in die Luft zu sprengen, keine Sorge, nicht heute. Auf dem Display eine Barackensiedlung in flacher Gegend. Schlammiger Spätherbst. Eingeschoßige Wellblechhütten irgendwo in der Pampa. Desolat. Verdreckte Nassräume, rostige

Eisenbetten, Schimmel an den Wänden, russische Leuchten. Nicht viel anders stellt man sich ein sibirisches Straflager vor. Noch ein Vibrieren. *Paradigmenwechsel,* schreibt Tommy. Das Wort geistert seit Tagen durch die Medien. Und auch die Gratiszeitung titelt: *Paradigmenwechsel in der Asylpolitik: So schön sind die neuen Unterkünfte!* Darunter das Bild von einem gemütlichen Wohnzimmer. Holzdielen, große Fenster, ein Sofa, Regale voller Bücher und Spielzeug, ein riesiger Fernseher. *Bist du sicher?*, schreibe ich zurück, *Wo ist dieses Lager? Wie hast du es gefunden?* Die Antwort folgt prompt: *Erzähl ich dir später.* Später? … Dann kommt er also auch wieder zu Stefan. Perfekt. Ich könnte ihm von meinem Reportage-Plänen berichten.

Ich steige aus, betrete den schneematschigen Gehsteig. Mit Storchenschritten stapfe ich zum Wartehäuschen. Wische mein Smartphone ab. Tommy ist nicht mehr online. Ich drücke auf die Anruftaste.

»Was gibt's?«

»Tommy?«

»Wer denn sonst? Wo bleibst du? Stefan wird ungeduldig.«

Die Straßenbahn fährt weiter. Der alte Mann sieht mir nach, zeigt mir den Vogel.

»Warum hast du mir diese Fotos geschickt?«

Im Hintergrund Stefans Keifen: »Ist er das? Er soll sich sputen!«

»Hast du gehört?«, kichert Tommy.

»Ja, ich bin schon unterwegs! Aber diese Fotos? Warum …«

»Was soll damit sein? Das ist doch ein Witz, dass … Moment – Hey, Stefan, wo ist der Korkenzieher? Ah, danke! – So, bin schon wieder da. Ich sag's dir, Christian, heut hab ich richtig Lust, mich zu besaufen. Ist das nicht schlimm, dass sie einen so weit bringen? Dieser PR-Schmäh von den neuen Super-Trooper-Unterkünften, obwohl diese Flüchtlinge untergebracht sind wie Schwerverbrecher … Ich meine, da sind Kinder dabei, Alte … und anstatt in den Hungerstreik zu treten, gönn ich mir einen … wow! *Mouton Rothschild*, alle Achtung, Stefan, du lässt dich nicht lumpen …«

Dort vorne die gelbe Fassade von Stefans Biedermeierhaus. Schneeflocken im Laternenlicht. Wenn jetzt noch eine Droschke vorbeikäme … Ein Range Rover walzt durch die Gasse, spritzt mir Matsch auf die Beine. Meine Hände sind eiskalt. »Tommy, ich bin gleich da, dann können wir besser … Tommy?« Gedämpft nuscheln Tommys und Stefans Stimmen, sie reden über … mich, zweifellos, meinen Namen höre ich als Einziges aus dem Gemurmel raus.

»Ah! Die Rauschkugel ist eingetroffen! Dann können wir endlich anfangen. Hereinspaziert!« Stefan trägt eine geblümte Kochschürze, hat eine Kelle in der Hand. Tippt damit auf mein Brustbein. »Und dass eines von Anfang an klar ist: Wir reden nicht über Politik, nicht über Flüchtlinge, nicht über das Klima. Wir reden nur übers Kochen und die Frauen. Das passt zusammen.«

Stefan am Kragen packen, runter auf die Straße zerren, sein Gesicht in den kalten Schnee drücken. »Heißt das, deine peinlichen Filzpatschen sind tabu?« Tommy ist ins finstere Vorzimmer gekommen, stellt sich neben Stefan, deutet mit einem breiten Grinsen auf dessen Füße. »Hübsch, würden meinem Opa gefallen. Was sagst du,

Christian? Mit der schicken Schürze wirkt unser Frauenheld fast androgyn. Neuer Trend am Juridicum?«

Stefan kichert, seine Augen trüb, der hat ja schon was getrunken! Zwickt Tommys Wange, macht eine wegwerfende Handbewegung, die beiden kudern, dann stakst Stefan zurück in die Küche.

»Na komm rein«, lächelt Tommy, aber seltsam, er umarmt mich nicht. Da ist doch was im Busch. »Keine Sorge, er ist eigentlich ganz gut drauf heute. Versuch einfach … du weiß schon – Schuhe ausziehen, Hände waschen, die Zwiebel korrekt schneiden, kein Geschirr runterwerfen. Vor allem solltest du Stefan keinen Lungenkrebs wünschen. Dann wird es ein netter Abend, wirst sehen.«

Deswegen also die Einladung, ich soll auf die Probe gestellt werden. Mich in Versuchung führen, das könnt ihr euch abschminken. Und Tommy macht wirklich bei so etwas mit? Umarmt mich nicht einmal! »Bist du schon lange da?«

»Zwei Bier und ein paar Schluck Wein. Ein irrer Tropfen.« Tommy kommt auf mich zu, drängelt mich, ohne mich zu berühren, auf den Flur. Was soll das? Er stinkt nach Alkohol. Flüstert augenzwinkernd: »Stefan ist ja wirklich snobistisch geworden. Aber … Pssst!« Haut mir auf die Schulter, geht wieder rein, federnden Schrittes.

Ich ziehe vorsichtig die Tür von außen zu, ohne sie einrasten zu lassen. Höre Tommy was sagen, Stefan lachen. Sollen sie. Mir ist der Hunger vergangen. Ich schleiche zum Lift, drücke den Rufknopf. Hebe die Schultern, als die Türen einer Nachbarwohnung aufschwingen.

Mein Blick fällt in den hellen Korridor, er wirkt endlos lang. Warme Luft strömt mir entgegen, trägt den Geruch von gebohnertem Parkett. Klaviermusik. Eine Frau um die vierzig tritt mit einem gelben Müllbeutel in der Hand hinaus auf den Flur. Kurzhaarschnitt, sportliche Figur, eng anliegende Hosen, Rollkragenpullover, Perlenkette. Bemüht, freundlich zu lächeln. So eine Zumutung bin ich wohl nicht. Wenn ich wollte, wirklich wollte, könnte ich Judit, könnte ich auch diese Frau … Obwohl. Sie mustert mich wie den armen Gassenbuben aus dem Parterre. Wieder mal bringt der nicht den Mut auf anzuläuten. Nach Suppenwürfeln zu fragen, seine Mutter bräuchte welche. Sonst gäbe es heute wieder Salzwasser zum Nachtmahl … Wo bleibt bloß der Lift? Plötzlich steht hinter der Frau ein alter Mann. Er trägt Jogginghosen, ein Feinripphemd, Filzpatschen wie die von Stefan. Winkt mir zu, zieht eine alberne Grimasse, verdreht die Augen, macht einen Hasenmund. Aber dann – ein sanfter Blick, beinah gütig. Ein Windstoß fegt durch das Stiegenhaus, es riecht nach Brennholz. Ich mache die Augen zu. Sehe ein pummeliges Kind mit roten Wangen, zehn Jahre alt. Der Bub trägt eine Wollmütze mit riesiger Quaste auf dem Kopf, es ist tiefster Winter. Er versucht zu rennen. Doch seine dicken Beinchen sind in einen viel zu engen Skianzug gezwängt. Alle lachen ihn aus. Und diese peinliche Mütze! Aber seine Oma hat sich so gefreut, als er das Ding auspackte. Dieser alte Skianzug! Was Besseres kann sich seine Mutter halt nicht leisten. Der Bub fällt hin, patscht mit dem Gesicht voran in den Schnee. Skifahrer brettern über seinen Körper, Rodler, Langläufer. Raben picken an ihm herum. Hunde pinkeln ihn an. Der Bub leckt und schluckt Schnee. Kann sich nicht rühren. Kann nur seine Zunge bewegen. Es schneit schon wieder, er wird vom Schnee begraben werden. Also weiter lecken, immer schneller, weiterschlucken, immer mehr. Bis kein Schnee mehr da ist. Oder bis Opa kommt, den Buben aufhebt und heimträgt …

»Kann ich Ihnen helfen?«

Die Frau stellt den Müllbeutel ab, weiß wohl nicht so recht, was … Sie blickt über ihre Schultern … in den leeren Korridor. Ja, ja! Sie kann mir helfen. Mich aufnehmen bei sich, bei diesem alten Mann … Ich habe ihn mir vorhin gar nicht richtig ansehen können, dabei ist das … Ich kenne ihn doch! Der Alte hat mich so … lieb angesehen. Er hat mich aus dem Schnee gezogen, jetzt soll er mich bitte auch heimtragen. Meine Mutter wartet schon mit der Suppe.

»Christian?« Stefans Stimme hallt, echot. Er steht vor seiner Wohnungstür, beschürzt, mit Kelle in der einen, einem Bier in der anderen Hand. »Wo bleibst du?« Er und die Frau grüßen einander, ein wortloses Kopfnicken. Der Lift ist da. Heimfahren und Opa anrufen.

Stefan und die Frau gaffen mich an, was wollen die von mir? Und Tommy? Wo ist der schon wieder? Er soll rauskommen und es mir sagen. Wo ist er hin?

»Schönen Abend noch.« Die Frau kehrt in ihre Wohnung zurück. Die Tür fällt zu. Es ist dunkel. Der Lift hat sich schon wieder geschlossen.

»Christian …«

Ich winde mich an ihm vorbei in die Wohnung. Schlurfe in die Küche. Tommy, endlich! Die Flasche Wein auf dem Tisch ist fast leer. Gedankenverloren lässt er seinen Zeigefinger die Kerbe in der Tischplatte entlangfahren. Bemerkt mich, sieht mich sorgenvoll an.

»Du wirst es ihm nicht sagen, oder?«

Ich höre Stefans Schritte. »Nein.« Tommy atmet auf, raunt hinter vorgehaltener Hand: »deine Schuhe.«

Wie habe ich darauf vergessen können! Zu spät. Ein langgezogenes Räuspern. Stefan lehnt sich mit verschränkten Armen an den Türstock, sein Blick wandert die nassen Schuhspuren entlang vom Eingang bis in die Küche, vor und zurück, vor und zurück. Ich suche Tommys Blick, vergebens. Er nuckelt an der Weinflasche, sie muss von ihm geleert werden, ehe ich womöglich auf Touren komme.

Als dürfte ich das heute. Mit angehaltenem Atem trabe ich zurück ins Vorzimmer. Stefan mir langsam hinterher. Beobachtet mich stumm, während ich mir die Schuhe ausziehe, immer wieder zur Tür schiele. Stefan hat die Türkette vorgelegt.

Ich stelle die Schuhe ordentlich in das Regal. Rühre mich nicht. Unsichtbar werden. Stefan … hebt seinen Arm. Ich ducke mich. Spüre eine Hand auf dem Rücken. Eiskalt.

»Ist schon gut, Christian. Wollen wir endlich anfangen?«

7.

»Es sind meine Augen, nicht wahr?«

Ich nicke, bestimmt rot im Gesicht geworden, gar wie ihre Iris?

»Sie sind nicht der Erste, dem es so geht. Angeblich gewöhnt man sich daran.« Hoffentlich nicht. Sonst muss ich sie beim nächsten Mal umarmen, wenn sie sich mir wieder wie ein Gespenst in den Weg stellt. Sogar in dieser löchrigen Jogginghose, dem T-Shirt voller Sugo- und Zahnpasta-Flecken. Ich war ja bloß die Zeitung holen. Ihre Augen stoßen mich ab. An ihren Haaren würde ich vielleicht riechen, mehr aber auch nicht …

»Den meisten fällt es gleich auf. Bei Ihnen hatte ich den Eindruck, sie fänden gar nichts dabei.«

Auf sämtlichen Titelseiten wird die neue Flüchtlingspolitik abgefeiert. *Paradigmenwechsel!* Kein Interesse. Seit dem gestrigen Abend steht sie mir bis oben hin.

»Jedenfalls tut es mir leid, falls ich Sie erschreckt habe. Sie scheinen mir so ein freundlicher Mensch zu sein, das ist selten.«

Dabei war Stefans Da-Capo-Feier an sich okay; ich selbst sozial verträglich. Habe mich mit Tee begnügt. Tommy hingegen … Die Flasche *Mouton Rothschild* ist nicht die einzige geblieben. Dazu Bier, Gin, Tequila, Cognac; den Joint, der die Runde machte, hat er ebenso wenig ignoriert. Ganz der Alte: Trinken wie ein Kelte, kiffen wie ein Gott – für mich ist das vorbei. Erbärmlich, wie er zunehmend wankte, sein Lallen.

»Und wegen meinem … kleinen Anfall. Ich bin zurzeit einfach sehr … angespannt. Mein Freund …«

Wie er vom Stuhl fiel, wieder und wieder, und niemand nahm Anstoß, nicht einmal Stefan.

»… es geht ihm nicht so gut. Er ist neu in dieser Stadt und … muss von ganz vorne anfangen. Sich darüber klar werden, was er will im Leben. Aber das wollen Sie bestimmt nicht hören, tut mir leid, ich rede manchmal zu viel.«

Tommy kann niemand böse sein, dem Herzensguten, Fröhlichen, Schlauen; der sich überall auskennt, der das Leben durchschaut, den man sich als Mentor wünscht vor dem Jüngsten Gericht, wenn Aliens eine Invasion durchführen.

»Vielleicht schaffen wir es ja ein anderes Mal, das Regal aufzubauen. Mein Freund braucht es für seine Tagebücher. Er hat so viele. Er hat so viel erlebt …«

In Wahrheit wäre die Chefdiplomatin der Aliens konsterniert: Das soll das beste Produkt der Menschheit sein?

Ein Mittzwanziger mit Suchtproblem, abgebrochenem Studium, Job im Call-Center? Der den ganzen Abend hinausposaunt, als Einziger vom skandalösen Lager zu wissen, in das der *Paradigmenwechsel* die Flüchtlinge von der Flughafenautobahn gepfercht hat? Irgendwann ist sogar mir ist der Kragen geplatzt: ›Hör auf, Tommy! Du machst dich lächerlich! Da ist nichts! Den Flüchtlingen geht es gut. Es gibt eine neue Regierung, die ist nicht rechtsradikal! Such dir ein anderes Feindbild, wenn du schon eines brauchst!‹ Wie gut es sich angefühlt hat! Reifer zu sein, vernünftiger, schlauer … Zum Schluss hab ich ihm dann noch das abgedroschene ›Werde erwachsen!‹ entgegengeschleudert. Gleichzeitig musste ich mich wegdrehen, um nicht zu heulen. Tommys Augen. Sprachlos war er. Tommy! Sprachlos!

»Ach ja, und das ist für Sie. Ist versehentlich in meinem Briefkasten gelandet.«

Was ist das für ein Kuvert? Wie leer ich mich heute fühle, wie traurig ich seit dem Aufwachen bin. Der Blick aus dem Fenster in den weiß schimmernden Hof – irgendwo in dieser Stadt finden sich Blutspuren im Schnee. Würde man ihnen folgen, führten sie zu Tommy. Liegt wohl verkatert auf einer Parkbank, knapp davor zu erfrieren. Soll er. Bin nicht sein Babysitter. CDR. Meine Initialen auf diesem Kuvert. Wirklich, Tommy, du solltest einfach erfrieren.

»Ah … danke. Sagen Sie … wollen wir uns nicht duzen?«

Gestern hätte ich so etwas wohl noch nicht vorgeschlagen. Können Zusammenhänge so banal sein? Tommy mal die Meinung sagen und dann … frei sein … womöglich glücklich?

»Gern, gern«, lächelt Judit.

Sie streckt mir die Hand entgegen. Ich darf sie berühren.

Obwohl Tommy erfriert, darf ich Judits Hand berühren! Sie ist weich und warm. Vogelgezwitscher, Frühlingsblumengeruch … Der Winter ist draußen, den Frost kann Tommy haben. Ich bin frei. Ich könnte dieses Kuvert ungeöffnet verbrennen. In meiner Garçonnière ist so vieles andere vorhanden. Ein karger Raum voll unentdeckter Möglichkeiten. Mich zum Tisch setzen, das Notebook aufklappen, mit der Reportage über … ja, wen? Über wen soll ich denn schreiben, wenn nicht über Tommy?

8.

Aber über Tommy will ich nicht schreiben! Mein Indien-Tagebuch ist voll von ihm. Hörst du – ich will nicht mehr! Hätte ich bloß das Kuvert ignoriert, es erst gar nicht angenommen. Ich hätte es wissen müssen … Niemand sonst nennt mich ›CDR‹, Christian David Rieder; *Comités de Defensa de la Revolución.* Anachronistischer Tommy-Spleen. Was der Kerl sich herausnimmt! Auf dem Bildschirm in der Suchzeile grinst sein Name, Tommy. Exit aus der Ödnis. Von wegen. Ich drücke die Löschtaste. Warum schickt er mir das Foto? Ich kenne es zu gut, jeder kennt es, man kann ihnen nicht entkommen, diesen Flüchtlingen. Wie sie kurz nach ihrer Befreiung vor dem Kleintransporter mit offenem Laderaum stehen. Was will mir Tommy sagen? Dass es andere Menschen viel schwerer haben? Er war es, der alles sprengen wollte. Ich sollte das Foto zerstückeln, wegschmeißen. Deutlicher sein, den Krempel der Vergangenheit nicht bloß aus meiner Wohnung entfernen; ans Eingemachte gehen. Tommy bettelt förmlich darum. Ich muss nachdenken. Ich muss … Fuck! Judits abendliche Goa-Trance-Session geht los. Tiefe Bässe, schräge Flöten, Rauschen, Rasseln, Kratzen,

Kreischen direkt in meine Ohren, es zersetzt mir mein Rückgrat. Ich nehme mein Smartphone, tippe: *Hör zu, Tommy, wenn du Agent spielen willst, hab ich nix dagegen. Aber wenn ich es nicht will, hast du das auch zu akzeptieren!* Senden. Mir wird leichter. Ich habe Grenzen. Nicht jeden Abend Lust auf Goa-Trance. Was die sich erlaubt! Zieht ein und macht Krach. Mag mich gesiezt haben, letztlich ist sie wie alle eine Vulgär-Demokratin, rücksichtlos, egoistisch. Ich stelle mich an die Wand. Breitbeinig, die Unterarme leicht gebeugt, die Fäuste vor den Lenden geballt. Wie in dem albernen Selbstermächtigungsvideo, in dem dieser lächerliche Selbstermächtigungsguru kastrierten Selbsterniedrigungsspezialisten Autonomie lehrt. Jetzt alle grunzen! ›Ich stehe da, fest und unverrückbar!‹ So ein Scheißdreck. Mein Smartphone vibriert. Grunzend stampfe ich zum Schreibtisch. Tommy hat mir zurückgeschrieben: *Was faselst du da?* Heuchler. Ich mache ein Foto vom Foto. Senden. Keine Antwort nach einer Minute, keine nach zwei Minuten, keine nach drei. Quasi ein Schuldeingeständnis. Jetzt die zweite Front klären. Wie soll man bei diesem Lärm arbeiten, recherchieren? Ich könnte über alles Mögliche schreiben. Die Reportage des Jahrzehnts. Aber wie, bei dem Krach? Wie jemals vom Call-Center wegkommen, wieder in die Spur finden, die anderswohin führt als zur Sozialhilfe, zum Herzinfarkt?

Im Flur ist die Musik noch lauter. Grasgeruch entströmt allen Ritzen der Judit-Wohnung. Dabei ist die Frau mindestens vierzig … Dass sich aus dem Haus noch niemand beschwert hat. Feiglinge, elendige. Ich klopfe an die Milchglasscheibe des Gangfensters. Der Frau das Du anzubieten war ein Kardinalfehler. Alles wird kompliziert durch ein Du. Unter Stalin wusste man nicht umsonst, die Zeit war abgelaufen, wenn man wieder gesiezt wurde. Da fiel ein Genickschuss leichter. Ich klopfe noch einmal. Licht geht an. Hinter der Milchglasscheibe taucht jemand auf. Ein schlaksiger Schatten, groß, zu groß. Kommt auf mich zu, zieht sich zum Rhythmus der Musik in die Länge, in die Breite. Ein schwarzes Fluid, klatscht gegen das Fenster. Materialisiert sich zu einem Menschen, ein junges Gesicht presst sich gegen die Scheibe, küsst sie, leckt sie ab. Das Glas zerspringt. Scherben rieseln auf den Steinboden des Flurs. Die Musik stoppt. Ein Bursch, vielleicht fünfzehn, reckt seinen Kopf zu mir raus, sieht mich mit erzengelblauen Augen an, dann auf die Scherben.

»Ach du Scheiße«, stöhnt er.

9.

Sie rannten die Dorfstraße entlang durch die schwüle Sommerluft. Raus in Richtung Seilbahn. Bogen ab auf den schmalen Trampelpfad. Durch hohes Gras steil abwärts, vorbei an Josef Raggers windschiefer Hütte. Rein in den Eschenwald, das Gelände flachte ab. Sie sprangen über Mulden und Baumstumpfe, kreischend, johlend, jauchzend. Unten am Bach, in der tiefen Schlucht, Tausende Kilometer von daheim entfernt, legten sie sich auf einen Felsen. Blickten in den wolkenlosen Himmel. Sie hatten Zigaretten dabei. Eine für jeden genügte. Sie zogen sich nackt aus, sprangen in das eiskalte Wasser. Tauchten unter, schossen in die Höhe, erst glühend, dann dampfend. Sie legten sich an das schlammige Ufer. Sie wussten nicht, wessen Herzschlag sie hörten. Sie waren eins. Ihre kleinen Finger berührten einander. Ihre Schädeldecken zerbarsten.

Ich reiße die Augen auf. Kalter Rauch liegt in der Luft.

Abblätternder Putz an der Decke. Bettwäsche ohne Lavendelseligkeit. Jemand tippt an meine kleine Zehe. Ich drehe mich nach links. Tommy schläft selig in Seitenlage. Die Narbe über seinem Auge ist violett. Pulsiert. Mein Zeigefinger schwebt hin, ganz nahe, bis er sie beinahe befühlen kann.

Ich klettere vom Hochbett. Aauf dem Tisch, neben meinem zugeklappten Notebook, ein voller Aschenbecher, eine leere Weinflasche, und … zwei Exemplare des Flüchtlingsfotos. Ich nehme das eine in die rechte Hand, das andere in die linke. Lege sie übereinander auf den Tisch.

Es klopft an der Tür. Klopf, klopfklopf, klopf, klopfklopfklopf. Judit. Heute sie im Schlabberlook. Struppige Haare, blasse Haut, die Augen funkeln schwach. Diese Augen hätten mich nicht erschreckt. Ihre Stimme knarzt. Die Vögel sind fort. Die Blumen verwelkt. Sorry wegen gestern. Wegen der zu lauten Musik. Werde nicht wieder vorkommen, versprochen. Ob ich in den kommenden Tagen mal Zeit für einen Kaffee hätte? Nicht wegen dem Bücherregal, das sei momentan unwichtig. Was das andere betrifft … sie würde es mir gerne erklären. Also dann. Schönen Tag. Weg ist sie. Ich höre, wie sie ihre Tür ins Schloss fällt, dann schleiche ich auf den Flur. In Judits Gangfenster steckt ein Pappkarton. Auf dem Boden liegen noch Glassplitter. Zurück in der Wohnung setze ich mich zu Tommy an den Tisch. Massiere meine Nasenwurzel. Der gestrige Abend ein Filmriss. »Tommy – warum hast du bei mir geschlafen?«

»Bist du immer noch dicht? Hab ich ja schon gesagt: wegen dem Foto!«

»Was ist mit dem Foto? Wenn du es nicht warst, hat es mir halt jemand anderes geschickt. Zufällig auch dir. Vielleicht sind wir Teil einer absurden Studie. Oder das ist eine

Kunstaktion. Hast nicht du bei Stefan davon gefaselt, man müsse irgendeine Aktion starten, um die Leute …«

»Christian! Das hatten wir ja schon gestern Nacht. Alles schon durchgekaut!«

»Dann war ich wohl wirklich dicht.«

»Erinnerst du dich an gar nichts?«

»Doch. Daran, wie wir zum ersten Mal geraucht haben.«

Tommy reagiert nicht, hält mir eines der beiden Fotos hin. »Schau es dir genau an!«

Ich reiße ihm das Foto aus der Hand. Einmal noch. Einmal noch werde ich ihm den Gefallen tun. Dann soll er einen Abgang machen, sich um sein eigenes Zeug kümmern, oder um Flüchtlinge, oder um Waisenkinder, oder um Eisbären.

»Was siehst du?«

Was soll ich sehen? Zum zehntausendsten Mal die Flüchtlinge. Mittlerweile könnte ich jedem der Menschen vor dem Kleintransporter einen Namen geben. Meine Augen wandern gelangweilt über die mutlosen Gesichter. Stolpern plötzlich.

»Klingelt es endlich?«, fragt Tommy.

Es klingelt nicht, es hämmert. »Das ist ja …« er ist es nicht. Kann es nicht sein. »Den kenne ich ja.« Den Satz hätte ich mir verbeißen sollen. Zu spät. Tommy klatscht in die Hände, applaudiert johlend. Zudem das Hämmern, immer lauter, jemand klopft wild an meine Tür. Auf dem Foto, inmitten der Flüchtlinge, der alte Mann aus Stefans Nachbarswohnung. Jedoch nicht in Jogginghosen, Feinripphemd, Filzpatschen. Er ist angezogen, als käme er von einem Mittelaltermarkt. »Aber … wieso ist der mir nie aufgefallen. Der war doch sonst nie auf einem der Fotos. Der passt ja gar nicht dazu.«

Seine helle Haut, die blauen Augen, sein zuversichtliches Lächeln. Nein, der ist keiner von den Flüchtlingen.

»Nein, ist er nicht«, sagt Tommy. »Verstehst du jetzt, weshalb ich hier bin? Als du mir die Nachricht geschickt hast, da war ich so froh, dass du auch …«

Meine Ohren wie von Sirenen betäubt. Tommy macht lautlose Mundbewegungen. Zieht die Brauen hoch. Gestikuliert, kommentiert pantomimisch einen mich flutenden Erinnerungsstrom. Der gestrige Abend, jemand hämmerte an meine Tür. Auch jetzt hämmert jemand an meine Tür. Gestern stellte ich mich zunächst tot. Aber das Hämmern wollte nicht aufhören. Es hört auch jetzt nicht auf. Mit weichen Knien wie gestern schlurfe ich zur Tür. Öffnete sie gestern, öffne sie heute. Gestern war es Tommy, der wortlos mit dem Foto in der Hand wachelte. Heute hält Stefan mir das Foto unter die Nase.

»Hast du mir das geschickt?«

Das ist Stefans Begrüßung. Ich kann gar nicht antworten, da ist er schon an mir vorbeigehuscht.

»Du auch da?«, höre ich ihn sagen.

»Na sicher«, erwidert Tommy.

Ich starre auf den Flur, als Judits Tür aufgeht. Sie kommt heraus, die Augen hinter einer Sonnenbrille versteckt, beachtet mich nicht, zündet sich eine Zigarette an.

»Kommt ihr endlich?«, ruft sie.

Ich mache leise meine Tür zu. Spechtle durch den Spion. Aus meinem Zimmer dringen die aufgeregten Stimmen von Stefan und Tommy zu mir, ich verstehe nicht, was sie sagen, aber ihr Lachen ist mehr als deutlich. Draußen auf dem Flur ascht Judit auf den Boden. Ein Bursch stürmt aus ihrer Wohnung, tippt auf seinem Smartphone herum,

Judit scheint ihm etwas zu sagen, ihre Gestik wirkt streng, sie schimpft wohl mit ihm. Er steckt sich Kopfhörer in die Ohren, schaut für einen langen Moment zu mir her. Der Bursch von gestern Abend; seine Augen erzengelblau.

»Christian!« Tommy ruft mich.

Da verlässt eine dritte Gestalt Judits Wohnung. Groß, mager, in einem bodenlangen schwarzen Mantel gehüllt; schulterlanges dichtes schwarzes Haar wie das von Michael Jackson in seinen letzten Jahren. Das muss ihr Freund sein. Er trägt Handschuhe, eine Sonnenbrille … zwei dunkelrote Punkte funkeln hinter den Gläsern. Sein Gesicht ist kreidebleich. Ich spüre eine Hand auf meiner Schulter. Tommy, *seine* blauen Augen, was für eine Wohltat. *Erzengelblau*, so habe ich sie immer beschrieben.

»Hast du ein Gespenst gesehen?« Tommy blickt durch den Spion. »O, wow, verstehe. Schräge Nachbarn, die du da hast. Der schaut aus wie der Leibhaftige.« Dann, sich wieder mir zuwendend: »Aber jetzt zu Stefans Nachbarn. Hör zu …« Er flüstert. »Auch wenn dir das jetzt komisch vorkommt … nimm ihn ernst.«

Noch einmal blicke ich durch den Spion, ein leerer Flur, bloß ein Zigarettenstummel am Boden.

Stefan hat sich an den Tisch gesetzt, Tommy liegt oben auf dem Hochbett. Beide betrachten ihre Fotos. Ich halte meines ebenso in der Hand, schaue es aber nicht an. Was momentan in meinen vier Wänden abgeht, ist bei Weitem interessanter. Wer immer uns die Aufnahmen zugesandt hat, ist friedensnobelpreiswürdig. Hat dafür gesorgt, dass zum ersten Mal seit mehr als einem Jahr meine beiden besten Freunde zeitgleich bei mir sind. Es ist noch nicht lange her, da hat Stefan mich angezischt: ›Vergiss Tommy! Der macht dich doch nur fertig! *Mich* macht er nicht mehr fertig.‹ Durch die Fenster fällt blasses Wintersonnenlicht. Sogar die schweren Wolken haben sich verzogen.

Tommy legt sein Foto beiseite, lässt die Beine vom Bett baumeln. »Es ist alles umsonst. Er glaubt es nicht.«

Stefan nickt ihm zu, zuckt mit den Schultern. »Ganz ehrlich, würde ich auch nicht.«

»Aber wie sollen wir es ihm klarmachen«, überlegt Tommy, »dass wir ihn nicht verarschen?«

»Das Problem haben wir doch alle drei«, erwidert Stefan. »Woher weiß ich, dass nicht ihr zwei mich auf den Arm nehmt. Oder du Christian und mich. Oder er dich und mich …«

»Hey!« Ich stampfe in den Boden. »Ich bin da! Könnt ihr bitte *mit* mir statt *über* mich reden?«

»Christian, ich …« Stefan steht auf. Er legt das Foto auf den Tisch. Atmet durch. »Ich rede doch die ganze Zeit mit dir. Hast du mir überhaupt zugehört?«

Erst jetzt bemerke ich die tiefen Augenringe in seinem Gesicht, wie sehr seine Stimme krächzt. Ist er womöglich krank? »Was … was hast du denn gesagt?«

Stefan reibt sich die Hände, setzt immer wieder zu sprechen an, stockt.

»Okay, Stefan, ich bin ganz Ohr. Ich hör dir zu.«

Er nimmt seinen Stuhl, stellt ihn in die Mitte des Zimmers, setzt sich rücklinks hin. Er beugt sich mit dem Oberkörper über die Lehne. Räuspert sich.

Tommy ist inzwischen eingenickt, wälzt sich hin und her. Wimmert, als würde er schlecht träumen.

10.

»Gestern bin ich erst ziemlich spät heimgekommen«, beginnt Stefan. »Nein, ich habe nicht schon wieder gefeiert. Der Samstag hat mir gereicht, wir waren ja alle ziemlich hinüber. Meine Mutter war am Wochenende in der Stadt, hat mich in die Oper eingeladen, *Salome*, ihr Geburtstagsgeschenk, eine unglaublich dröge Inszenierung. Danach waren wir essen, im Achten Apostel in der Innenstadt. Haben über ganz normale Sachen geredet, wie es beim Studium läuft, was ich von der neuen Regierung halte, ob es gerade ein Mädchen in meinem Leben gibt. Was Mütter halt so fragen. Erst beim Dessert hat sie mir dann erzählt, dass mein Vater total happy ist, weil … Er hat seinen *Eumeswil* wieder.«

»Wie?«

»Ja, du hast schon verstanden. Sie hat gesagt, einem Kollege aus seiner Verbindung, er heißt übrigens Nachtmann, dem ist das Buch beim Umordnen wieder in die Hände gefallen. Vor einer Ewigkeit hatte er es von meinem Vater ausgeborgt, darauf vergessen. Vor Kurzem jedenfalls ist dieser Nachtmann bei uns zuhause aufgekreuzt und hat das Buch meinem Vater zurückgebracht.«

»Aber das kann nicht sein!« Ich deute zum Hochbett hinauf, flüstere. »Er hat es doch abgefackelt.«

»Ich weiß«, sagt Stefan. »Oder ich weiß es eigentlich nicht mehr. Vielleicht war es gar nicht so …«

»Stefan! Komm schon! Wir waren doch dabei!«

Er kann es unmöglich vergessen haben! Dass unser Deutschlehrer in der Sechsten um das Buch so ein Trara gemacht hat. Weil es darin um Anarchismus gehe, es sei voller geheimer Formeln. Das hat Stefan dazu animiert, den Roman aus der Bibliothek seines Vaters zu stibitzen. Eine Zeit lang sind wir dann jeden Tag runter zum Bach, Tommy, Stefan und ich. Haben einander aus dem Buch vorgelesen. Verschwörerisches Algebra betrieben. Bis Tommy …

»Ja, aber das ist eine Geschichte, die ist so oft erzählt worden …« Stefan wirkt gereizt. »Vielleicht hat sie sich verselbständigt, und er wollte das Buch verbrennen, hat es aber gar nicht getan. Wäre sowieso eine fragwürdige Aktion gewesen.«

Tommy beginnt laut zu schnarchen. ›Dieser Jünger war ein Nazi!‹ – Ich habe es noch zu gut im Ohr. ›Und dein Vater, Stefan, ist auch einer!‹ Daraufhin hat Tommy das Buch angezündet, unten am Bach. Oder etwa nicht? Ich weiß, ich würde ihn jetzt nicht wach bekommen. Was würde er schon sagen? Ich kenne ihn. Selbst wenn er das Buch nicht abgefackelt hat, er würde es nicht zugeben. Verliebt in seine eigenen Mythen, das war Tommy immer schon.

»Das Buch ist jedenfalls wieder da.« Stefan streckt sich, langt nach einer der beiden Kaffeetassen vor ihm, trinkt sie in einem Zug aus. »Aber ich will auf etwas anderes hinaus. Nach dem Essen bin ich heim, und wie ich in meine Gasse komme, parkt vor meinem Haus so ein fetter Range Rover. Richtig protzig. Ich fahre ja selber ganz gern mit den Dingern, aber der hat fast den kompletten Gehsteig zugestellt bei laufendem Motor. Ich hab mich vorbeiquetschen müssen, damit ich zu meinem Haustor komme, und das stand sperrangelweit offen, mitten in der Nacht. Während ich auf den Lift warte, will ich schon die Polizei anrufen. Mittlerweile läuft ja sogar in meinem Viertel das ärgste Gesindel herum …«

»Und fährt mit einem Range Rover«, spöttelt Tommy. Ich habe gar nicht bemerkt, dass er aufgewacht ist, sich wieder aufgerichtet hat.

Stefan verdreht die Augen. »So ein rumänischer Bandenboss benutzt selten einen alten Käfer. Darum geht es ja gar nicht. Es geht um die drei Figuren, die im Lift standen, als die Tür aufging. Zwei bullige Kerle mit rasiertem Schädel. In ihrer Mitte ein alter Mann. Total sediert, seine Augen riesengroß, aber wie tot. Die beiden Typen halten ihn an den Oberarmen fest, also … Ich will nicht sagen, dass sie ihn entführt haben. Aber abgeführt, das schon. Und diesen Mann habe ich gekannt, er ist einer von meinen neuen Nachbarn. Die wohnen erst seit zwei Wochen in der Wohnung, der Alte und diese Frau. Du hast sie am Samstag ja gesehen, Christian. Vater und Tochter, so habe ich mir das vorgestellt. Nicht unsympathisch, vielleicht ein bisschen kontaktscheu. Aber das ist mir ganz recht. Von mir aus kann sie ihren Vater auch spätnachts von einem Range Rover abtransportieren lassen. Geht mich nichts an. Nur, als ich heute dieses Foto in meinem Briefkasten hatte … da habe ich mir gedacht …«

Was? Was hat er sich gedacht? Was erzählt er mir da überhaupt?

»Da hast du dir gedacht«, springt Tommy ein, »dass das ein bisschen unheimlich ist. Dein entführter alter Nachbar – mitten unter den Flüchtlingen.« Stefan zuckt mit den Schultern. »Und dann hast du dich gefragt, ob jemand einen Scherz mit dir treibt.« Stefan bewegt seinen Kopf hin und her. »Und wem traust du so einen sinnlosen Blödsinn zu? Natürlich ihm.« Tommy zeigt auf mich.

»In Wahrheit habe ich mir gar nichts gedacht«, sagt Stefan. »Ich habe …« Er steht auf, stellt die leere Kaffeetasse auf den Tisch, lässt seinen Finger über die staubige Tischplatte gleiten, begutachtet den Staub auf seiner

Kuppe. »… Angst gehabt.« Er dreht sich zu mir. »Und – das mag albern klingen – mein Impuls war, zu dir zu fahren, dir das zu erzählen. Keine Ahnung, warum …«

Eine ganz komische Stimmung. Meine kahle Garçonnière. Bett, Kasten Bücherregal, Tisch. Keine Dekoration, keine Erinnerung. An den Wänden schräge Farbschattierungen. Stefan kommt zu mir, weil er einen Rat braucht? Von mir?

»Nimm ihn ernst!«, sagt Tommy. Oder höre ich ihn in meiner Erinnerung?

»Aber was … was soll ich jetzt machen?«

»Ich weiß nicht«, murmelt Stefan. »Hast du nicht das gleiche Foto bekommen? Eben. Das betrifft nicht nur mich.«

Nein, es betrifft auch Tommy. Es muss eine Genugtuung für ihn sein, dass sogar Stefan einsieht: Die Sache mit den Flüchtlingen von der Flughafenautobahn hat einen doppelten Boden.

»Es stimmt schon, darauf könnte ich mir jetzt was einbilden«, sagt Tommy. »Aber es geht nicht um mich, es geht um … ja, das ist die Frage. Was nun zu tun ist, kennt man doch aus jedem Agentenroman. Beobachten, beobachten, beobachten. «

»Ja, genau!«, pflichte ich ihm bei.»Wir könnten deine Nachbarswohnung beobachten, Stefan. Schauen, was da so los ist. Wer so kommt und geht.«

»Und warum gehen wir nicht einfach zur Polizei?«

»Kannst du ja machen. Aber du bist zu mir gekommen. Dein Impuls. Und ich sage: Wir könnten deine Nachbarswohnung beobachten.«

11.

»Burschen, wie alt seid ihr«, brummt Tibor Jablovnik, unser Hoffnungsschimmer. »Zwanzig, fünfundzwanzig?«

Draußen schieben sich die Leute durch die Straßen, auf der Jagd nach Weihnachtsgeschenken. Der gusseiserne Ofen in diesem Kaffeehaus sorgt für tropische Hitze. Ich würde mir am liebsten das T-Shirt ausziehen. Die anderen Gäste tragen Mäntel, einige sogar Schals, Hauben und Hüte. Die Wände grau vom vielen Tabakrauch aus früheren Zeiten. Radierungen und Zeichnungen von kitschigen Biedermeiermotiven. Ein Klavier, verstaubt wie alles hier. Stefan und ich sind die Einzigen unter fünfzig. Niemand spricht. Nur das Rascheln von Zeitungen ist zu hören, dann und wann ein Hüsteln. Der Kellner fragt fast flüsternd, was wir trinken möchten.

»Für mich ein Bier«, sagt Jablovnik.

Wahrscheinlich nicht sein erstes heute. Über seinen Schwabbelbauch spannt sich ein enges T-Shirt. Die dünnen Beine in rosaroten Schnürlsamthosen. Die Füße in grauen Crocs. Keine Socken. Sein Gesicht, beschirmt vom Base-Cap einer Baufirma, scheint wie mit Schmirgelpapier abgerieben. Öffnet er den Mund, steigen Bläschen in die Höhe. Ein Betrunkener in einem Comicstrip. Kaum zu glauben, dass er mal zu den besten Journalisten dieser Stadt gezählt haben soll. Aber wählerisch zu sein, können wir uns nicht leisten. Er hat uns als Einziger geantwortet. Stefan bestellt Kräutertee. Damit nimmt er mir die Entscheidung ab. »Bringen Sie noch ein weiteres Bier, für unseren Freund«, raune ich dem Kellner zu. »Er muss gleich kommen.« Tommy hat geschrieben, dass er es nicht rechtzeitig schafft. Eigentlich ist er ein pünktlicher

Mensch. Stand während der Observationszeit täglich um exakt achtzehn Uhr bei der Straßenbahnstation. Dann gingen wir zu Stefan. Ein Range Rover rollte durch die Gasse. Stets ein anderes Kennzeichen. Dennoch ... Wir hielten uns die Hand vor das Gesicht.

»Diese Monster kurven mittlerweile überall durch die Stadt«, moniert Joblovnik.

Zwei oder drei Einträge in seinem Blog hat er diesen Autos gewidmet. Die reinsten Hasstiraden. Sein Blog ist allerdings ein Sammelsurium von Hasstiraden. Nicht umsonst nennt er ihn *Systemsprenger*.

Wie angenehm die Abende bei Stefan waren ... Bei seinen Nachbarn passierte nicht viel – so gut wie nichts, um ehrlich zu sein. Wir vertrieben uns die Zeit mit Pokern, Biertrinken, Plaudern. Nach allem, was hinter uns lag, war es wie ein Wunder: Ich traf mich täglich mit meinen besten Freunden. Eine unbeschwerte Atmosphäre. Kein Sezieren der Vergangenheit. Kein Problematisieren der Gegenwart. Meine Fehltritte, Stefans *conservative turn*, Tommys ... der Scheiß eben, den er aufgeführt hatte – alles kein Thema. Man hätte uns für normale Studenten halten können, auch wenn Stefan als Einziger von uns noch auf die Uni geht. Pokern, Biertrinken, Plaudern. Hie und da stand einer von uns auf und tapste zur Wohnungstür. Lugte durch den Spion auf den Flur. Nichts. Wenn wir es nicht besser wüssten, wir hätten meinen können, die Nachbarswohnung stünde leer. Dieses Rausspechteln mutierte bald zu einem sinnlosen Ritual. Aber dann, eines Abends, gut zwei Wochen später ...

»Jetzt bin ich aber gespannt«, gähnt Joblovnik.

Sein Bier, soeben serviert, schon zur Hälfte ausgetrunken. Wer weiß, wie lange Tommy noch braucht? Ich kann doch sein Bier nicht warm werden lassen. Außerdem ist mein Mund so trocken, und der Tee ist noch viel zu heiß. Ein unauffälliger Schluck. Stefan, der Jablovnik alles haarklein berichtet, merkt es vielleicht nicht.

»Das ist eine gute Idee«, sagt er und greift nach dem Glas, »darf ich?« Ohne eine Antwort abzuwarten, trinkt er. »Also – an diesem Abend …«, erzählt er weiter.

Es tut gut, die Geschichte in diesem altmodischen Ambiente zu hören. Zu hören, wie sie jemand hört, der nicht dabei war. Dieser eine Abend, wie immer … wir pokern, trinken Bier, plaudern. Aber dann. Stimmen von draußen. Wir legen synchron die Spielkarten weg. Schleichen ins Vorzimmer, und dort … reißt Tommy einfach die Tür auf. Auf dem Gang vor der Tür zur Nachbarswohnung zwei Gestalten. Ein untersetztes, dickes Männlein in grünem Lodenmantel, auf dem Kopf einen Steirerhut. Bei ihm untergehakt, mit Gehstock, eine uralte Dame; klein und gebückt, in einem schwarzen Mantel voller Strasssteinchen, um die Schultern eine rote Federboa. ›Das ist er‹, flüstert Stefan, ›das ist dieser Nachtmann.‹

Im selben Moment wird die Nachbarstür geöffnet. Der helle, scheinbar endlose Korridor. Gebohnertes Parkett. Klaviermusik. Die schlanke, schwarz gekleidete Frau mit der Perlenkette um den Hals macht einen Knicks vor der Dame. Das Männlein, Nachtmann, begrüßt sie mit einem Kuss auf die Wange.

›Schön, dass Sie es endlich geschafft haben zu kommen, Frau Brunhilde.‹

Die Antwort der Dame klingt metallen, gierig: ›Wo ist er?‹

Mir läuft es eiskalt den Rücken runter. Auch jetzt im Kaffeehaus überfällt mich ein Frösteln, wenn ich daran denke.

Die Frau mit der Perlenkette klatscht zweimal in die Hände. Im Korridor erscheinen drei Gestalten. Eben die aus Stefans Erzählung. Dem fällt die Kinnlade runter; Tommy nickt, als hätte er sich nichts anderes erwartet. Ich verstecke mich hinter ihm, blicke über seine Schultern auf zwei bullige Typen. Zwischen ihnen der alte Mann. Splitternackt. Zweifellos der vom ominösen Foto; den ich schon einmal dort im Korridor gesehen hatte ... Wie anders er mittlerweile wirkte ... ein lebloses Gesicht, gebrochen. Der Körper voller violetter Flecken. Die gefesselten Hände hält er sich vors Geschlecht. Den Bauch, mit dem Nabel als Mittelpunkt, ziert ein roter Kreis.

Die Dame geht wackeligen Schrittes auf ihn zu. Klock, klock, klock, das Geräusch ihres Gehstocks wird mir in den Ohren bleiben.

»Sie hat den Mann angespuckt«, sagt Stefan. »Ekelhaft. Dann hat sie ihm mit dem Stock in den Bauch gebohrt.«

Der Kellner bringt Jablovnik ein weiteres Bier. Tommy wird sich selbst eines bestellen müssen. Langsam könnte er auftauchen. Hat dieses Treffen schließlich eingefädelt. Als wir dann wieder in Stefans Küche sitzen, gelähmt von der gespenstischen Szene, sagt Tommy: ›Jetzt müssen wir *wirklich* was unternehmen.‹

Zur Polizei gehen? Ja. Tommy und ich halten es zunächst für den besten Weg. Aber seltsam ... Stefan, Anwaltssohn, Jus-Student, scheint kein Vertrauen mehr in die Staatsgewalt zu haben. Ausgerechnet er rattert polizeikritische Phrasen runter; Symptome eines Pippi-Langstrumpf-Syndroms, so hätte er das vor Kurzem noch abgekanzelt. Als Tommy und ich nachhaken, verstehen wir den Sinneswandel. Das untersetzte Männlein ... Michael Nachtmann ist der

Verbindungsbruder seines Vater. Zudem ein hohes Tier im Innenministerium.

»Also?« Stefan fixiert Jablovnik. Der hat sein Bier fast schon wieder ausgetrunken. Die Rechnung übernehmen wir, wahrscheinlich war das der einzige Köder. »Sie waren mal eine große Nummer. Wir haben recherchiert. Sie haben einige große Skandale aufgedeckt. Die Fakten liegen auf dem Tisch. Da steckt doch was dahinter. Und sei es ein Sexskandal.«

Jablovnik fährt mit einer Hand unter sein T-Shirt, kratzt sich die Brust. Fischt mit der anderen Hand eine Packung Marlboro aus seiner Hosentasche. Er wird doch nicht …? Doch! Wortlos steckt er sich eine Zigarette in den Mund.

»Burschen, ich sag euch was«, nuschelt er. »Ihr seid jung. Da vermutet man hinter allem einen Skandal.«

Unangenehm seine Ausdünstung von Schweiß und Alkohol. Mit einem Mal fällt es mir auf. Welch ein Wrack Jablovnik ist! Die Härchen in seinen Ohren, ekelhaft.

»Hey, sorry, die U-Bahn hatte eine Panne.«

Endlich! Tommy ist da! Der wird es diesem Jablovnik schon klarmachen, ihm die Augen öffnen.

»Hallo, Herr Jablovnik. Ich bin Tommy. Wir haben miteinander telefoniert.«

Dem Mann werden tatsächlich die Augen geöffnet. Er starrt Tommy entsetzt an, wird bleich, Sabber rinnt ihm aus den Mundwinkeln … Tommy zieht seine Hand zurück.

»Was habt ihr mit dem gemacht?«, fragt er.

»Nichts«, erwidere ich, »er hat ein paar Bier getrunken, und wir haben ihm erzählt, was …«

Jablovnik hält plötzlich ein Feuerzeug in der Hand. Kann es kaum führen, so zittrig sind seine Hände. Nach ein paar

Versuchen schafft er es, sich die Zigarette anzuzünden; zieht einmal daran, lässt sie in sein Bier fallen, richtet seinen Zeigefinger auf Tommy.

»Dadadadadada …« brabbelt er. »Das ist … das ist …«

»Herr Jablovnik! Hallo?« Stefan rüttelt den Mann an der Schulter. Der kippt plötzlich vornüber, klatscht mit dem Gesicht bloß deshalb nicht auf den Tisch, weil sein dicker Bauch ihn abstützt. »Ich glaube, wir brauchen einen Notarzt …«

12.

Es ist einfach so gewesen: Er war irgendwann und irgendwo geboren worden. Jetzt befand er sich hier. Die Jahre dazwischen markierten eine große Leerstelle. Er wusste nichts darüber. Niemand wusste etwas darüber. Was nicht war und nie gewesen ist, konnte man nicht wissen, noch nicht. Es müsste erst geschrieben werden. Der Tag würde gewiss kommen, dafür würden andere sorgen, aber einstweilen … war einzig und allein der Sonnenaufgang über der Küste wirklich; die brechenden Wellen, die schreienden Möwen, insbesondere der Geruch des Steuermanns, dem er den Rücken zugewandt hatte. Es war kein unangenehmer Geruch, indes verstörend. Erinnerungen lagen darin. Er ahnte, es gab solche. Folgerte daraus, es müsse somit auch eine Vergangenheit geben, zumindest einen Moment, der vor jenem lag, als er dieses Schiff betreten hatte. Was mochte da gewesen sein? Im Mondenschein war er über die knarzende Planke geschritten. Achtsam, das hatte er währenddessen gedacht, ob dieses Wort wohl mit dem *Achtfachen Pfad* zu tun hatte?

Die Sonne warf eine blutrote Schliere von der Küste bis

zum Heck des Schiffes. Was war das überhaupt, ein Achtfacher Pfad? Er wälzte den Begriff auf seiner Zunge hin und her; er schmeckte irgendwie nach Steuermann. Abermals versuchte er zurückzudenken, in jenen Moment auf der knarzenden Planke einzutauchen; er hatte seine achtsamen Schritte gehört, sich noch ein letztes Mal umgedreht. Wen hatte er dort gesehen? Ach ja, seine Mutter, an sie erinnerte er sich. Sie hatte er zurückgelassen. Wie erleichtert und dankbar er darob gewesen war! Sie hatte nicht mitkommen wollen! Ohnedies war sein Angebot bloß der noch nicht gekappten Nabelschnur geschuldet, ein halbherziger Ausdruck verlogener Höflichkeit, eine in Fleisch und Blut eingeschriebene kindliche Loyalität. Wie sie da stand, in prunkvollen Brokat gehüllt, eine von den Schattenfiguren hinter ihr hatte den Schleier gehoben, ihr verhärmtes Gesicht entblößt. Wie seine Mutter ihren Arm ausstreckte, ihm sodann mit dem Daumen der rechten Hand ein Kreuz auf die Stirn zeichnete. Ausgesprochen empathielos, er hatte jedoch nicht protestiert. Indes spürte er jetzt ein Jucken, genau an jener Stelle unter dem Haaransatz. Das vermaledeite Muttermal. Ihre Abschiedsworte krümmten sich in seinen Ohren: ›Wage es nicht zurückzukommen!‹ Hierauf … hatte sie ihm vor die Füße gespuckt.

Der Leuchtturm an der Küste war mittlerweile auf die Größe seines kleinen Fingers geschrumpft. Die Mutter war nach der Verabschiedung mit ihrer Gefolgschaft, die einst seine gewesen, wohl in den Kampf um seinen Nachlass gezogen … Das Jucken war ihre Hinterlassenschaft. Doch erst wenn von der Küste nichts mehr zu erkennen wäre, würde er sich mit dem Handrücken über die Stirn wischen.

»Gegen das Jucken wird es nichts ausrichten!«

Diese Stimme klang vertraut. Über dem Schiff wölbte sich ein wolkenloser Frühlingshimmel. Die Sonne war knallgelb, im Zenit stehend. Er konnte nicht widerstehen, musste einfach geradewegs in ihr gleißendes Licht blicken. Es existierte für ihn kein schöneres Gefühl, obschon seine Mutter stets gemahnt hatte, er dürfe es nicht tun, das Risiko zu erblinden sei zu groß; und blind wäre er für die Menschheit wertlos. Die Wirklichkeit auszulöschen, wenigstens für ein paar Momente, allmählich aus dem weißen Nichts etwas Neues entstehen zu sehen, als wäre er soeben erst geboren worden, was mochte die Welt ihm Schöneres bieten? – Sie bot ihm zumindest einen Steuermann, der sich nun neben ihn an die Reling gestellt hatte, barfüßig, in knielangen abgerissenen Jeans, mit nacktem Oberkörper. Sein Haar war verfilzt, so ungestüm und wild, wie sein eigenes sein könnte, hätte ihm die Mutter nicht als vorbeugende Sicherheitsmaßnahme eine Glatze geschoren.

Der Steuermann lächelte ihn freundlich an. »Jetzt hast du wieder so maßlos viel gedacht, da hast du bestimmt bereits vergessen, was ich gesagt habe.«

»Du hast gesagt, es wird gegen das Jucken nichts ausrichten!«

Aber was würde gegen das Jucken nichts ausrichten? Das hatte Jesus in der Tat vergessen. Jesus. Das war sein Name. Maria. So hieß seine Mutter. Magdalena. Seine Geliebte. Ihr schiefer linker Vorderzahn. Und der Steuermann? Er hatte sich mit ›Tommy‹ vorgestellt. Tommy? Etwa jener Tommy ...?

»Mir über die Stirn zu wischen!« Jesus warf Tommy einen triumphierenden Blick zu. »Das würde gegen das Jucken nichts ausrichten!«

»Stimmt. Aber kannst du mal bei einer Sache bleiben?«,

nörgelte der Steuermann. »Mal geht es um deine Stirn, dann um meinen Namen …«

»Entschuldige, ich bin jetzt drei Jahre lang bei einer Sache geblieben: Liebe, Liebe, Liebe, ich kann es nicht mehr hören!«

»Das solltest du aber!«

»Warum?«

»Weil du dich erinnerst! Dein Jucken ist nichts als Erinnerung.«

Ein Schrecken fuhr durch seinen Leib. Die Schattenfiguren hinter seiner Mutter. Eine von ihnen … Magdalena. Und neben ihr … ihre Hand haltend …

»Ich erinnere mich an überhaupt nichts«, schnaubte Jesus.

»Wenn du meinst …«

»Wohin bringst du mich eigentlich?«

»Ich bringe dich nirgendwohin. Ich fahre. Du wolltest mit. Jetzt bist du hier.«

»Und wohin fährst du?«

»Rom.«

Du liebe Güte, in die Höhle des Löwen? Ein süßer Schwindel überkam ihn. Durfte er denn…? Durfte das denn …? Aber ja. Warum eigentlich nicht? Wahrlich, es war doch nicht zu spät für einen Neuanfang! Er könnte bestimmt … ein wenig Vergnügen finden. Wozu war er denn geflohen? Weswegen hatte er sich seiner Gefolgschaft entzogen? Doch nicht, um über das Jucken auf seiner Stirn zu sinnieren! Hier auf diesem Schiff, etliche Kilometer von dem pathosgeschwängerten, bierernsten Landstrich entfernt, den er ›Heimat‹ nannte, wo bereits das Krümmen des kleinen Fingers eine hochtrabende Exegese von weltbedeutender Dimension nach sich zog, wollte er es sich endlich eingestehen: Verdammt, er wollte Spaß! Spaß, Spaß, Spaß! Sündhaften, besinnungslosen, verdorbenen, gott- und mutterlosen Spaß! Ohne Ansprüche, ohne Moral, ohne Gewissensbisse. Ohne Sinn vor allem! Er würde sich eine kleine Mansardenwohnung mieten, Opium rauchen, Wein trinken, maßlos sein, maßlos! Und, ja … römische Frauen kennenlernen! Deren lockendem Augenaufschlag erliegen, deren hemmungsloser Körperlichkeit. Was hatte ihm einst ein Leprakranker über die Römerinnen gesagt? ›Sie wissen, was sie wollen, und sie lassen es auch dich wissen!‹ Wie durcheinander er deswegen gewesen war – und jetzt befand er sich schon auf dem Weg zu ihnen …

»Dürfte ich deine pubertären Phantasien unterbrechen?«, hörte er den Steuermann sagen. »Dem Jucken wirst du dadurch auch nicht entkommen.«

Der süße Schwindel verebbte. Das Jucken auf seiner Stirn kehrte zurück, intensiver noch als zuvor.

»Aber was …«, stammelte Jesus, »was soll ich denn bloß tun? Was kann ich machen, um endlich glücklich zu sein?«

»Ich habe es dir bereits gesagt: Es geht um dein Jucken. Es ist die Erinnerung. Woran erinnerst du dich?«

»An nichts. Ich weiß es nicht.«

»Doch, du weißt es.«

»Nein … du überschätzt mich. Alle haben mich überschätzt. Was haben die alle in mir gesehen? Was haben die alle von mir erwartet? Ich weiß nicht einmal das! Hörst du! Ich weiß nichts! Aber du, Tommy! Von dir hat Longinus auf der Kellerversammlung gesprochen. Du bist der wahre Messias! Bitte, hilf mir! Mach mich glücklich! Ich will endlich glücklich sein! Du hast die Macht dazu, nicht wahr? Du bist …«

Der Steuermann zog ein Messer aus seiner Gesäßtasche.

»Ja«, sagte er. »Ich bin der Weg und die Wahrheit und das Leben. Niemand kommt vom Vater los denn durch mich.«

Längs der rechten Augenbraue ritzte er sich mit dem Messer die Stirn. Scharlachrotes Blut tröpfelte auf Jesu Zehen. Es war siedend heiß.

»Au!«, schrie Jesus und hüpfte schmerzverzerrt auf einem Bein über die Planken.

13.

»Entschuldige!«

Eine gleißende Wintersonne. Mama hat die Jalousien raufgezogen. Bett, Kasten, Schreibtisch, Bücherregal, die kleine Couch, meine E-Gitarre werden wieder sichtbar. Bob Dylan, Bob Marley und Buddha blicken auf mich herunter. Fotos von Mama, Papa und mir am Meer, beim Wandern, unterm Christbaum. Ich drücke mein Gesicht in den Polster. Lavendelseligkeit. »Es ist fast Mittag! Raus aus den Federn!« Mama lacht. Setzt sich an den Bettrand. Streichelt mein Haar. Gibt mir einen Kuss auf die Stirn. »Schön, dass du da bist.«

Später beim Essen. Es riecht nach Zimt und Nelken. Dreimal nehme ich einen Nachschlag. Höre mich tolle Geschichten erzählen. Dass ich endlich den Dreh raus habe. Wieder fleißig studiere. Martha ist zu mir zurückgekehrt. Jeden Morgen liebkost sie meine weiche Haut, streichelt meine glänzenden Haare. Kein Wunder, dass ich so viel schaffe. Zum Beispiel eine Reportage. Es geht um die Flüchtlinge von Anfang November, erinnerst du dich, Mama? Tommy, Stefan und ich sind da auf Ungereimtheiten gestoßen. Unter den Leuten war ein mysteriöser Mann, ein Alien aus einer anderen Zeit. Das wird vertuscht, geht rauf bis in höchste Regierungskreise. Wir sind dabei, das Geheimnis zu lüften, Tommy, Stefan und ich. Zum Abschluss werde ich das Ganze in eine mitreißende Reportage gießen. Wir haben den Kontakt zu einem Nachrichtenmagazin hergestellt, mithilfe von Tibor Jablovnik, kennst du bestimmt, früher eine Koryphäe im Journalismus. Anfang des Jahres wird die Sache erscheinen … Ich sag dir, Mama, aus mir wird noch was!

Das klingt großartig, mein Schatz, sagt sie. Ich schlucke. Papa wäre stolz auf mich, sagt sie das auch? Sie betrachtet mich wie ein Weltwunder. »Immer wieder schön zu sehen, mit welcher Freude du isst.«

Ist ja auch eine Leistung. Macht Mama glücklich. Sonst ist da ja niemand, der ihr Essen isst. Sie ist allein, ich bin allein. Einen vierten Teller schaffe ich trotzdem nicht mehr. Ich könnte mich nicht mehr bewegen, raus aus dem Haus aufs Feld laufen, in den Wald, gegen Bäume treten, brüllen, flennen. Dann zurück ins Dorf, auf den Friedhof, die Gräber besuchen, das müsste sein. Zu Allerheiligen habe ich die Toten versetzt. Habe Mama mit ihnen alleine gelassen.

»Hab ich dir eigentlich erzählt«, fragt Mama, »was zu Allerheiligen los war?«

Nein, hat sie nicht. Dass ich nicht heimkommen wollte, hatte sie verstanden, ansonsten … Allerheiligen war kein Thema. Ah, ihre Anekdote handelt von Josef Ragger. Der gute alte Ragger! Haust in einer Bruchbude am Ortsrand, riecht unangenehm, spricht mit niemandem. Ernährt sich von selbstgejagten Hasen, verschlingt sie roh. Soll es auch mit dem SS-Mann so gehandhabt haben, den er als Halbwüchsiger erwürgt hatte. Details dazu wollten Tommy und ich als Teenager erfahren. Ehrfürchtig wären wir vor dem Alten auf die Knie gefallen. Ein Widerstandskämpfer in unserem Kaff, ein wirklich konsequenter. Aber Ragger verschmähte unsere Ehrung. Verjagte uns mit einem Stock. Kein anderer Erwachsener hat mich je geschlagen, nur Josef Ragger, der stinkende Kannibale. Der in den Wochen vor Allerheiligen wieder damit begonnen hat, Gasthäuser unsicher zu machen, wie früher. Jahrelang hatte er sich in keinem blicken lassen. Plötzlich taucht er wieder Abend für Abend auf, im *Adler*, im *Löwen*, in der *Post.* Sitzt da, trinkt Bier, raucht. Redet mit sich selbst. So weit, so unspektakulär. Dorfspinner machen so was, oder? Sieht Mama genauso.

»Aber dann, kurz vor Allerheiligen …« Sie stellt zwei Tassen Kaffee auf den Tisch, Kekse. Das riecht ja nach … Ich nippe vom Kaffee, verschlinge ein Keks. »… hat er wieder angefangen, mit seiner Ziehharmonika durchs Dorf …«

»Fuck!«

»Christian!«

»Tut mir leid, aber – ist das Kardamom im Kaffee?« Was für eine überflüssige Frage. Natürlich kein Kardamom im Kaffee. Aber in den Spekulatius ist das Gewürz, sie schmecken anders als sonst; richtig erkannt, neues Rezept. Stammt von Oma. Darüber sollten wir plaudern. Von Ragger hätte sie nie anfangen sollen. Dass der wieder, etwa am Abend …?

»Ja, am Abend. Du schaust aus wie ein Gespenst. Schmecken dir die Kekse nicht?«

Nein, nein, Kardamom schmeckt großartig. Und das Gespenst ist Josef Ragger. Das sollte Mama wissen! Ihr Smartphone läutet, sie entschuldigt sich, eine Frau aus ihrer Hospizgruppe. Sie lässt mich allein mit dem Gespenst, seiner Eisenkette, der Ziehharmonika.

Ich lag im Bett, machtlos gegen den Kitzel der Angst, einen bis zum Letzten angespannten Kinderkörper. Alle Funktionen zurückgefahren, bloß das Herz. Bum. Bum. Bum. In der Stille der Nacht. Sekunden, Minuten, Stunden, bis endlich. Endlich! Erst leise, kaum zu hören. Klangfetzen zwischen dem Bum, Bum, Bum. Im ganzen Dorf lag in jedem Haus ein Kind und schiffte sich fast an. Es musste so sein. Nicht nur ich konnte es hören. Raggers Ziehharmonika. *Schlaf, Kindlein, schlaf!* Das war ein Befehl. Ansonsten – ich wusste es nicht. Ich habe es nie erfahren. Nahm es mir x-mal vor, aber die Melodie war immer stärker, wurde immer stärker, je lauter ich sie hörte, je näher Ragger kam. *Der Vater hüt' die Schaf.* Ich hörte mein Herz nicht mehr. Gutes Herz, es wollte mich nicht verraten. Ich hielt die Luft an. Lauschte Josef Raggers Schritten. *Die Mutter schüttelt's Bäumelein.* Irgendwann blieb der alte Mann dann unter meinem Zimmerfenster stehen, quetschte mit kalten Händen sein Instrument. Sein modriger Atem, das Jaulen rolliger Katzen. *Fällt herab ein Träumelein.* Ich hatte den Drang zu pissen, zu flennen, wegzurennen. Oder doch ganz still sein, es zulassen? Jeder Ton eine Schaufel voll Erde. Langsam zugeschüttet werden. Sterben. Und dann, im nächsten Moment … aufwachen … die Sonne und Mama strahlten um die Wette. Alles war gut. Ich war am Leben. Freute mich aufs Frühstück. Auf Tommy in der Schule. Der Tag war lang, Ragger weggeräumt. Aber … wäre ich doch wachgeblieben. Hätte mich ungehorsam verhalten gegenüber dem Alten, wäre zum Fenster geschlichen, um das Gespenst anzuschauen, von ganz nah … Ich weiß es nicht, habe es nie erfahren. Ich war ein Hosenscheißer, bin es bis heute. Jeden Abend schlief ich ein, bevor ich nachschauen konnte.

Tagsüber verscheuchte ich den Gedanken. Als hätte ich alles vergessen, Ragger, die Ziehharmonika, das Sterben. Noch beim Zähneputzen war ich ein fröhliches Kind, noch beim Gutenachtkuss. Bis das Licht ausging, das Warten begann. Es könnte jede Sekunde anfangen. Es müsste anfangen. Ja, müsste. Wie traurig ich war, wenn Ragger nicht durch die Nacht schlurfte. Zum Teufel, genau. Ich war dann …

Mama kommt zurück in die Küche. Erzählt mir von irgendeinem Krebskranken. Ich möchte aufstehen, sie an den Schultern packen, durchschütteln. Ich bin traurig gewesen, wenn der Ragger-Horror ausfiel, hast du gehört! Ich habe dann schlecht geschlafen, schlecht geträumt, habe gedacht, er hat mich vergessen, nicht nur er, die ganze Welt, Mama, Papa … Und was ist jetzt? Fast fünfzehn Jahre sind vergangen, und das Gespenst ist wirklich zurückgekehrt. Habe ich ihn gestern gehört? Ist jetzt endlich Schluss mit der Traurigkeit, dem Alleinsein?

Nein.

Mama erzählt weiter. Das musikalische Revival war nach ein, zwei Wochen vorbei. Jemand wird ihm wohl gesagt haben, dass so was heute nicht mehr geht. Aber Ragger, der Outlaw, hat sich davon nicht beeindrucken lassen. Setzte seinen Aktionismus fort. Showdown am Allerheiligentag. Genauso nennt Mama das, *Showdown.* Passend in unserem Dorf, wo alles wie seit Urzeiten ist, nicht zuletzt der Gottesdienst: Frauen und Kinder links, Männer rechts. An einem Tag wie Allerheiligen gilt das umso mehr. Das Dorf versammelt in formeller Traurigkeit. Plötzlich … eine greise Stimme pfeift von der Empore durch das Barockschiff. Ballert in die stockstarre Ruhe vermeintliche Kakophonien. Entsetzte Gesichter, gereckte Hälse, verdrehte Köpfe,

Geseufze, Gemurmel, Gestotter, Geschnatter, Dutzende Ohren scharf gespitzt.

›In einer kalten Dezembernacht erblickte er das Licht der Welt. Ein Weib namens Sara half der Mutter beim Gebären. Der Vater wohnte in stiller Traurigkeit der Geburt seines Sohnes bei, der sich mit aller Kraft wehrte …‹

Dort oben, das ist ja der Ragger, der alte Stinker! Über die Brüstung gelehnt, mit erhobenem Zeigefinger, äfft er den Pfarrer nach? Der spuckt Wein aus, hat sich verkutzt, hört nicht auf zu husten. Was ruft der Falott da? Was soll das bedeuten? Das ist ja … Er wird doch nicht … Was der Hundling sich erlaubt!

›… auf diese Welt zu kommen. Sara aber ließ sich weder durch das Wehklagen der Mutter noch durch das Tosen des Sturmes beirren, und erst als die Alte den Knaben entbunden hatte und aus dessen Mund ohrenbetäubendes Geschrei kam …‹

Der gehört erschlagen! Zerhacken sollte man ihn! Aufruhr im Gotteshaus. Das Husten des Pfarrers, wütende Männer, die hinauf auf die Empore stürmen, sich auf Ragger stürzen, ihm Ohrfeigen verpassen, ihn herunterzerren. Burschen und Mädchen zücken Smartphones, die Pfarrersköchin bekreuzigt sich, nicht nur sie, der ganze Pfarrgemeinderat schlägt die Hände zusammen, so eine Schande, so ein Schuft, reißt ihm die Zunge raus! Aber der Kerl lässt nicht ab von seinem Frevel, haut wild um sich, wie kann der so wendig sein, so kräftig, woher kommt diese Energie?

›… erschrak sie und reichte den Säugling geschwind seinem Vater. Dieser nahm ihn nur widerwillig, legte ihn bald zur Mutter ins Bett. Der Knabe beruhigte sich und verstummte. Der Vater betrachtete seine erschöpfte Frau, seinen verdammten Sohn und begann bitterlich zu weinen …‹

Endlich hat man den Lästerer zum Tor gedrängt, Fäuste klatschen, Flüche fliegen, Fußtritte folgen, er wird aus der Kirche gejagt, auf auf den Kirchplatz und weiter, hinaus aus dem Dorf, er soll in seiner windschiefen Hütte im Graben bleiben, bei den Menschen hat der Schuft nichts verloren …

Ich muss lachen. Kann Mama es mir verübeln? Nein, sie hat die Geschichte ja wie einen Sketch erzählt. »Aber eigentlich war es nicht lustig«, sagt sie. »Es war gespenstisch.«

»Ragger ist gespenstisch!«

»Nicht Ragger. Meine Güte, das ist ein verwirrter Greis, jeder weiß das. Und was er macht, ist geschmacklos, ja, aber … die Leute … wie sie reagiert haben. Welcher Hass da war. Diese Wut, mit der sie Ragger gejagt haben. Das war gespenstisch. Welche Angst er ihnen gemacht hat …«

»Aber was war das? Was hat er vorgetragen? War das aus der Bibel …?«

»Das hätte ja niemanden aufgebracht, nein …«

Ragger habe da einen anderen Nerv getroffen … einen von der Aufklärung unberührten. Es war der Beginn einer Sage, die früher zum Repertoire der Gutenachtgeschichten in der Gegend zählte.

»Das klingt total wirr. Was für eine Sage?«

»Das weiß ich nicht.« Sie meint zweifellos: Der Aberglaube hier interessiert sie nicht, sie, die Zugewanderte aus der Stadt; auch nicht nach über zwanzig Jahren. »Da musst du deinen Opa fragen. Er weiß alles über das Dorf und überhaupt, nicht wahr? Er hat sogar so ein altes Buch, wo die Geschichte drinsteht …«

14.

Mein Name ist Christian Rieder. Man nennt mich Opa. Doch ich bin der Großvater. Großvater, das klingt nach jemandem, der alles weiß. Über das Dorf und überhaupt.

Dass es so ist, behaupte ich nicht. Es genügt, wenn die anderen es glauben. Oft genügt es zu glauben. Oft genügt es zu fürchten. Nur selten, ganz selten, ist es nötig zu wissen. Alles zu wissen, über das Dorf und überhaupt. Das ist eine Bürde. Ich habe sie nicht angestrebt.

Man hat mir vieles zugetragen. Vielleicht bin ich auch neugierig gewesen. Ja, ich war oft neugierig, bin es manchmal bis heute. Ich wünschte, es wäre anders. Ich wünschte, ich könnte vergessen. Vergebens. Nie genügt es zu wünschen. Mir hat es nie genügt.

Dort drüben ist meine Frau, Theresia. Man nennt sie Oma. Sie weiß nicht, dass ich mit Ihnen spreche. Es würde sie nicht überraschen. Nichts, was ich sage, würde sie überraschen. Sie weiß alles über mich. Vielleicht weiß sie sogar, dass ich mit Ihnen spreche. Es würde sie nicht überraschen. Sie würde weiter auf der Bettbank sitzen und sticken. Sie würde mir höchstens ein Lächeln zuwerfen. Das tut sie auch jetzt. Mein Herz wird warm und ich lächle ebenfalls. Das kann sie nicht täuschen. Sie sieht mir die Sorgen an. Es war schon immer so. Sie weiß alles über mich. Das ist auch eine Bürde. Sie empfindet es nicht so.

Ich schlage die Zeitung auf. Mein Blick fällt auf einen Artikel über die Pläne für eine Beschneiungsanlage. Ich lese ein paar Sätze. Ich starre auf die Buchstaben und sehe sie ineinander verschwimmen. Höre das Knistern des Holzes im Ofen. Höre das Schlagen der Pendeluhr. Höre mein eigenes Herz. Es ist müde, aber es darf noch nicht beigeben.

Es wird nicht beigeben. Es ist müde, aber es ist ein starkes Herz. Sein Puls erhöht sich nur ein kleines bisschen, sobald ich das Öffnen der Haustüre höre. So war es vielleicht auch bei meinem Vater. Er hat die Schritte gehört, wie ich sie jetzt höre. Schuhe werden vor der Stubentür abgeklopft. Der Christian, mein Enkelsohn, kommt herein. Seit dem Morgen warte ich auf ihn. Auch mein Vater hat einst gewartet. Er hat gewusst, dass sie kommen würden. Er hat es gewusst, aber er hat nichts gesagt.

Bei der Taufe vom Christian habe ich mich geschmeichelt fühlen müssen. Weil er meinen Namen bekommen hat. Meinem eigenen Sohn habe ich diese Last erspart. Es hat ihm nichts genutzt. Es hat mir nichts genutzt. Es genügt nicht zu hoffen. Wenn ich aus dem Stubenfenster schaue, sehe ich seinen Grabstein. Die Theresia hat nur einmal einen Blick hinausgeworfen. Danach hat sie sich auf die Bettbank gesetzt und begonnen zu sticken. Sie hat seither nie wieder damit aufgehört.

Aber jetzt legt sie das Stickzeug weg. Sie steht auf und lässt sich vom Christian umarmen. Ich schlage die Zeitung zu und nehme die Brille herunter. Stehe ebenfalls auf. Ich spüre, dass der Christian sich freut uns zu sehen. Als ich ihm die Hand gebe und er mir einen Kuss auf die Wange, kann ich für einen Augenblick vergessen. Ich kann vergessen, dass der Bursche noch gar nichts weiß. Irgendwann wird er vielleicht zu vieles wissen. Irgendwann werde ich ihm vielleicht alles offenbart haben. Vielleicht werde ich keine Wahl gehabt haben. Bei meinem Vater war es genauso. Das zermürbt mich.

So wie er neben mir sitzt und Kaffee trinkt, könnte er der Mathias sein. Die Theresia hat sich wieder auf der Bettbank niedergelassen, ihr Stickzeug in die Hände genommen. Sie stellt dem Christian ein paar Fragen, ob er viel lernen müsse, ob es in seiner Wohnung warm genug sei, ob er wohl genug esse. Er gibt ihr die Antworten, die sie hören möchte. Ich habe abermals die Zeitung aufgeschlagen. Die Buchstaben verschwimmen wieder ineinander. Hie und da murmle ich etwas Passendes oder nicke. Mehr brauche ich nicht zu tun. Nur zu warten, bis er mich nach dem Sagenbuch fragt. Er wird mich nach dem Sagenbuch fragen. Das hätte auch mein Vater tun sollen: warten, bis ich von selber frage. Er hätte sich dumm stellen können wie ich. Obwohl er ebenfalls gewusst hat, dass es zwecklos ist.

Ich erwidere dem Christian, ich hätte keine Ahnung, wovon er spricht. Ich frage ihn, wer ihm davon erzählt habe. Ich will wissen, was ihn daran interessiert. Obwohl ich das alles weiß. Ich halte ihn hin. Ich ziere mich. Obwohl er das Sagenbuch bekommen wird. Das kann ich nicht verhindern. Die Theresia macht sich keine Illusionen. Sie sagt, was redest du herum, er ist kein kleines Kind mehr. Sie sagt, er braucht es vielleicht für sein Studium. Sie weiß gar nicht, was er studiert. Ich weiß es auch nicht. Es genügt einzusehen, dass er kein Bauer sein möchte. Auch der Mathias wollte kein Bauer sein. Einen eigenen Hof besitzen – für mich hat es kein größeres Ziel gegeben. Einen eigenen Hof besitzen, die Theresia heiraten und alles andere vergessen.

Jetzt steht er auf und geht in das Schlafzimmer. Dort auf der Truhe liegt es, das Sagenbuch. Ich schalte den Radio ein. *Weiße Rosen aus Athen*. Die Theresia summt mit. Als sie merkt, dass ich sie anschaue, legt sie das Stickzeug zur Seite und nimmt die Brille herunter. Ich sage, ich hätte das Buch längst verbrennen sollen. Was das gebracht hätte, es ist ja nur das Sagenbuch, sagt sie. Nur eine Geschichte, weiter nichts. Aber sie weiß so gut wie ich, es fängt immer mit dieser Geschichte an. Der Ragger fängt immer mit dieser Geschichte an. Ich hätte es längst verbrennen sollen, das vermaledeite Buch.

Der Christian kommt in die Stube zurück. Er bleibt an der Schwelle stehen, nimmt seinen Parka vom Haken. Er sagt, er wolle sofort heimgehen und lesen. Obwohl er ein bisschen enttäuscht ist, das merke ich ihm an. Dieses zerfledderte Heftchen soll ein altes Sagenbuch sein? Es ähnelt mehr einem Bauernkalender. Ich drehe den Radio leiser. Morgen muss er es mir unbedingt zurückbringen. Da kenne ich kein Pardon. Vielleicht wird ihn die Geschichte ohnedies enttäuschen. Vielleicht wird er sie schon am Heiligen Abend vergessen haben. Vielleicht wird er lieber an ein Mädchen denken, an eine Frau, so wie ich damals. Ich wünsche es mir. Ich wünsche es ihm. Ich wünsche es meiner Theresia. Aber ich weiß, es genügt nicht zu wünschen. Es wird auch nicht genügen, das Sagenbuch morgen in den Ofen zu schieben.

15.

Der Himmel ist blitzblau. Von menschlichem Kummer unbeeindruckte Berge. In dieser aseptischen Atmosphäre schmeckt eine Zigarette richtig gut. Gut auch, dass Stefan nicht mitgekommen ist. Würde bloß wieder meckern. ›Immer diese Raucherei!‹ Gestern war er wieder ganz der Alte. Der Sog des Elternhauses wirkt richtig übel auf ihn. Kein Wunder, bei dem Nazivater, bei der Übermutter. Wie einen Hausierer hat sie mich gemustert. Dabei kennt sie mich, seit ich ein Knirps war. Vom ersten Tag an im Verdacht,

Goldstück Stefan in die Gosse zu führen. Oder des Hausherrn Bibliothek abzufackeln. Eines Tages vielleicht, nämlich nicht bloß den *Eumeswil*. Obwohl das Tommy war, gewesen sein will. Den Unterschied zwischen uns hat Madame nie begriffen.

›Jetzt redest du schon wieder davon!‹, höre ich Stefans Lamento. ›Niemand hat irgendein Buch abgefackelt!‹

Recht hat er. Wahrscheinlich nicht mal mein Opa. Weg mit der Zigarette, rein in die Handschuhe, raus auf die Piste.

Ich habe freie Bahn. So wie gestern Abend bei Stefan. Wir wollten mit seinem Auto ins Kino fahren. Er war noch nicht fertig, Madame ließ mich trotzdem ins Haus. Musterung bestanden. Ich musste nicht mal im Entrée warten, sondern wurde ins Wohnzimmer vor-, dort sogar allein gelassen. Großbürgerliche Mildtätigkeit. Durchsichtige Führung in die Versuchung. Ein paar Perserteppiche, Kristallgläser, Ölgemälde oder diese peinliche pinke Pudelskulptur in der Ecke könnte ich mir ja in die Taschen stopfen. Aber der Plunder interessiert mich nicht. In die Bibliothek nebenan gehen, das wäre was. Das Feuerzeug würde ich stecken lassen, keine Sorge. Ich möchte ihn halt so gern mit eigenen Augen sehen: den heimgekehrten *Eumeswil*. Tommy besteht darauf, er habe ihn abgefackelt. Stefan erwidert jedes Mal: ein netter Heldenmythos. Wie auch immer, in Wahrheit … ist es egal und einfach nur geil, durch den Tiefschnee zu gleiten. Jetzt sollte Sebastian Pritz mir kommen, aufgeblasen wie gestern. Einen fetten Sprung in die Waagrechte machen, dem Alten Herrn mit der Kante die Königin aller Schmisse in die Visage schnitzen.

›Und Christian … was macht das Studium?‹

Selten dämliche Frage eines selten dämlichen Mannes. Er klingt immer so, als brächte er die Kiefer nicht auseinander. Was soll ein Studium machen? Einen Pilates-Kurs? Einen Drogenentzug? Es gäbe schlagfertigere Repliken, klar … selbst am Olymp der Hyänen.

›Hässliches Ding, nicht wahr?‹

Stefans Vater steht wie hereingebeamt plötzlich im Wohnzimmer neben dem Pudel. Wieder so eine billige Falle! Madame hat das Vieh bestimmt in Dubai erstanden, Werk eines britischen Schnöselkünstlers; ein Vermögen dafür bezahlt. Eine Möglichkeit, Oberwasser zu gewinnen, ist: Eindruck zu schinden. ›Naja, wenn man ihm ein Schild umhängt: *Ich bin kein Pudel!*‹

Pritz zieht die Brauen hoch: ›Aber wieso denn, es ist doch ein Pudel.‹

Wohl noch nie was von Magritte gehört, die Pfeife. Er bricht in Gelächter aus, so weit bei der betonierten Mundpartie möglich. Jetzt einfach tot umfallen. Oder aus dem Fenster springen. Rein in die stinkende Kloake, aus der ich gekrochen bin. Pritz ist schneller. Geht zum Schreibtisch. Irgendwo werden Pauken geschlagen. Kein Zweifel, der Mann wird seine Glock aus der Lade nehmen, mich niederstrecken. Einfach weil er es kann. Seine Freunde sitzen in Aufsichtsräten und Regierungen. Seine Vorfahren sind mit Karl dem Großen ins Land gekommen. Ich hingegen … kann auf einen Opa verweisen, der um ein albernes Sagenbuch ein Riesengetue macht. Apropos. Da ist es ja! Wie Phönix aus der Asche des großväterlichen Ofens auf einmal zwischen den Fingern von Stefans Vater. O mystisches Haus feuerfester Wanderbücher! Kontrolle behalten, Fassung bewahren. Am besten – gelassen den Pudel begutachten. Pritz schlägt das zerfledderte Sagenbuch auf, blättert bedächtig darin.

›Stefan wird gleich kommen‹, murmelt er. ›Dieses Buch …‹ Er klappt es wieder zu und sieht mich an. Legt dem Pudel eine Hand auf den Kopf, deutet ein Kraulen an. ›Es passt so gar nicht in unsere Zeit. Weil es von Zusammenhängen erzählt, die der heutige Mensch gar nicht mehr begreift. Weißt du, weshalb ich dieses Ding gekauft habe?‹ Ich kann mich nicht rühren. Bin gelähmt, als hörte ich … *Schlaf, Kindlein, schlaf!* ›Es sagt alles über unsere Zeit aus. Ein rosa Pudel aus billigem Plastik. Hat mich siebzigtausend gekostet. So stellt man sich ein Kunstwerk heute vor. So sollen wir uns heute alles vorstellen, von der Familie bis zur Kultur: rosa, billig, aus Plastik. *Sie* wollen es so. Du weißt gewiss, wen ich meine …‹

Endlich: Auftritt Pritz junior. Flutlicht auf die Flügeltür. Ein übers Parkett stolzierender Jüngling, das perfekte Model für eine Uhrenwerbung. Frisch geduscht, edel gekleidet, im Portemonnaie goldene Kreditkarten. Aber dann … Stefans Vater versetzt dem Pudel einen Fußtritt. Die Skulptur kippt um. Er rollt das Sagenbuch zusammen, steckt es in die Innentasche seines Jacketts. Ein eiskalter Blick auf seinen Sohn. Der schürzt die Lippen, stellt sich neben mich. Seine Hände ebenso hinterm Rücken verkrallt. Weiche Knie. Wir sind Volksschüler. Müssen die Standpauke von Doktor Pritz über uns ergehen lassen, ehe wir rauslaufen können, uns die Knie aufschlagen. Tommy wartet. Ist klug genug, die Maison Pritz zu meiden.

›Ich wollte Christian gerade erläutern‹, sagt Pritz senior, ›weshalb ich diesen Pudel bemerkenswert finde. Was er über unsere Zeit, den Zeitgeist aussagt. Du weißt, was ich meine,

Stefan. Aber jetzt … will ich euch nicht weiter aufhalten.‹ Er zwinkert mir leutselig zu – ›Grüß deinen Großvater!‹ –, schießt seinen Sohn nochmals mit diesem eiskalten Blick ab und geht.

Stefan legt sich auf das Sofa, stiert auf sein Smartphone.

›Welchen Film wollten wir eigentlich anschauen?‹

›Stefan, was … was war das, bitte?‹

›Was soll das gewesen sein? Mein Vater. Kennst ihn ja …‹

Ich stapfe mit dem Board unterm Arm heim. Es schneit. Die Dorfstraße voller fröhlicher Familien in Skianzügen und Winterjacken. Dass am Heiligen Abend sogar das Wetter mitspielt, ins Urlaubskitschprogramm passt … Glöckchen vom Shuttleschlitten, am Platz vor der Raiffeisenbank Bläser der Trachtenkapelle, hie und da der Knall von einer Lawinensprengung. Der Christbaum zuhause ist bereits aufgeputzt. Wieder hat Mama es ohne mich erledigt. Immerhin, das Wohnzimmer wird nicht mehr abgeschlossen vor der Bescherung.

Bald sitzen wir dort zusammen. Opa, Oma, Mama und ich. Alle herausgeputzt, Kerzenflackern, festliche Deko, gutes Geschirr. Nudelsuppe und Hauswürstel, Kekse und Wein. Wir singen sogar, *Stille Nacht.* Oma inbrünstig, Opa die Lippen bewegend, er kennt seine Talente. Ist aber gut drauf, was ein gutes Zeichen ist. Kein kryptisches Getue. Kein Einheizen von Sagenbüchern. Er macht mit beim familiären Small Talk, harmlos und angenehm. Das Drama geht erst los, als die Geschenke ausgepackt werden. Nein, was er selbst bekommt, findet Opa in Ordnung. Ist immer zufrieden, und wenn nicht, lässt er sich nichts anmerken. Oma ist sowieso unprätentiös. Und Mama? Findet ihr

Geschenk eigentlich ganz prima. Schließlich hat sie sich dieses Buch gewünscht. In der Zeitung eine Bombenkritik darüber gelesen. Es bislang aber nicht gekauft, auf ihrem Nachtkästchen stapeln sich so viele andere. Jetzt kommt *Hitlers Katze* dazu, ein Anti-Anti-Heimatroman eines Autors namens Joshua Kraller.

»Was?«, blafft Opa.

»*Hitlers Katze*«, wiederholt Mama.

Schon hängt der Haussegen schief. Denn Hitler hatte keine Katze. Das weiß Zeitzeuge Opa genau. Das Scheusal hatte einen Hund, allgemein bekannt, zudem: Keine Katze hätte sich von dem füttern lassen. Katzen sind stolze Tiere, klug. Hunde, ja, Hunde sind kritiklos und untertänig, Hunde passen zu einem Verbrecher vom Kaliber Hitlers. Aber eine Katze, nein, wie kann man ein so göttliches Tier derart denunzieren.

»Satire, Opa! Das ist eine Satire!«

Rührend der mütterliche Einwurf. Wo doch Opa aufgesprungen ist, während seiner Katzen-Eloge schulmeisterlich mit dem rechten Zeigefinger pendelt.

»Das passt zu unserer Zeit. Das war nicht lustig. Nichts an Hitler war komisch. Wer schreibt so was?« Es wird ihm gesagt. »Das wird ja immer besser! Ist der ein Jude? Haben die denn gar keinen Stolz?«

Oma zupft an der Tischdecke. Ich nehme einen großen Schluck Wein. Mama atmet tief durch, dann setzt sie an: »Ich glaube nicht, dass er ein Jude ist. Und wenn schon. Dann dürfte er erst recht über Hitler eine Satire …«

»Ich kann dieses Wort nicht mehr hören!«, wirft Opa wütend ein. »Außerdem – wir waren auch Opfer, nicht nur die!«

Oma ist eine wachsame Grenzwächterin. Sie streicht das Tischtuch glatt, legt die Hände in den Schoß, wirft einen vernichtenden Blick auf Opa. »Christl, du machst dich lächerlich. Setz dich und lass gut sein.«

Ja, ja, er mache sich lächerlich. Leute, die solche Bücher schreiben, machten sich lächerlich. Hitler und Katzen, so ein Unfug. Aber er setzt sich. Greift nach einem Vanillekipferl und sagt, dass es gut sei. Er meint definitiv das Vanillekipferl.

»Was bitte war denn das heute?«, frage ich Mama später. Ein Schulterzucken. Alte Menschen eben. Kennt man ja. Ereignisse aus der Kindheit zunehmend präsent. Jüngste Vorfälle ein Trigger, was halt so los sei auf der Welt. Angst, wenn auch irrational, so etwas nochmal erleben zu müssen. Du weißt schon, Christian, dein Urgroßvater …

»Ja, was war da eigentlich?«

»Weißt du doch. Die Gestapo …«

»Ja. Aber erklär mir doch bitte: Wieso ist er verhaftet worden?«

Ein Schulterzucken.

16.
Blutzucht

In einer kalten Dezembernacht erblickte er das Licht der Welt. Ein Weib namens Sara half der Mutter beim Gebären. Der Vater wohnte in stiller Traurigkeit der Geburt seines Sohnes bei, der sich mit aller Kraft dagegen wehrte, auf diese Welt zu kommen. Sara aber ließ sich weder durch das Wehklagen der Mutter noch durch das Tosen des Sturmes beirren, und erst als die Alte den Knaben entbunden hatte und aus dessen Mund ohrenbetäubendes Geschrei kam, erschrak sie und reichte den Säugling geschwind seinem Vater. Dieser nahm ihn nur widerwillig, legte ihn bald zur Mutter ins Bett. Der Knabe beruhigte sich und verstummte. Der Vater betrachtete seine erschöpfte Frau, seinen verdammten Sohn und begann bitterlich zu weinen.

Einst lebten in jenem Dorf im Gebirge ehrbare Christen. Sie erfüllten vorschriftsgemäß ihre Pflichten und hielten sämtliche Gebote ein. Schon damals wussten sie nicht viel von der Welt unten im Tal. Sie wussten allerdings, dass ihr Herrscher ein grausamer Fürst war, der seine Untertanen quälte und ausbeutete. Viele Jahre vermochten sie indes, seine Forderungen zu erfüllen und nicht in Ungnade zu fallen. Dann aber brachen finstere Zeiten an. Eine Missernte folgte auf die andere, und die Leute konnten ihre Abgaben nicht mehr entrichten. Die Kinder verhungerten, die Alten verendeten, die Männer und Frauen verzweifelten. Viele verließen das Gebirge, um im Tal ein neues Glück zu suchen.

Diejenigen aber, die blieben, waren fest entschlossen, die harten Jahre zu überstehen. Sogar als die Schergen des Fürsten kamen und das ganze Dorf niederbrannten, gaben die Menschen nicht auf. Sie erbauten die Häuser aufs Neue.

Dem *Fürsten* wurde damals gemeldet, das Dorf sei zerstört und die Bauern allesamt umgekommen. Somit vergaß er auf jenen Ort hoch oben im Gebirge und niemand forderte mehr Abgaben von seinen Bewohnern ein. Im Tal sprach man seither von jenem Dorfe nicht mehr.

Dreizehn Jahre waren seit jener Dezembernacht vergangen. Finn war zu einem fröhlichen Jungen herangewachsen, der seine Eltern ehrte und ihnen half, wo er nur konnte. War keine Arbeit zu erledigen, nutzte er die freie Zeit, um durchs Dorf zu schlendern, in die heiligen Stätten zu gehen oder die weisen Männer und Frauen zu beobachten. Saß er auf einem Hügel, verfiel er oft in stundenlanges Nachdenken. Er glaubte, dieser Ort müsste eine besondere Bedeutung für die Welt haben, in die hinauszugehen verboten war. Doch er war zu jung, um seine Gedanken zu verstehen. Er stellte viele Fragen, die Kinder üblicherweise nicht hatten. Wurde er dessentwegen anfangs noch mit misstrauischen Blicken bedacht und gemieden, erkannte nach und nach ein jeder das gute Wesen des Kindes. Bald war er bei allen gern gesehen. Sogar seine Eltern legten ihre anfängliche Scheu ihm gegenüber ab. Doch jedes Mal, wenn sein Vater und seine Mutter mit ihm eine schöne Stunde verbracht hatten, entsannen sie sich der Aufgabe, die das Kind, Finn, für das Wohlergehen aller zu erfüllen hatte.

Der Neubeginn war nicht von Glück gesegnet. Immer noch hungerten zu viele. Am Abend vor der Mitsommernacht versammelten sich die Menschen auf dem Dorfplatz und berieten, wie sie dem Elend entkommen könnten. Schon wollten sie beschließen, das Gebirge endgültig zu verlassen und wie die anderen ins Tal zu ziehen, als plötzlich ein gutgekleideter Herr auf einem Rappen vor ihnen erschien. Sein schwarzes Haar war im Nacken zusammengebunden, seine Stiefel glänzten, seine Hosen waren aus Seide. Sein über den nackten Rumpf geschwungener Umhang war versetzt mit Tausenden Edelsteinen. Um seinen Nabel war ein roter Kreis gemalt.

Er sprach: »Fürchtet euch nicht! Ich bin ein mächtiger Herr, aber ich will euch nichts Böses. Ich weiß um euer

Leid, und ich bin gekommen, um euch helfen! Ihr seid auserwählt meinen Schutz zu erfahren! Hört mich an: Wenn ihr nie wieder hungern und den Herren im Tal nichts mehr abgeben wollt; wenn ihr nie mehr hart arbeiten wollt im Schweiße eures Angesichts; wenn ihr keinen Kummer mehr leiden, sondern frei sein wollt vom Unbill dieser Welt, von Unrecht und Willkür, von jeglicher Not, dann bekehrt euch jetzt zu mir und leistet mir für alle Zeit den Treueschwur!«

Die Menschen hielten kurz inne, dann nickten sie einander aufmunternd zu, nahmen einander an den Händen und riefen im Chor: »Ja, Ehrwürdiger, rette uns, beende unser Elend!«

Damit hatte der Teufel, denn um niemand anderen handelte es sich, freilich gerechnet. Er sprach: »So werde ich eure Felder, eure Bäche und eure Wälder segnen, und ihr müsst nie wieder Sorge tragen! Krankheit, Kummer und Not werden euch nicht mehr behelligen.« Männer wie Weiber, Jünglinge wie Jungfrauen, Knaben wie Mädchen fielen jubilierend vor ihm auf die Knie. Doch dann hob der Teufel seine Arme und bedeutete den Leuten, Ruhe zu bewahren. Sodann setzte er fort: »Bis ans Ende aller Tage werde ich nun für euch sorgen! Auf mein Wort könnt ihr euch verlassen. Doch muss euch mein Segen eines schon wert sein! Es fordert die Gerechtigkeit, dass ihr mir für eine Glückseligkeit auf ewig von eurem Glück etwas abgebt!«

Als die Leute erfuhren, was der Teufel von ihnen verlangte, verstummten sie voller Entsetzen. Es herrschte eine bedrückende Stille.

Dann aber sprang einer der Bauern auf und rief zu den Seinen: »Wir haben keine Wahl! Wir müssen es tun! Für uns und unsere Kinder! Hier im Gebirge sind wir dem Fürsten nichts schuldig, der hat uns vergessen, und im Tal würde uns nur die Verdammnis erwarten! Wollen wir denn wieder Sklaven sein, wollen wir denn in unser elendiges Dasein zurück? Und hat der edle Herr nicht recht – warum soll er uns seinen Segen umsonst gewähren?«

Da stimmten alle Menschen dem Pakt zu, und ehe man sich's versah, war der Fremde verschwunden. Keiner wusste, woher er gekommen war, keiner wusste, wohin er ging. Nie wieder ward er je gesehen.

Die Dorfbewohner aber hielten Wort und erfüllten seine Forderung. Und auch der Teufel hielt sein Versprechen. Das Leben im Gebirge blühte und gedieh. Niemand musste fortan an Hunger leiden, ja es schien geradezu, als wäre das Paradies auf Erden hier Wirklichkeit geworden.

Das Fest zum Erntedank rückte näher. Die Menschen bereiteten sich auf die Zeremonie vor, wie in jedem zehnten Jahr. Doch immer mehr Leute haderten mit dem alten Pakt. Man hatte Finn liebgewonnen, und so wuchs das Unbehagen. Plötzlich begannen manche, die Tradition zu hinterfragen. Sie zweifelten daran, ob die Opferung wirklich notwendig sei, um eine gute Ernte einzufahren, um ohne Zwist und Hader zu leben.

Die Tradition jedoch hatte mehr Gewicht, und so traf man die Vorbereitungen nach den althergebrachten Vorschriften. Der Pfahl wurde aufgestellt, das Holz wurde gesammelt, die Rinder wurden geschlachtet, das Blut wurde eingefasst. Finn sah dies alles mit an und fragte seinen Vater nach den Gründen für dieses seltsame Treiben. Der Vater antwortete, er werde es zur rechten Zeit erfahren. Finn wollte auch wissen, warum ihn die Menschen plötzlich mieden. Da schickte der Vater ihn fort in den Wald.

In jedem zehnten Jahr versammelten sich die Menschen um den Brunnen am Dorfplatz. Das durch das Los bestimmte Kind wurde an einen Trog gefesselt. Der Vater und die Mutter standen daneben. Die Mutter tauchte einen Lerchenzweig in Rinderblut und besprengte das Kind. Der Vater griff nach der Kurbel des Brunnens und senkte den Trog mit dem Kind darin ab. Als das Kind in das Wasser eintauchte, hoben die Menschen zu singen an. Mehrmals hintereinander zog der Vater den Trog aus dem Wasser und ließ das Kind aufatmen, senkte ihn sodann wieder ab, sodass es abermals ins Wasser getaucht wurde. Es wurde schwächer und schwächer, sein Schreien mit jedem Versenken leiser. Der Vater wiederholte dies so lange, bis das Kind nicht mehr zu hören war. Hierauf zog er den Trog aus dem Brunnen. Er löste den ohnmächtigen Leib von den Fesseln, entkleidete ihn und trug ihn zu einem Pfahl. Rund um diesen hatte die Mutter Holz und Reisig gelegt. Das ermattete Kind wurde an den Pfahl gebunden. Der Vater entzündete das Feuer. Während die Flammen den Pfahl einkreisten, erwachte das Kind wieder aus seiner Ohnmacht. Es riss die Augen weit auf und starrte in die Gesichter seiner Dorfgenossen, in die seiner Geschwister, in jenes seiner Mutter und in jenes seines Vaters. Sie alle standen rund um den Pfahl und sangen – während das Kind in ihrer Mitte verbrannte.

Als es erlöst war, sich der Teufel seine Seele geholt hatte, der Körper verbrannt und die Pflicht erfüllt war, gingen die Menschen schweigend auseinander. Niemand sprach mehr von jenem Kind, indes sein verkohlter Körper bis zur

Wintersonnenwende am Pfahl zu verbleiben hatte und es im ganzen Dorf nach Verwesung stank. Dann erst trug man seine Überreste zu einem See, beschwerte sie mit Steinen und versenkte sie im Wasser.

So begab es sich alle zehn Jahre in jenem Dorf.

Bis sie kam.

Sie hatte langes schwarzes Haar und ebenso dunkle Augen. Sie trug ein zerrissenes graues Kleid, von dessen Saum die Fäden hingen. Gesicht und Hände waren schmutzig. So betrat sie Finns Kammer. Finn erwachte, und in dem hellen Mondlicht erkannte er sie wieder, fühlte sich zu ihr hingezogen. Viele Male hatte er die Schöne bereits im Traum gesehen.

Er setzte sich auf, sie reichte ihm ihre Hand. Er hatte verstanden. Ohne ein Wort ging er mit ihr hinaus aus der Hütte, verließ mit ihr das Dorf. Sie liefen über das Feld bis zum Fuß eines Hügels, den sie erklommen. Bald erreichten sie die Anhöhe, wo sie für einige Zeit still nebeneinander saßen. Sie blickten zum Dorf hinunter. Dann endlich vermochte Finn zu fragen: »Wer bist du?«

Sie gab ihm zur Antwort: »Ich werde dich retten!«

Dann zog sie sich aus, nahm seine Hände und führte sie zu ihrer Brust. Er erkannte den roten Kreis um ihren Nabel.

Der Vater erwachte, weckte sein Weib und die Töchter, nur seinen einzigen Sohn weckte er nicht. Finn war verschwunden. Als der Vater das leere Lager des Knaben sah, empfand er heimlich Freude, doch kam ihm gleichzeitig eine furchtbare Gewissheit. Er rannte aus der Hütte, lief quer durch das Dorf, rief nach seinem Sohn. »Finn!«, hallte es wider. Nach und nach traten die Menschen aus ihren Behausungen und begriffen, was geschehen war. Einige halfen nun mit, den Jungen zu suchen, andere sprachen von einem Zeichen der Ahnen. Man möge den Pakt doch brechen! Wieder andere begannen aus den Gebetsbüchern vorzulesen. Allseits machte sich eine düstere Ahnung bemerkbar, Angst, ein fast vergessenes Gefühl, breitete sich aus. Was, wenn man das Kind nicht opfern *würde*, würden wieder Missernten folgen? Der Untergang des Dorfes wäre damit besiegelt. Doch so sehr sie auch suchten, es gab keine Spur, Finn blieb verschwunden. Momentlang durchrieselte den Vater eine freudige Erleichterung, er hielt vor dem Brunnen inne, während die Menschen rund um ihn in panischem Geschrei umherliefen. Die Lage hatte sich zugespitzt, die Aggression nahm zu.

Als die verzweifelte Mutter ihren Mann vom Drehgestell in den Schacht baumeln sah, war sie kaum mehr zu einer Regung fähig. Zu viele Menschen waren in den letzten Stunden gestorben, sei es durch fremde oder durch eigene Hand. Überall hörte man wildes Geschrei, Wehklagen und Weinen. Man jagte einander, man schlug einander, man tötete einander.

»Komm mit, ich zeige dir etwas«, sagte sie zu Finn und führte ihn wieder zu jener Stelle, von der aus sie zum Dorf sehen konnten. Es stand schon zur Hälfte in Flammen.

»Was geht dort unten vor?«, fragte er.

»Sie richten sich selbst!«

»Wieso?«

»Weil ich will, dass du mich liebst. Weil ich will, dass ich dich liebe.«

Nachdem die Flammen das Dorf in Schutt und Asche gelegt hatten, blieben ein paar wenige in der Hoffnung auf Seine Wiederkehr im Gebirge; die anderen rüsteten sich, um den Exodus anzutreten, hinunter ins Tal, in eine Welt, die sie nicht kannten. Sie fürchteten den Fürsten, der nun den Tribut für tausend Jahre fordern würde. Doch im Gebirge sahen sie keine Zukunft. Indes, nur ein Greis sollte die Wanderung überleben, und auch mit ihm nahm es im Tal ein grausames Ende.

Oben im Gebirge aber, bei Windstille, kann man immer noch die Schreie der verbrennenden Kinder hören. Sie warten auf die Erlösung durch den Einen, der einst kommen wird, um zu retten sich und die Seinen.

17.

Stefans Küche wirkt kleiner als noch vor den Raunächten. Der Hausherr trägt zur Feier des Tages eine pinke Perücke. Tommy hat seine Dreads mit Wäschekluppen bestückt. Die beiden sitzen mir gegenüber. Wie bei einer Paartherapie. Der eine stößt den anderen mit dem Ellenbogen in die Seite. »Pst!« Synchron überschlagen sie die Beine und ziehen an ihren imaginären Zigaretten. Stille. Dann brechen sie wieder in Gelächter aus.

»Verdammt, jetzt reißt euch zusammen!«, schnaube ich. »Kennt ihr diese Sage?«

»Klar!«, kichert Stefan.

»Und ob!«, kichert Tommy.

»Wirklich?«

»Du etwa nicht?«, sagen sie wie aus einem Mund. »Die kennt doch jeder bei uns!«

Ich blättere in meinem Moleskine zurück. Meine Schrift

eine Ärzteklaue. Windschiefe Buchstaben. Sie wollen sich auf die Zeilen legen. Verschwimmen ineinander. Aber dieser eine Satz, überdeutlich in Großbuchstaben. Ich lege das Buch auf den Boden.

»Dann denkt ihr dasselbe, was ich denke?«

»Was denkst du?«, fragt Tommy.

Das Bild im Seitenschiff der Dorfkirche. Kinderverbotszone. Ein übermenschengroßes Kruzifix mit einem Jesus, übersäht mit klaffenden, roten Fleischwunden. Herabhängende Hautfetzen. Brutalstes Barock. Dieser Heiland ist nicht bloß gekreuzigt worden. Er wurde abgeschlachtet.

»Boa, ja, ein übles Ding!« Stefan verzieht das Gesicht. Vor ein paar Tagen war ich wieder dort, nach meinem Schock vor etwa fünfzehn Jahren. Bei den unzähligen Wunden ist es ja kaum zu bemerken: Im Bauch des Heilands, etwa dort, wo der Bauchnabel ist, befindet sich ein blutumrandetes Loch.

Mir gegenüber zwei leere Stühle. Tommy steht am offenen Fenster. Draußen der Lärm von Raketen und Böllern. Stefan holt eine weitere Flasche Sekt aus dem Kühlschrank. Ich werfe meine halbgerauchte Zigarette in eine halbleere Bierdose. Hebe das Moleskine auf, blättere darin. Mein Geschreibe während der Indien-Reise. Tommy-Gedanken, Tommy-Erinnerungen, Tommy-Anekdoten. Übel, richtig übel. »Hört ihr, ich habe es euch doch gerade erst vorgelesen. Der Teufel in dieser Sage. Es heißt, er hatte einen roten Kreis um den Bauchnabel. Wie der alte Mann bei deinen Nachbarn, Stefan! Klingelt es jetzt? Da! Schau! Da steht es in roter Tinte: ›Um seinen Nabel war ein roter Kreis gemalt‹.«

»Christian, bitte! Wenigstens zu Silvester könnten wir doch einfach Spaß haben!«

»Spaß?« Wie stellt Stefan sich das vor? Glaubt er, der alte

Mann in der Wohnung drüben hat heute Spaß? Oder der lädierte Tibor Jablovnik?

»Jablovnik geht es wieder gut.« Tommy schließt das Fenster, lehnt sich an den Heizkörper. »Hab heute nochmal im Krankenhaus angerufen. Er ist aus dem Gröbsten raus.«

»Und das war es jetzt? Das Foto, die Entführung, der Nachtmann? Wir lassen das einfach so stehen?«

Der Sektkorken knallt an die Zimmerdecke. »Nein«, sagt Stefan, die schäumende Flasche über die Spüle haltend. »Aber wir müssen uns heute nicht das Hirn deswegen zermartern. Außerdem bin ich mir im Moment gar nicht mehr sicher …«

»Was meinst du?«

»Der Mann ist so weit weg gestanden. Glaubst du wirklich, wir haben einen roten Kreis auf seinem Bauch gesehen?«

»Tommy, sag doch was!«

»Tommy, sag doch was, Tommy, sag doch was!« Stefan reißt sich die pinke Perücke runter. »Kannst du nicht einfach mal *mir* was glauben? Wenn ich sage, Tommy hat den *Eumeswil* nicht verbrannt, wenn ich sage, wir haben uns diesen roten Kreis eingebildet – *nie* glaubst du mir. Also, Folgendes: Ich geh jetzt aufs Klo. In fünf Minuten ist Mitternacht. Wenn ich zurückkomme, stehen volle Sektgläser auf dem Tisch. Wir werden den Countdown zählen. Wir werden uns ein frohes neues Jahr wünschen. Von mir aus können wir Walzer tanzen. Aber bitte … *Bitte!* Lassen wir meine Nachbarn draußen. Wenigstens heute. Ich bitte dich, Christian!«

Da ist er schon raus aus der Küche. Tommy, noch immer am Heizkörper lehnend, blickt zu Boden.

»Fuck, du hättest mir ruhig helfen können!«

»Merkst du es denn nicht?«

»Was?«

»Dass Stefan eine Riesenangst hat …«

»Dann soll er es mir doch sagen!«

Tommy seufzt, geht zur Vitrine, nimmt drei Kristallgläser raus. Stellt sie neben die Sektflasche, schenkt ein. »Wie lange kennst du ihn schon? Glaubst du wirklich, er würde so was zugeben?«

Die Küchentür wird aufgerissen, Stefan stürmt herein, stolpert zur Spüle, beugt sich darüber, übergibt sich. »Das ist allein deine Schuld!«, stammelt er.

Ich klappe das Moleskine zu. Tommy legt ihm die Hand auf den Rücken, Stefan würgt sich die Seele aus dem Leib.

»Warum?«, sage ich kühl. »Weil ausnahmsweise nicht ich alles weggesoffen habe? Du gehörst in die Psychiatrie …«

Tommy dreht sich mit einem giftigen Blick zu mir um.

»Nein, du Witzbold«, stöhnt Stefan, stützt sich mit den Armen an der Küchenzeile ab, »weil du die ganze Zeit von meinen Nachbarn faseln musstest. Ich habe doch gesagt: nicht heute! Hättest du einfach respektieren können! Nur deswegen habe ich rausgeschaut …«

»Raus?«, fragt Tommy. »Auf den Flur?«

Ich sehe Stefans Kopf in der Spüle wippen, verkrampfe meine Zehen. »Und was hast du gesehen?«

Stefan wischt mit der Hand über seinen Mund, dreht sich zu mir. »Die zwei Typen … die zwei Kahlrasierten … sie haben gerade …«

Das Schrillen der Türglocke. Stefan sinkt wie ein gelochter Luftballon zusammen. Liegt bauchlinks am Boden, hält sich die Ohren zu. »Licht aus!«, raunt er. »Verdammt, sofort Licht aus!«

18.

Ich bin ein Dieb.

Seit meinem zehnten Lebensjahr bin ich ein Dieb.

Josef Ragger hatte aufgehört, mit seiner Ziehharmonika durchs Dorf zu geistern. Und ich bin zum Dieb geworden. Stand eines Tages im Morgengrauen auf. Schlich mich ins Wohnzimmer. Öffnete eine Lade. Sah eine große schwarze Geldtasche. Wurde zum Dieb.

Ich nahm nicht viel heraus. Vielleicht einen Fünfer. Aber am nächsten Morgen bin ich wieder hin, und am übernächsten. An zahllosen Tagen danach. Meine Beute wurde jedes Mal größer. Wir verbrachten einen großartigen Sommer, Tommy und ich. Woher ich das Geld hatte, war egal. Wir verjankerten es auf Festen, im Freibad, in der Spielhölle. Wir ließen es uns richtig gut gehen. Konnten endlich mit Stefan mithalten. Konnten uns leisten, was wir wollten. Die vielen *Lustigen Taschenbücher*. Mittlerweile habe ich sie weggeschmissen. Aber ein Dieb …

… bleibt ein Dieb.

Und Paul …

… bleibt Paul.

Der Sound der Silvesternacht dringt dumpf in Stefans finstere Küche. Der liegt am Boden, Tommy steht regungslos bei der Spüle. Ich klebe am Stuhl und halte die Luft an.

Draußen die Raketen, Böller, Kirchenglocken. In mir ein Rumpeln, Grollen und Keuchen. Das ist Paul, der Gnom in meinem Bauch. Willkommen zurück, du Widerling!

Müsste ich nicht leise sein … könnte ich mich bewegen … ich würde losheulen. Es riecht nach Erbrochenem. Das kommt nicht von der Spüle. Es ist Paul. Pauls Parfum. Der Gestank eines Diebes. Er ist in mir, ein Gnom, mindestens hunderttausend Jahre alt. Sein Körper ist übersät mit Warzen, Eiterbeulen, er hat die Krätze im Gesicht. Dazu verlauste Haare, dreckige Fingernägel. Schiefe gelbe Zähne. Seine Augen sind blutunterlaufen, sein starrschmutziges Hemd strotzt von Kot und Urin. Wenn Paul den Mund aufmacht, schwärmen Fliegen aus. Wenn Paul Hunger hat, knabbert er an meinen Eingeweiden. Frisst sich satt, Stunden, Tage, Wochen; furzt sich leer, Stunden, Tage, Wochen. Rülpst in einem fort. Dann fällt er um, schläft ein und ruht sich aus. Für Monate, manchmal für Jahre. Hie und da höre ich sein Schnarchen, aber meist macht er keinen Mucks. Als wäre er gestorben. Aber er ist nie tot. Nicht totzukriegen. Ein zäher Gnom … Geboren in jenem Sommer vor fünfzehn Jahren. Anfangs ein kleiner Stein in meinem Bauch. Aber dann machte er sich zunehmend bemerkbar: kichernd, schmatzend, furzend, rülpsend. Ohren und Nase zuhalten brachte nichts. Mama, Papa, Opa, Oma, sie hörten ihn, sie rochen ihn. Sie wussten, wer in meinem Bauch hauste. Ich konnte plappern, so viel ich wollte, duschen, so oft ich wollte … Paul war da, Paul blieb.

Bis heute. Heute mache ich mir allerdings keine Illusionen mehr. Aber damals in jenem Sommer … Ich müsste es Tommy erzählen, dachte ich. Oder meinen Eltern die Raubzüge gestehen. Das würde helfen. Tommy würde mich verstehen. Mama würde mir verzeihen. Papa seine Hand in meinen Rachen stecken; den Arm bis zur Schulter reinschieben; Paul am Kragen packen, rausziehen … ihn auf den Boden knallen, zertreten …

Aber ich sagte – nichts. Erwähnte Paul mit keinem Wort. Nicht einmal Tommy gegenüber. Ich war ein Hosenscheißer.

Noch mehr Geld stehlen, noch mehr Geld ausgeben … nur das half, dann gab Paul wenigstens eine Zeit lang Ruhe.

Stefan robbt über den Boden zu mir. Er umklammert meine Füße. Er wimmert leise. Könnte ich mich bewegen, ich würde mich neben ihn legen. Tommy würde eine Decke bringen, sie über uns werfen … Ach, Tommy … Erinnerst du dich?

Es war ja trotzdem ein schöner Sommer. Erinnerst du dich, Tommy? Bis zu jenem Tag. Wir kamen aus der Schule. Am Weg zur Bushaltestelle wollten wir zur Trafik, heute sollte unsere Bestellung da sein. *Der Kolumbusfalter*, Band eins der *Lustigen Taschenbücher.* Aber wieso wartete mein Opa vor der Schule? Scheiße, der wirkte richtig zornig, oder? Darf Tommy mitfahren? Nein? Na dann, bis morgen.

Lange habe ich dir nachgeschaut, Tommy. Opa legt mir eine Hand auf den Kopf. Paul krümmt sich vor Lachen. Macht nichts, im Geschrei der Kinder geht es unter; ich kann mir einreden, da wäre nichts. In Opas Golf jedoch … nicht zu überhören: Kichern, Schmatzen, Furzen, Rülpsen. Wie das stinkt! Wie elendig das stinkt! Wieso fährt Opa denn nicht los? Wartet er auf ein Geständnis? Bringt das noch was? Haut Paul dann endlich wieder ab?

Aber ich konnte nichts gestehen, Tommy. Ich konnte nicht sprechen. Tommy, du weißt das alles, nicht wahr? Aber du weißt nicht, warum; nein, von Paul weißt du nichts. Der Gnom ist meinen Hals raufgeklettert. Er hat mit seinen Krallen meine Stimmbänder gekappt.

Den Rest der Geschichte kennst du. Opas Augen im Rückspiegel … verweint? Er dreht sich zu mir nach hinten. Weint wirklich. Scheiße, Opa weint! Das habe ich noch nie gesehen. Nur wegen mir! Wegen mir weint er! Ich habe Opa zum Weinen gebracht. Bitte, Opa, sag es endlich … Mach, dass es aufhört! Sag es endlich! Ich bin ein schlechtes Kind, ein schlimmes, ein undankbares, bin eine Enttäuschung, ein … Dieb … ja, sag es, Opa, bitte! Ich bin ein Dieb, ein Dieb, ein …

›Christian, dein Papa ist …‹

19.

Mein Smartphone läutet. Ich schlage die Decke zur Seite, klettere vom Hochbett. Rutsche auf der letzten Sprosse aus, krache zu Boden, rapple mich auf, humple zum Tisch – *OmaOpa* am Display.

»Wie geht es dir?«, fragt Opa.

»Gut.«

»Was machst du gerade?«

»Lernen.«

»Lernen … aha. Wie ist das Wetter?«

»Kalt.«

»Aber dir geht es gut?«

»Ja, und euch?«

»Bei uns ist alles in Ordnung. Hauptsache ist doch, dir geht es gut. Wann … wann kommst du wieder heim?«

»Im Februar wahrscheinlich.«

»Gut, das ist gut. Dann pass auf dich auf.«

Meine Augen tränen. Was hätte ich ihm denn sagen sollen? Dass Paul mir keinen klaren Gedanken gönnt? Ich nicht mal lernen könnte, wenn ich lernen müsste? Nicht mal für debile Telefonumfragen tauge ich noch. Gestern habe ich im Call-Center gekündigt. Ich muss meine Nerven schonen. Mit Judit hat es nichts zu tun. Ihren Goa-Trance habe ich ewig nicht mehr gehört. Ehrlich gesagt, der Lärm fehlt mir. Es ist so still … so einsam … Dabei habe ich nur die paar Mal mit ihr geredet. Aber ich würde ihr sofort mein Herz ausschütten. Es mag an ihren Augen liegen. Dass ich meine, ihr vertrauen zu können. Wem kann man so etwas erzählen? Der Polizei? Das haben wir ja gemacht. Gleich in der Früh am Neujahrstag. Selbst beobachten, einen Journalisten betrauen … wir haben es anders probiert. Erfolglos. Also haben wir uns daran gehalten, was uns einst beigebracht worden ist: Kinder, wenn ihr mitbekommt, dass eure Nachbarn sich mitten in der Nacht eines Kopfes entledigen – geht zur Polizei, eurem Freund und Helfer. Freundlich und hilfreich wollte die Beamtin am Bezirkskommissariat, kaum älter als wir, zunächst durchaus sein. Aha, in einem Plastiksack war der Kopf gewesen. Soso, von einem Sanitäter war er rausgetragen worden. Hm, Moment. Sie verschwand und kam nicht wieder. Stattdessen ein älterer Kollege, großväterlicher Typ, weißer Vollbart, wacher Blick. Er tippte mit den Zeigefingern auf die Tastatur, stierte mit zusammengekniffenen Augen in den Monitor. Nichts zu machen, für die Wohnung gelte Auskunftsverbot. Was für ein ungeschickter Wachtmeister. Mehr hatte Stefan nicht gebraucht. Sein Vater Rechtsanwalt, er Jus-Student. Zudem hätten wir ausgezeichnete Kontakte zur Presse. *Polizei vertuscht Mord!* – Ob man mit der Schlagzeile leben könne? Das wollte der Beamtenopa, wahrscheinlich kurz vor seiner Pensionierung, nicht riskieren. Wir mussten unsere fragwürdige Trumpfkarte, den Namen ›Jablovnik‹, gar nicht erst ausspielen Der Wachtmeister seufzte, machte einen Abgang. Ein paar Minuten vergingen. Auch bei ihrem zweiten Auftritt wäre die Beamtin gern freundlich und hilfreich gewesen. Doch Disziplin, Disziplin, sie war zugeknöpft und roboterhaft, ein wenig verschreckt. Schnippte ein Kärtchen über den Tisch. Wir mögen diese Nummer anrufen, ›dort‹ sei man befugt, uns Auskunft zu erteilen.

Zurück in Stefans Küche beratschlagten wir fast eine Stunde lang. Die Flasche Sekt, die drei Kristallgläser ... der Schrick in der Tischplatte. Das alte Jahr schwappte in das neue über.

Endlich nahm Stefan sein Smartphone, aktivierte den Lautsprecher, wählte die Nummer. ›Bundesministerium für Inneres. Bitte haben Sie einen Augenblick Geduld. Sie werden in Kürze verbunden.‹

Dann: ›Ja, bitte?‹ Eine männliche Nacktschneckenstimme, ekelhaft schleimig, unheimlich harmlos.

Stefan blieb souverän. Nannte seinen Namen, trug sein Anliegen vor. Dass gestern Nacht zwei bullige Typen seine Nachbarwohnung verlassen hatten. In der Hand des einen ein Sack voller Eiswürfel ... darin der Kopf eines alten Mannes. Als ich ihn das sagen hörte, wurde ich für einen kurzen Moment unsicher. Ob wir uns nicht bloß einen Telefonscherz erlaubten?

Der Typ am anderen Ende der Leitung schien sich das ebenso zu fragen. Er schwieg.

Stefan blieb unbeeindruckt: ›Hallo? Haben Sie mich verstanden?‹

Ein Schmatzen. Dann: ›Ja. Herr Pritz. Wir haben bei Ihnen angeläutet. Sie haben nicht geöffnet. Bedauerlich.‹

›Ähm. Ich habe Angst gehabt.‹

Wieder Schweigen.

›Hallo?‹

›Herr Pritz! Sie sind betrunken gewesen.‹

›Ähm. Ja. Und?‹

›Sie haben wohl nicht genau hingesehen, Sie haben es nicht erkennen können. Der Kopf war aus Plastik. Der Mann, der ihn rausgetragen hat, war ein Kollege. Verkleidet als Sanitäter. Zu Silvester feiern wir Polizisten gerne Kostümpartys.‹

›In dieser Wohnung? Ich habe noch nie …‹

Schweigen.

›Hallo?‹

›Nicht immer in dieser Wohnung. Wir variieren.‹

›Aber – was ist das überhaupt für eine Wohnung, ich meine, ich wohne schließlich nebenan und manchmal habe ich das Gefühl … Hallo?‹

Schweigen.

›Hallo?‹

›Wenn Sie keine weiteren Anliegen haben …‹

›Doch! Ich habe noch ein Anliegen! Wofür wird diese Wohnung genutzt?‹

›Also, wenn das alles ist, wünsche ich Ihnen noch einen schönen Tag. Und ein frohes neues Jahr. Grüße an die Familie.‹

Stefan legte das Smartphone weg, rieb sich die Hände.

›Wieso‹ – Tommy legte die Stirn in Falten – ›Grüße an die Familie?‹

Stefan lachte bitter. ›Das fragst du dich? Ernsthaft?‹

›Was fragst du dich?‹, wollte ich wissen.

Stefan streckte die Arme in die Höhe, ließ die Hände auf den Tisch plumpsen, trommelte mit den Fingern.

›Absolut nichts.‹

20.

Der Christian sagt, es gehe ihm gut. Aber seine Stimme täuscht mich nicht. Es kann ihm gar nicht gut gehen. In der Kirche habe ich für ihn eine Kerze angezündet. Ich weiß, dass solcherlei nichts bringt. Aber was soll ich denn sonst tun? Ich behaupte nicht, alles zu wissen. Das habe ich nie behauptet.

Ich gehe hinaus in Richtung Seilbahn. Hie und da grüßt mich wer, ich grüße zurück. Die meisten kennen mich nicht, und ich kenne sie nicht. Sie wissen nicht, was hier einmal war. Im letzten Kriegswinter haben wir die Rösser geschlachtet. Wir waren so hungrig, wir haben Katzen gefangen. Zum Holzen sind wir in den Bürgerwald gegangen. Heimlich, weil der Bürgerwald war damals im Besitz der Partei. Was spielte es für eine Rolle? Wenn uns wer erwischt, dann haben wir die Äxte. Das haben wir uns immer wieder gesagt. Das habe ich auch zu meiner Mutter gesagt: Wenn uns wer erwischt, dann haben wir die Äxte. Damit spalten wir den Nazis den Schädel. Dabei haben wir uns jedes Mal fast in die Hosen gemacht vor Angst. Aber wenn man die Kälte nicht mehr aus den Knochen kriegt, nicht mal zu Mittag beim Jagen von Katzen, dann wird die Angst so klein wie der Führer. Der hat auch nichts mehr von sich hören lassen. Wir sind in den Bürgerwald gegangen, bei jedem Wetter, bei jedem Mond. Der Josef Ragger und ich.

In der Nacht, als er davon angefangen hat, zum ersten Mal davon geredet hat, da war Vollmond, der Himmel ganz klar. Die riesigen Fichten, das Heulen der Wölfe, das Knacksen und Knirschen und Rascheln. Kein Stück Holz haben wir heimgetragen. Wir sind bis in der Früh in einer Mulde gekauert. Wir haben geflüstert und Schnaps getrunken. Den hat der Josef dabeigehabt. Er hat schon damals zu viel gesoffen. Was aus so einem wird, kann man ja sehen, man sieht es dort unten im Graben. Das Holz bekommt er heute von der Gemeinde. Der Bürgerwald ist längst gerodet worden. Er hat einer Piste weichen müssen. Irgendwo dort oben, wo es heute wuselt und wimmelt, dort habe ich sie zum ersten Mal gehört. Die Geschichte vom Teufel, von den Vätern, die ihr eigenes Fleisch und Blut ermorden.

Wie der Josef sie erzählt hat in jener Vollmondnacht – kein Nazi hätte mir mehr Angst machen können. Ich habe nicht genug davon bekommen. Vom Schnaps nicht und von der Geschichte nicht. Dass ich sie wirklich nicht gekannt hatte, der Josef hat es kaum glauben können. ›Jeder im Dorf kennt sie, jeder weiß, was dort oben ist!‹ Mir hatte diese Geschichte niemand erzählt. Ich habe nicht gewusst, was dort oben ist. Ich weiß es bis heute nicht.

Aber ich kann mich an den Tag erinnern, als mein Vater mich geschlagen hat. Es ist nur ein einziges Mal passiert. Nach außen wirkte mein Vater nicht wie ein grober Mann. Aber hätte er damals eine Axt gehabt, ich weiß nicht, wie weit er gegangen wäre. Richtig verdroschen hat er mich. Tagelang habe ich nicht gehen können, nicht einmal zum Holzen in den Bürgerwald. Das war das einzig Gute daran. Ich habe den Bürgerwald plötzlich gehasst. Ich habe den Josef Ragger gehasst. Ich habe diese Geschichte gehasst. Er hätte sie mir nie erzählen sollen. Dann hätte ich sie nicht der Geli erzählt. Ich hätte ihr anders Angst machen können. Aber Angst machen habe ich ihr wollen.

›Der Führer, der Führer, er weiß, was er tut. Er wird uns retten, wir werden siegen. Die Wunderwaffe, der geheime Plan.‹ Keiner im Dorf hat das noch geglaubt. Abgesehen vom Lehrer, diesem unbelehrbaren Nazi. Den Kindern hat er es eingetrichtert. Ich bin da schon nicht mehr zur Schule gegangen. Aber die Geli hat es jeden Tag gehört. Daheim hat sie es ständig wiederholt: ›Der Führer, der Führer, er weiß, was er tut.‹ Ich habe es nicht mehr hören können. Unsere Eltern haben es nicht mehr hören können. Aber die Geli hat mein Vater nicht verdroschen. Verdroschen hat er nur mich. Weil ich der Geli Angst machen wollte. Weil ich ihr zeigen wollte, dass ihr Führer niemanden rettet.

Plötzlich ist die Tür aufgegangen. Mein Vater ist in die Kammer gekommen. Er hat mich von der Geli weggezerrt. Die Geli hat geplärrt wie am Spieß. Ich habe der Geli Angst gemacht. Aber deswegen hat mich mein Vater nicht verdroschen. Mein Vater hat mich aus Angst verdroschen. Er hat mich verdroschen, weil ich auch ihm Angst gemacht habe. Ich habe es selber nicht verstanden. Ich habe ja selber solche Angst gehabt. Wie ich schluchzend im Stall am Boden liege. Da habe ich mich vor Angst kaum rühren können. Kein Nazi hätte mir mehr Angst einjagen können. Keine Geschichte vom Teufel, vom Kind, das vom eigenen Vater ermordet wird. Ich habe Angst bekommen, dass ich meinen Vater …

Ich habe meinen Vater …

Ich habe ihn …

Ich habe meinen Vater gehasst.

21.

Es ist ein eiskalter Wintertag. Tommy und ich schlendern nackt durch die Innenstadt. Unsere Augen sind rot unterlaufen. Unsere Bäuche zieren rote Kreise.

»Hast du Stefan in letzter Zeit mal gesehen?«, frage ich ihn.

»Nein. Er hat gesagt, er muss viel lernen …«

»Ja, das hat er mir auch geschrieben. Aber er hebt nie ab, wenn ich ihn anrufe.«

»Kein Wunder, er hat Angst. Hab ich dir ja schon gesagt.«

»Vor mir?«

»Vielleicht.«

»Aber … kannst du ihm nicht … Kannst du ihm nicht klarmachen, dass er vor mir keine Angst zu haben braucht?«

»Warum sagst du es ihm nicht selbst?«

»Wenn ich ihn doch nicht erreiche!«

»Ach ja. Vielleicht musst du dich mehr anstrengen?«

»Meinst du wirklich?«

»Ja – sieh mal, dort drüben, die Straßenbahn.«

»Was soll mit dieser Straßenbahn sein?«

»Wie viele Meter, glaubst du, sind wir von ihr entfernt?«

»Willst du mich verarschen?«

»Wie viele Meter, Christian?«

»Keine Ahnung. Fünfzig vielleicht?«

»Das könnten wir noch schaffen, oder?«

»Tommy, hast du was genommen?«

Auf einmal rennt er zur Haltestelle. Ich sehe ihn von fern in die Straßenbahn steigen. Sie fährt los. Tommy winkt mir zu. Mein Smartphone schlägt einen Gong. Er schreibt: *Siehst du! Du strengst dich zu wenig an!*

Ein paar Momente brauche ich, dann weiß ich: ein

Traum. Träumen. Derzeit mein einziges Unterhaltungsprogramm. Seit Tagen schaffe ich es nicht aus dem Bett. Außer wenn ich aufs Klo rennen muss. Es ist wie damals in Dharamsala. Ich kritzle Autobahnknoten in mein Moleskine. Ohne den durch die Mauern dröhnenden Goa-Trance müsste ich an der Existenz anderer Menschen zweifeln. Schuld ist die Cremeschnitte in jenem Kaffeehaus. Martha ist schuld.

Draußen schoben sich die Leute durch die Straßen. Der gusseiserne Ofen. Die Wände grau vom Tabakrauch aus früheren Zeiten. Radierungen und Zeichnungen von kitschigen Biedermeiermotiven. Jemand setzte sich auf den Schemel vor das Klavier. Edvard Grieg, Klavierkonzert in a-Moll, op. 16. Martha verdrehte die Augen. Befürchtete, ich würde sein Lieblingsstück zum Anlass nehmen, von Tommy zu reden. Wieder von Tommy zu reden. Ständig hätte ich von Tommy geredet! Das hat sie mir bei der Trennung hingerotzt.

Lächerlich.

›Er hat mir eine Karte geschrieben‹, sagte ich, als der Kellner uns die Cremeschnitten servierte.

Es muss an jenem Tag gewesen sein, als ich sie im Briefkasten fand. Ein tibetanisches Kloster vorne drauf, könnte Shangri-La sein. Jetzt liegt sie neben mir, ich betrachte sie, flüstere: »Dieser verdammte Keks in Dharamsala!« Er hat mir die Erleuchtung verleidet. Seinetwegen musste ich den Schweige-Retreat absagen. Lag mit Fieber im Bett, es war wie jetzt; damals eine schäbige Traveller-Absteige, allerdings, meine Garçonnière ist nicht viel schmucker …

Martha hatte eine Cremeschnitte bestellt. Nur deshalb hatte ich auch eine Cremeschnitte bestellt. Abgestellt am

Marmortischchen zwischen Martha und mir. Ich hörte mich tolle Geschichten erzählen. ›… der Fernseher funktionierte nicht, das W-LAN war zu schwach zum Streamen; keine Bücher dabei, bis auf meinen Reiseführer und diesen Esoterikschinken über die Theorie, dass Jesus sich nach der Kreuzigung nach Kaschmir abgesetzt hat. Das einzige Unterhaltungsprogramm: die Affen auf der Balkonbrüstung. Hie und da gafften sie zu mir herein, fauchten, lachten mich aus. Ich begann aus Langeweile zu zeichnen. Keine Innenansichten hinduistischer Tempel oder chaotische Straßenszenen aus Delhi, sondern Autobahnknoten; wie als Kind, wenn ich im Bett bleiben musste. In Dharamsala glitt ich erstmals seit fünfzehn Jahren wieder in diesen meditativen Zustand. Ich opferte sämtliche Seiten meines Moleskines. Als es voll war, staunte ich über mein Werk. Zahllose Autobahnknoten, schön wie früher. Ich überflog, was ich während der Reise geschrieben hatte. Nichts als Tommy-Gedanken, Tommy-Erinnerungen, Tommy-Anekdoten. Keinen Satz konnte ich zu Ende lesen. Und am Nachtkästchen … lagen der Indien-Reiseführer, das Jesus-Buch. Tommy wollte in dieses Hippie-Arkadien. Tommy hatte ein Faible für den Heiland. Hingegen in meinem Moleskine: Autobahnknoten. Mein Spleen. Meine Ornamente. Meine Kindheit. Ich … Als ich wieder fit genug war, trug ich das Jesus-Buch runter ins Café und tauschte es dort gegen Jüngers …‹

›Christian, warum erzählst du mir das schon wieder?‹ Martha schob ihren leeren Teller von sich. »Ich kenne die Geschichte ja. Bei Stefans Geburtstagsparty hast du sie …‹ Ich hatte meine Cremeschnitte noch nicht angestochen. Ich hätte meinen Teller ebenfalls wegschieben sollen. Hätte erst gar keine bestellen sollen. Ich würde jetzt nicht im Bett liegen; Tommys Karte neben mir.

Tommys Karte. Ich halte sie in die Höhe, lese sie erneut. Mein Mantra dieser Tage. *Lieber Christian!,* schreibt er. *Du hattest recht! Schon nach ein paar Tagen hier oben sehe ich alles viel klarer.*

Die Karte hat übrigens einen Knick. Martha ist daran schuld. Sie hat sie mir grob aus der Hand gerissen.

›Erzähl mir doch lieber, wie es *dir* geht‹, schimpfte sie. ›Erzähl mir von *jetzt*!‹

Von jetzt und mir soll ich erzählen? Was will sie denn hören? Mir geht es jetzt buchstäblich beschissen. Zumindest meinem Körper geht es beschissen, wegen dieser elendigen Cremeschnitte … Obwohl, wer weiß … Martha. Mir war bereits ein paar Minuten nach der frostigen Verabschiedung von ihr flau im Magen. Kann es nicht an *ihr* gelegen haben, an ihrer Präsenz? Bin ich nicht wegen ihr marod? An Paul liegt es nicht. Er ist ungehobelt, personifiziertes schlechtes Benehmen, jedoch keine Darmgrippe. Martha hingegen, die Cremeschnitte. Ein Treffen zum Jahrestag einer Trennung – nichts, was den Körper zum Schnurren bringt.

Tommys Zeilen bringen mich zum Schnurren. Seine Schrift ist mir vertraut wie … nein – Marthas schiefer linker Vorderzahn ist es nicht mehr. Bereits im Kaffeehaus eine verpuffende Erinnerung. Die Karte hingegen lese ich unentwegt, immer und immer wieder … Mein Mantra dieser Tage. Versunken las ich sie, während ich mich vom Kaffeehaus entfernte, Martha hinter mir ließ. Alle paar Meter lief so ein nichtsnutziger Traumtänzer in mich rein … *Ich sehe die Zusammenhänge*, schreibt Tommy. *Vor allem die Zusammenhänge zwischen uns beiden. Wir gehören zusammen.*

Das war so, das ist so, das wird in Zukunft so sein. Es tut mir leid, was ich getan habe, ehrlich. Ich habe mir deswegen endlos Vorwürfe gemacht. Aber mittlerweile weiß ich, es kann alles wieder gut werden. Wenn wir uns beide anstrengen, wird es wieder sein wie in der guten alten Zeit.

Ich steckte die Karte schließlich in meine Manteltasche. Bemerkte, dass ich in Stefans Gasse gelangt war. Blaulicht huschte im Sekundentakt über die gelbe Fassade seines Biedermeierhauses … Zwei Polizeiautos davor. Eine Übelkeit, die nichts mit der Cremeschnitte zu tun hatte. Paul boxte an die Innenwand meines Magens. Ich sprintete zu Stefans Haus, drängelte mich durch die Schaulustigen, stieß an ein rot-weißes Flatterband, gaffte auf Stefans Haustor. Zwei Männer wurden abgeführt, bullige Typen, kahlrasierte Schädel. Die beiden werden doch nicht … Paul tanzte Breakdance in meinem Bauch. Wahllos packte ich jemanden an der Schulter.

›Was ist da passiert?‹, fuhr ich ihn an. ›Wissen Sie, was da passiert ist?‹

Ein schlaksiger Mann in Läufermontur antwortete. »Da hat es angeblich einen Mord gegeben …‹

›Einen …‹

›Ja, angeblich zu Silvester. Grausam. Ein alter Mann soll regelrecht abgeschlachtet worden sein …‹

Ich spannte die Bauchdecke an. Mir blieb nichts anderes übrig, ich musste bei Stefan zuhause anrufen … Meine Güte, wie demütigend!

›Natürlich geht es Stefan gut‹, säuselte Madame.

Mehr habe ich nicht erfahren. Weiteres habe ich auch nicht gefragt. Sollte ich mir denn eine noch größere Blöße geben? Meinem Freund bis ins Elternhaus hinterherzuspionieren, bloß weil ich seit zwei, drei Wochen nichts von ihm gehört habe … Es liegt doch auf der Hand. Stefan braucht Abstand … Ich bin eine saufende Zeitbombe. Kaum ist der Kontakt mit mir intensiver, finden bei seinen Nachbarn Gemetzel statt.

Ich eilte weg von dem Tatort, raus aus Stefans Gasse. Paul schien eingeschlafen. Die Übelkeit hatte nicht nachgelassen. Kurz vor meinem Haus blieb ich stehen. Hielt mich an einem Verkehrsschild fest. Ich fühlte, horchte, roch. Nein, nichts, alles ruhig; vor meiner Wohnungstür dann Pauls hämisches Kichern. Die Tür war bloß angelehnt. Dumpfer Goa-Trance, der mich einhüllte. Ich spitzte die Ohren. Die Musik kam nicht aus Judits Wohnung; diesmal ging die Party in meiner ab. Paul pisste sich an vor Lachen. Ich kramte in den Taschen, fand bloß ein Feuerzeug. Ich hielt den Atem an, drückte die Tür auf; meine Zähne klapperten. Ich machte einen großen Schritt, und mit einem plumpen ›Ha!‹ betrat ich meine Garçonnière.

Auf dem Boden, mitten im Zimmer, ein Bursch im Schneidersitz. Trug Jogginghosen und ein rotes T-Shirt, hielt ein Smartphone in der Hand, aus dem die Musik kam. Neben ihm lag ein vertrocknetes Weihnachtsgesteck mit einer brennenden Kerze in der Mitte. Hatte mir Judit irgendwann vor die Tür gestellt. Mein junger Nachbar, der Fenstersprenger. Selbst Paul war baff, hielt sein Maul und verkrümelte sich.

Ich knallte die Tür zu. Keine Reaktion. Ich zog meinen Mantel aus, die Schuhe behielt ich an. Der Bursch hatte, ganz in Trance, die Augen geschlossen. Dann eben auf die brutale Tour. Ich riss ihm das Smartphone aus der Hand, drosselte die Lautstärke. Der Bursch reckte den Kopf, schnaubte. »Was ist?« oder »Bist du?« – nicht so recht zu verstehen. Ein giftiger Blick auf mich.

»Hallo!«, sagte ich.

»Ja. Auch Hallo.« Er sah mich an wie einen Eindringling.

»Ziemlich laut, deine Musik. Ist nicht gesund.«

Der Bursch rollte mit den Augen, schaltete die Musik aus. Blickte zur Decke.

»Was ist da oben?«

Er zuckte mit den Schultern.

»Okay. Dann frage ich dich was anderes: Was machst du hier?«

»Ich habe Musik gehört.«

Sein Stimmbruch war frisch, er sprach mit einem undefinierbaren Akzent. »Warum hier?«

»Keine Ahnung. Mir war langweilig.«

»Drüben?«

Der Bursch nickte.

»Bist du öfter hier … bei mir? Ich meine, das ist eigentlich … nicht okay.«

Er zuckt mit den Schultern.

»Ist keiner zuhause bei dir, deine …«

»Sind fortgegangen. Sonst hätte ich ja nicht rauskönnen.«

»Deine … Eltern … lassen dich nicht raus?«

Er tat, als habe er das überhört.

»Wie heißt du eigentlich?«

»Weißt du das nicht?«

»Doch, natürlich weiß ich das«, log ich. »Ich heiße Christian.«

»Weiß ich.«

»Woher kennst du meinen Namen?«

Der Bursch deutete mit dem Daumen zur Wand.

»Ach so, klar, von ihr, deiner … Mutter.«

»Sie ist nicht meine Mutter.«

Ich setzte mich neben den Burschen. Wie Martha und ich früher saßen wir da. »Wer ist sie?«

»Sie passt auf mich auf.«

»Aber … warum wohnst du bei ihr?«

»Keine Ahnung. Weil er bei ihr wohnt. Sie hat gesagt, wir können bei ihr wohnen. Er hat ja nichts mehr.«

»Wer ist er? Dein … Vater?«

»Er ist nicht mein Vater.«

»Wer dann?«

Er sagte nichts, verschränkte die Arme.

»Warum bist du bei ihm?«

»Er hat mich mitgenommen.«

»Bist du … Hat er dich … entführt?«

»Was meinst du? Was heißt das?«

»Hat er dich mitgenommen, obwohl du es nicht wolltest?«

Er rutschte hin und her, streckte die Beine aus, richtete den Blick wieder zur Decke; er rollte mit den Augen. »Ich glaube schon, ja. Obwohl … irgendwie auch wieder nicht.«

»Okay«, murmelte ich. »Okay, okay. Was machst du den ganzen Tag?«

»Lernen.«

»Was lernst du denn?«

»Rechnen. Schreiben. Lesen.«

»Alleine?«

»Schön wäre es. Sie sitzt immer neben mir. Richtig nervig.«

»Okay – und er? Ist er auch nervig?«

Er zuckte mit den Schultern. »Nicht so. Ich glaube, Luis ist oft traurig.«

»Und was macht er … Luis, wenn er traurig ist?«

»Keine Ahnung. Er ist meistens in seinem Zimmer … Sie nervt ihn auch. Zwingt ihn manchmal, mit ihr rauszugehen. Aber am liebsten ist er in seinem Zimmer.«

»Und was macht er da?«

»Nichts. Ich glaube, er macht nichts.«

»Und du?«

»Ich?«

»Was machst du am liebsten?«

»Schlafen. Und Musik hören.«

»Bist du auch traurig?«

»Vielleicht. Manchmal. Wenn ich an …«

»Ja?«

Er schniefte. »Sie fehlt mir manchmal.«

»Deine … Mama?«

»Meine Mama, mein Papa und alle anderen.«

»Sollen wir … Ich meine, soll ich dir helfen, dass du zu ihnen zurückkommst?«

Sein Blick wurde ängstlich. »Das geht nicht!‹

»Warum nicht?«

»Weil Luis dann noch trauriger wäre. Er hat mich ja extra von daheim weggebracht, weil … Es war dort gefährlich für mich. Wir sind ja wegen mir weg von zuhause.«

»Aber was ist mit dir? Du bist doch auch traurig. Und deine Eltern … Sie sind bestimmt auch traurig.«

»Glaube ich nicht.‹ Er nestelte an seinem T-Shirt herum. ›Manchmal machen sie mir Angst.«

»Wer? Die beiden? Judit und Luis? Wie?«

»Ich weiß nicht. Eigentlich habe ich keine Angst mehr. Aber wenn sie mich anschauen. Ihre Augen machen mir Angst.«

»Mir auch. Aber … Wenn du Angst hast oder traurig bist – was machst du dann? Sagst du es ihnen?«

»Nein. Das würde sie ja zornig machen.«

»Wen? Judit? Die wirkt doch so … lieb.«

»Kann sie sein. Sie kann aber auch ganz anders sein.«

»Was machst du dann, wenn du Angst hast oder traurig bist?«

Er grinste. »Ich besuche dich.«

»Im Ernst! Was tust du?« Er stopfte eine Hand in die Hosentasche, kramte was raus, warf es auf den Boden. »Woher hast du den?«

»Woher soll ich ihn haben?«

»Judit?«

»Schlaumeier.«

»Und du rauchst das Zeug? Nicht gut.«

»Und wie gut das ist! Willst du probieren?« Das Scheppern des Haustors. Der Bursch streckte den Rücken durch, lauschte. »Hast leider Pech gehabt. Das sind sie. Ich muss rüber. War schön, mit dir zu reden.«

Er schoss in die Höhe, zur Tür, weg war er.

Ich drehte den Schlüssel zweimal herum, spechtelte durch den Spion. Sah den Burschen in die Wohnung verschwinden. Im nächsten Moment tauchten die beiden auf dem Flur auf, Judit und … der magere, in Schwarz gekleidete Mann. Luis. Seine Haare … seit dem letzten Mal waren sie schneeweiß geworden.

Judit fixierte mich über den Flur hinweg. Sie gab dem Mann den Schlüssel. Kam mit langsamen Schritten auf mich zu. Wurde mit jedem größer. Ihr kleiner Körper zog sich in die Länge. Ihre Augen wie zwei Grablichter, die auf mich lauerten. Ich nahm alles deutlich wahr, trotz der geschlossenen Augen, der gegen die Tür gepressten Stirn. Ich hörte ihre Schritte, hielt mir die Ohren zu. Hörte das Klopfen.

»Steht dein Angebot noch?«, sagte Judit mit süßlicher Stimme. Ich habe doch nicht etwa die Tür geöffnet! »Das Bücherregal, du weißt schon.« Ich muss hierauf genickt haben. »Gut. Mein Angebot steht auch noch. Du kannst jederzeit zu uns rüberkommen. Ich würde dir jederzeit alles erklären.«

Es war bloß eine Erinnerung, glaube ich: Vogelgezwitscher, Frühlingsblumengeruch. Ich huschte in mein Badezimmer, beugte mich über das Klo. Meine Wohnungstür fiel ins Schloss.

Keine Ahnung, vor wie vielen Tagen das alles passiert ist. Seither liege ich in meinem Bett. Jeden Abend höre ich Finns Goa-Trance. Ansonsten müsste ich an der Existenz …

Finn? Hat er mir seinen Namen gesagt? Wenn ich an diesen Namen denke, höre ich in mir Judits aufgebrachte Stimme. ›Ist Finn bei dir gewesen?‹ Sie klingt fuchsteufelswild. Ich habe ihn doch hoffentlich nicht verraten! Wo ist denn Tommys Karte? Vom Bett gefallen. Daneben liegt mein aufgeschlagenes Moleskine, voller Autobahnknoten, zum Teil treffen sechs oder sieben Straßen aufeinander. In der Mitte des Zimmers ein vertrocknetes Weihnachtsgesteck. Mama hat es mir mitgegeben. Ach, meine liebe Mama!

22.

Nach den Feiertagen, habe ich gedacht, habe ich Zeit. Zeit zum Nachdenken. Zeit, um Ordnung zu schaffen. Der Jänner ist vergangen. In ein paar Tagen kommt der Christian heim. Ich habe nachgedacht. Ich habe versucht Ordnung zu schaffen. Ich habe den Josef Ragger besucht. Nach über zehn Jahren bin ich wieder in den Graben gestiegen. Ich habe hinaufgeschaut zum Hang, wo früher der Bürgerwald war, bin hinuntergestiegen in den Graben. Der Weg war noch nicht freigeschaufelt. Ich hätte in die Spuren vom Josef treten können. Aber das habe ich nicht gemacht. Extra nicht. Bis zu seiner Hütte ist meine Hose durchnässt bis über die Knie.

Ich klopfe nicht an, gehe einfach hinein. An der Wand hängt seine Ziehharmonika. Es stinkt, es ist dreckig bei ihm. Aber er hat es warm. Das Holz bekommt er von der Gemeinde. Er muss nicht mehr selber holzen gehen. Er kann im Warmen sitzen und lesen. Er kann in der Bibel lesen.

»Du liest in der Bibel?«, frage ich.

»Was soll ich denn sonst tun?«, sagt er.

Ich setze mich zu ihm. Er steht auf, nimmt den Kessel vom Ofen, schenkt mir Tee ein. Rum mag ich keinen. Er selber macht einen großen Schluck aus der Flasche.

»Hast du eine Zigarette für mich?«, fragt er.

»Nein«, sage ich.

»Was willst du dann?«

Ich nehme die Schale und blase hinein. Wie damals im Bürgerwald. Jedes Mal hat er wegen Zigaretten gefragt. Hie und da habe ich welche dabeigehabt. Zigaretten von meinem Vater. Aber nachdem der mich verdroschen hatte, habe ich keine mehr gestohlen. Ich habe mich nicht mehr getraut zu stehlen. Ich habe seither nie wieder geraucht. Nur zweimal in meinem Leben war ich betrunken. Einmal in der Mulde im Bürgerwald. Das andere Mal … das hat noch Zeit. Das will ich Ihnen noch nicht erzählen. Jede Geschichte hat ihre rechte Zeit. Mein Vater hat das nicht gewusst. Der hat zu viel geraucht und zu viel getrunken. Im letzten Kriegswinter hat er auch noch zu viel erzählt. Erst hat er mich verdroschen wie einen Dieb. Ein paar Tage später hat er mir zu viel erzählt. Vielleicht hat mein Vater viel gewusst. Aber eines hat er mit Sicherheit nicht gewusst: Jede Geschichte hat ihre rechte Zeit.

»Sind sie bei dir gewesen?«, frage ich den Ragger.

Er schlägt die Bibel zu, klopft mit der flachen Hand auf den Tisch. Er schaut mich böse an. Sie sind bei ihm gewesen.

»Das geht dich nichts mehr an«, sagt er.

Da werde ich plötzlich zornig. Ich werde zornig, weil er recht hat. Weil es stimmt. Ich werde zornig, weil ich leichtsinnig war. Leichtsinnig und dumm, genau wie mein Vater. Jede Geschichte hat ihre rechte Zeit. Ich habe es ja damals auch nicht gewusst. Ich hätte der Geli sonst nichts erzählt. Dem Ragger hätte ich auch nichts erzählt. Damals war ich leichtsinnig und dumm. Obwohl ich bedrückt war und zu viel wusste. Mein Vater hat mir zu viel erzählt. Mein Vater, der Raucher, mein Vater, der Trinker. Mein Vater, der dumme, arme Mann.

Es war wieder in einer Vollmondnacht. Wir sind wieder zum Holzen in den Bürgerwald gegangen. Wieder sind wir nur in einer Mulde gekauert. Wieder hat der Josef Schnaps mitgehabt. Aber diesmal hat nur er getrunken. Diesmal habe ich erzählt.

Ich habe erzählt, was mir mein Vater erzählt hat, ein paar Tage, nachdem er mich verdroschen hat. Von meinem Erbe habe ich dem Ragger erzählt. Ich habe ihm von meiner Verpflichtung erzählt. Ich habe von der Bürde erzählt, der riesigen Bürde, die jetzt auf mir lastet. ›Wenn es einst sein muss, musst du dich opfern!‹ Das hat mein Vater zu mir gesagt. Erst viel später habe ich begriffen, wie froh er im Grunde deswegen war: Er hatte seinen Kopf aus der Schlinge gezogen. Mir hat er dafür den Strick um den Hals gelegt. Das ist mein einziges Erbe gewesen. Ein Strick um den Hals, ein Leben lang.

Das alles habe ich dem Josef erzählt. Ich habe dem Josef vertraut, ihm alles anvertraut. Ich habe ihm extra gesagt, dass er es keinem verraten darf. Der Josef hat es versprochen. Er hat es versprochen bei allen Heiligen und weiß der Teufel, bei wem. Wie leichtsinnig war ich, wie dumm …

›Vielleicht ist dein Vater verrückt‹, hat er gesagt.

›Bestimmt ist mein Vater verrückt‹, habe ich ihm beigepflichtet und dann doch vom Schnaps getrunken. Nur einen Schluck, aber der war gut. Auf einmal ist er vor uns gestanden. Wir haben ihn nicht gehört. Wir waren so drinnen in meiner Geschichte. Wir haben kein Knacksen und Rascheln gehört. Auf einmal ist er vor uns gestanden. Ich habe gerade den Schnaps geschluckt. Ich schaue zur Seite, aber der Josef ist weg. Dann folgt ein ›Aufstehen!‹ und ich rapple mich auf. ›Hände hoch!‹, höre ich und strecke die Arme. Die Flasche halte ich immer noch fest. Der restliche Schnaps rinnt an mir runter. Gestammelt habe ich, gewimmert. Wie ein verschrecktes junges Reh habe ich auf das Gewehr gestarrt. Auf einmal höre ich ein Brüllen. Ich lasse die Flasche fallen. Dann erst sehe ich das Blut, das schwarze Blut, wie es runterrinnt. Ich sehe die Axt im Mondschein glänzen, die Axt, die im Schädel drinnen steckt. Der Mann vor mir fällt um wie ein Sack. Dann sehe ich den Josef Ragger. Der Ragger steht da und keucht. Er hat dem Nazi den Schädel gespalten.

Ich bin ihm in den Arm gefallen. Er hat mir den Schnaps vom Gesicht geleckt. ›Was für eine Verschwendung‹, hat er gesagt. ›Ich stinke wie mein Vater‹, habe ich gesagt. Da haben wir beide lachen müssen. Wir haben nie wieder zusammen gelacht.

Den Toten haben wir in die Mulde geschliffen. Die Axt war fast nicht aus ihm rauszukriegen. Dann hat der Josef zu mir gesagt: ›Zieh deine Jacke aus!‹ So steht er vor mir, mit der Axt in der Hand. In der Mulde der Nazi mit dem gespaltenen Schädel. Im grauen Schnee das schwarze Blut. ›Zieh deine Jacke aus!‹

Ich gehorche und merke, wie es mir warm runterrinnt. An meinen Beinen runter, in meine Schuhe rein. Der Josef bückt sich und nimmt das Gewehr. Ich solle mit der Jacke den Toten bedecken. Dann solle ich Reisig zusammensammeln. Ich habe schon nicht mehr denken können. Ich habe getan, was der Josef wollte. Ich habe so eine Angst gehabt. Angst, er würde etwas sehen. Angst, er würde etwas riechen. Dann habe ich zitternd zugeschaut, wie er eine Packung Streichhölzer nimmt, auf dem Nazi ein Feuer macht.

›Maria sei gedankt, das Schwein brennt gut‹, sagt er und ich habe genickt.

Dann sind wir einfach davongerannt. Ohne Holz sind wir heimgekehrt.

Der Ragger hat wieder die Bibel aufgeschlagen. Mit abgestützten Armen sitzt er da. Er hat sich übers Buch gebeugt, aber seine Augen sind zu. Ganz leise höre ich sein Schnarchen. Ich schaue ihn eine Weile an. Dann stehe ich auf, gehe zum Ofen und lege Scheite nach. Durch eine Luke kann ich den Hang sehen, wo früher der Bürgerwald war. Ich gehe zurück zum Tisch und rüttle den Ragger grob an der Schulter. Er hustet und sabbert und schaut mich an.

»Bist du immer noch da?«, brummt er. Er zieht Rotz hinauf.

»Wenn mein Enkel zu dir kommt, weißt du nichts und sagst ihm nichts. Gib ihm ja nicht die Karte! Jag ihn fort, wenn nötig!«

Er schaut mich verächtlich an. Dann wischt er sich mit der Hand übern Mund. Er grinst und zeigt in eine Ecke. »Ich habe noch immer meinen guten Stock. Den kennt er schon, der Bengel. Wenn er kommt, wird es krachen. Er soll sich nur anschauen lassen, der Bengel.«

Ich möchte noch etwas sagen.

Aber ich habe nichts mehr gesagt. Ich habe ihn wieder allein gelassen. Ich bin wieder allein gewesen.

Am Steig rauf zur Dorfstraße höre ich ihn immer noch husten, keuchen und krächzen: »Er soll sich nur anschauen lassen, der Bengel!«

In ein paar Tagen kommt der Christian heim.

23.

Ich muss mich mehr anstrengen. In der Stube meiner Großeltern bekommt dieser Satz ständig andere Betonungen. Jede ist richtig. Jedes Wort ist wichtig. Ich. Muss. Mich. Mehr. Anstrengen. Oma stickt auf der Bettbank. Ich hocke neben Opa beim Tisch, wir blättern ein Fotoalbum durch. Ich habe es einfach aus der Kredenz genommen, das Album römisch eins. Keine Zeit für lange Diskussionen, ob Opa einverstanden ist. Die Road-Map meiner Anstrengungen steht fest; Punkt für Punkt werde ich sie abarbeiten.

Auch ein Spleen aus meiner Kindheit, wie das Zeichnen von Autobahnknoten. Im ersten Winter ohne Papa, noch im Advent, schrieb ich keinen Wunschzettel an das Christkind; sondern meine erste reformatorische Willensbekundung. Ergebnis einer zeitlosen Erkenntnis: Ich muss mich mehr anstrengen. Dann nämlich … werde ich wieder ein vollständiger Mensch sein, ein übersichtliches Setting geschaffen haben; als Ganzes aus dem Sumpf steigen, ohne verstümmelte Glieder, ohne zerlöchertes Gehirn; ich – muss – mich – mehr – anstrengen …

Während der Zugfahrt heim saß ich über mein Moleskine gebeugt. Was liegt an, was ist zu tun, was ist zu klären? Dass sich ausgerechnet diese Frage aufdrängte: Wieso ist mein Urgroßvater von der Gestapo verhaftet worden? Der Intuition ist nicht zu misstrauen. Also … warum? Die Erzählung lautet seit jeher: Das war damals so. Ich habe es hingenommen, nie hinterfragt. Strengte mich zu wenig an.

Wäre mein Opa ein Mann, den man einfach so etwas fragen könnte … Aber dieser Mann ist Opa nicht. Also … Fotos anschauen. Wir haben bereits ein halbes Dutzend Uropa-Aufnahmen überschlagen. Ein Mann mit gezwirbeltem Oberlippenbart, aufgedunsen, trüber Blick. Ich wundere mich immer mehr. Der soll den Nazis ein Dorn im Auge gewesen sein? »Mein Vater«, sagt Opa jedes Mal, ansonsten nichts, bloß »mein Vater«. Andere Motive machen ihn redseliger. »Das war das Gasthaus sowieso, in dem …«, »Das war der Sohn vom sowieso, der …«, »Das war oben auf der sowieso, wo …«

Warum Oma nicht einspringt? ›Christl, stell dich nicht blöd! Sag es ihm einfach! Du weißt genau, was er wissen möchte …‹ Sie allein könnte Opa gefügig machen. Aber sie sagt nichts, stickt stumm vor sich hin.

»Und das? Bist du da drauf?«

Opa stockt, beugt sich zum Tisch, stößt mit der Nase beinahe an das Foto: grinsende Kinder in Schulbänken, hinten an der Wand eine Großdeutschlandkarte. Er ist leicht zu erkennen. Ich sehe mich selbst. Aber der Bursch daneben, dem ich als mein Opa den Arm um die Schultern lege … nicht Tommy, sondern …

»Weiß ich nicht mehr«, sagt Opa.

»Weißt du nicht mehr?«

»Weiß ich nicht mehr.«

»Das glaube ich nicht!«

»Kann ich nichts machen.«

»Du wirst doch noch wissen, mit wem du …«

»Ich weiß es nicht mehr.«

»Christl, rede keinen Unsinn!« Oma ist geräuschlos aufgestanden. »Das ist der Josef Ragger. Das Mädel da vorne bin übrigens ich.«

»Kann schon sein«, schnaubt Opa.

»Nein, das ist so«, sagt Oma und setzt sich wieder auf die Bettbank.

Opa ist noch schmallippiger. Oma summt eine Melodie, die ich nicht kenne. Aufspringen und losbrüllen, das sollte ich jetzt. Wie oft ich mich danach sehne … dass jemand die verschwommenen Bilder scharf stellt. Das restliche Album überschlagen wir rasch. Er will, dass ich gehe, ich möchte ja gehen. Aber wir geben uns beide keine Blöße. Endlich die letzte Seite, das letzte Foto. Ein kurzer Blick darauf … Opa als junger Mann mit einer Frau vor einer noblen Jahrhundertwendevilla. Opa will das Album schon zuschlagen …

Meine Hand fährt dazwischen, mir rutscht das Herz in die Hose.

»Wo war denn das? Bist du das? Wer ist die Frau neben dir?«

Die Tür wird zugeknallt. Opa schlägt das Album zu.

»Du und deine Fragerei!«, schnaubt er.

Er schiebt das Album weg, legt sich auf die Stubenbank, macht die Augen zu.

Ich blicke ihn eine Zeit lang wortlos an.

Dann schleiche ich zur Tür.

24.

Meine Version gefällig? Also gut. Ich bin die Großmutter. Man nennt mich Oma. Sie kennen mich von der Bettbank. Es heißt, ich säße meistens da und stickte. Ich habe das nicht immer gemacht. Sticken. Auch das wissen Sie bereits: Ich habe damit angefangen, als der Mathias verunglückt ist. Aber manchmal geht es nicht mehr. Dann muss ich aufstehen und etwas sagen. Oder aufstehen und gehen. Jetzt habe ich aufstehen müssen und gehen. Raus an die frische Luft.

Wir kennen einander seit Kindheitstagen. In der Schule haben sie mich ziemlich sekkiert, der Josef und er, das waren zwei Bengel. Aber ich habe sie beide gemocht. Mit Speck habe ich sie ruhigstellen können. Ich habe ganz schön viel Speck stehlen müssen. Aber uns daheim ist es gut gegangen. Vielleicht haben sie mich auch deswegen sekkiert. Der Christl behauptet, er hat es getan, weil er mich gemocht hat, schon damals. Er sei schon als Schüler romantisch gewesen. Ein Schwindler war er immer.

Verstehen Sie mich richtig – er ist mein Mann. Ich habe ihn von Herzen gern. Nie hätte ich einen anderen wollen.

Es war mir egal, dass er nichts gehabt hat. Wer hat denn nach dem Krieg was gehabt? Aber er war nicht nur romantisch und ein Schwindler, er war auch ein stolzer Esel. Er kann mich nicht heiraten, hat er gesagt. Solange er nichts hat, geht es nicht. Dabei war das meinem ganz Vater egal. Nein, das kann er nicht machen. Erst muss er selber was besitzen. Es stimmt, er hat überhaupt nichts gehabt. Bei ihm hat alles sein Bruder bekommen, obwohl der Lukas jünger war. Für den Christl war überhaupt nichts vorgesehen. Nichts, womit er was anfangen hätte können. Für die Geli sowieso nicht. Die Frauen haben ja nie was bekommen. Den Frauen sind meistens die Scherereien geblieben.

Huch. Was?

Entschuldigen Sie. Das war unser Enkel, der Christian, der Sohn vom Mathias. Sie haben ihn ja bereits gesehen. Er hat mich jetzt richtig erschreckt. Er hat mich nur am Rücken angestupst, und trotzdem hat er mich richtig erschreckt. Ob es mir gut geht, hat er gefragt. Am liebsten hätte ich ihm alles erzählt. Alles über die Brunhilde. Was wäre so schlimm daran, wenn er es wüsste? Was soll er sich schon denken, ein junger Bursch, was soll er schon sagen? ›Am Ende hat er dich genommen!‹ Das hat der Christl auch oft gesagt: ›Am Ende habe ich dich genommen!‹ Aber davor hat er auch gesagt: Er muss in die Hauptstadt wegen einem Geschäft. Genau so hat er es genannt: ein Geschäft, das alles verändern wird. Er wird doch noch was aus seinem Erbe machen. Aus dem sinnlosen Erbe, das er bekommen hat. Aus der Last, die ihm sein Vater aufgebürdet hat. Wenn alles gutgeht, hat er gesagt, kann er danach einen Hof erwerben. Und wenn er ein richtiger Bauer ist, dann können wir endlich heiraten.

Beim ersten Mal war er eine Woche in der Hauptstadt. Wieder daheim, hat er gesagt, es schaut sehr gut aus. Beim zweiten Mal ist er vierzehn Tage geblieben. Danach hat er gemeint, es dauert nicht mehr lang. Dann war er einen Monat weg. Ein bisschen müssen wir uns noch gedulden. Und beim letzten Mal habe ich geglaubt, er kommt gar nicht mehr heim. Ich habe mir solche Sorgen gemacht. Aber selber in die Hauptstadt fahren, das wäre nicht gegangen.

Am Anfang hat er mir Briefe geschrieben, manchmal zwei an einem Tag. Beim letzten Mal, da war er zwei Monate fort, habe ich zwei Monate nichts von ihm gehört. Ich habe mir nicht nur Sorgen gemacht. Ich bin auch schrecklich traurig gewesen, und zornig, und ich habe mich furchtbar geschämt. Ich habe mich so furchtbar geschämt, weil ich ja geplappert habe. Ich habe es den anderen Mädels erzählen müssen: Der Christl ist jetzt ein Geschäftsmann in der Hauptstadt. Er macht das große Geld. Bald kommt er heim, für immer, und dann werden wir ganz groß heiraten! ›Und wo ist er jetzt, dein Geschäftsmann? Die gnädigen Frauen werden es ihm schon besorgen! Kannst ja immer noch zum Josef gehen! Der Lump wird dich schon noch nehmen wollen. Einen anderen kriegst ja gar nicht mehr! Jeder weiß, was du und der Christl im Wald …‹ Da habe ich manchmal einer eine geschmiert. Ich habe mich so schmutzig gefühlt. Ich habe mir solche Sorgen gemacht. Ich bin so zornig auf den Christl gewesen. Warum tut er mir das an? …

Mein Christl, der alte, dumme Mann. Er steht vor mir und will mir etwas sagen. Ich hau ihm eine runter, nicht fest. Dann muss ich weinen, er nimmt mich in den Arm. Ich drücke mich an ihn. Noch ist er da. Ich flehe zu Gott, dass er es nicht sagt, nicht jetzt, nicht heute, nie wieder. Der alte, dumme Mann. ›Am Ende habe ich dich genommen.‹

25.

Mitten auf der Dorfstraße rutsche ich aus. ›Einmal Dieb, immer Dieb!‹, kreischt Paul. Ich rapple mich auf, klopfe den Schnee ab, stolpere weiter. Ich bin kein Dieb! Ich werde das Foto zurückbringen. Borge es mir nur aus. Schnell, schnell! Nicht mal die Sonntagsmesse dauert ewig. Darum aus dem Weg, ihr Flachlandbewohner! Ich spute heim, husche durch die Haustüre, streife mir die Schuhe ab, eile ins Wohnzimmer, schalte das Kopiergerät ein. Ein paar Sekunden, um das Foto noch einmal genau zu betrachten. Es bleibt dabei: Mein junger Opa vor einer Villa, neben ihm steht eine Frau … nicht Oma, bestimmt nicht Oma. Mein Herz tickt wie ein Zeitzünder. Kopie gemacht, rasch zurück zur Garderobe, wieder rein in die Schuhe, keine Zeit, sie zuzubinden. Zurück zu den Großeltern hirschen, nicht ausrutschen, bitte nicht! Ausgerechnet jetzt Josef Ragger! Schlurft gemächlich drüben auf der anderen Straßenseite. Ich gaffe das Gespenst im Laufen an. Ragger erkennt mich, spuckt mit einem cremigen Schlatzen aus. Patsch! Abermals hat es mich in die Horizontale gestreckt. Raggers Spötteln, Pauls Kudern. Aber weiter, aufrichten, anstrengen, weiter! Drinnen in der Kirche geht bestimmt schon die Wandlung über die Bühne, hopphopp! Später zur Beichte gehen, oder in Shangri-La einchecken, Tommy hat mir sicher ein warmes Bettchen reserviert.

In der Stube von Opa und Oma rennt der Radio. Sonntagsmesse live. Auch schon vorhin? *Gehet hin in Frieden!* Ich lege das Album zurück in die Kredenz, versperre sie, ziehe meinen Parka aus; schnappe einen Lappen von der Anrichte, knie nieder, wische den Boden. Der Boden ist nass? Ich habe ja gar keine Schuhe an! Löchrige Socken bestätigen das: ich habe meine Schuhe brav ausgezogen! Ebenso vorhin, beim Raub, habe ich bestimmt keine Schuhe angehabt! … Wessen Spuren sind das? Ich krieche ihnen auf allen vieren hinterher, wische sie weg, jeden einzelnen Wasserfleck, bis ich mit der Stirn gegen die Haustür stoße. Da stehen sie ja, da sind ja meine Schuhe! Ich stehe auf, schlüpfe in die Treter, ein kontrollierender Blick über den Boden … alles weggewischt, alles trocken. Doch draußen, neben dem Holzstoß, Spuren im Schnee, meine, Opas, Omas und diese … Ich versenke einen Schuh in den Abdruck – habe ich mir gedacht, zu groß! Zudem komplett anderes Profil! Wer ist hier also rumgeschlichen? Gebückt folge ich den Spuren wie ein läufiger Hund einer verführerischen Duftmarke. Werde einmal ums Haus geleitet, dann rüber zur Trafik, von dort auf die Dorfstraße, bis zum *Adler*. Auf der anderen Straßenseite geht es retour zum Supermarkt, hinein zur Getränkeabteilung, an der Kassa vorbei wieder raus, wo ich einen großen Achter beschreite. Danach stapfe ich einen Weg aufwärts, ah, gelange nach Hause, direkt vor mein Zimmerfenster. Hier ist offensichtlich Stepptanz geübt worden, die Abdrücke kreuz und quer, scheinbar ohne Richtung. Doch dann führt eine Spur fort vom Haus, hinaus auf das Feld, bis zu einer Sitzbank unter einem Birkenbaum. Ich ruhe mich hier für ein paar Sekunden aus. Alsdann folge ich den Spuren querfeldein zurück ins Dorf, zum Kirchplatz, zweimal umrunde ich die Friedhofsmauer, ehe es hineingeht in die Kirche. Sie ist mittlerweile leer, die Messe ist vorbei; Weihrauch und Schwefel wabern durch die Luft. Die Spuren führen nach vorne zum Altar, ich deute ein Kreuzzeichen an, schleiche zum Tabernakel, hierauf zum Aufgang zur Kanzel; es geht hinauf, es geht wieder hinunter, endlich werde ich zurück ins Freie gelotst. Jedoch nicht auf den Kirchplatz, der Lauf setzt sich fort, es geht auf den Friedhof, im Zick-Zack zwischen den Gräbern hindurch, von einem zum anderen, ich schlingere vorbei an Papas Grab, drossle meinen Gang, nicke, mehr nicht, heute nicht, heute leiten mich die Spuren weiter, führen mich hinauf an den oberen Rand des Friedhofs, wo noch Lücken sind, Leerstellen, die neuesten Parzellen, die jüngsten Dorfbewohner haben sich hier niedergelassen. Die letzten der Abdrücke mitten am Grab, eingesunken im Schnee, vor dem schlichten Buchenkreuz, auf dem bloß der Name steht: *Tommy.*

Auf der Dorfstraße ein Strömen von Menschen, ich lasse mich treiben, kenne niemanden, niemand kennt mich. Aber dort vorne, inmitten von Gelb, Rot, Blau und Grün schält sich grau und dürr ein schlurfendes Männlein aus der Masse. Mit großen Schritten schiebe mich an den klobigen Körpern vorbei, sie werden allmählich weniger … Endlich hole ich das Männlein ein, stapfte wortlos hinter Josef Ragger drein, wir sind bald die einzigen Menschen auf der Dorfstraße. Der Alte bleibt stehen, dreht sich um, schaut an mir vorbei, schaut durch mich hindurch, hebt den Blick suchend zum Winterhimmel. Er zuckt mit den Schultern, grunzt, dreht sich um, setzt seinen Weg fort.

Ich schleiche ihm weiterhin hinterher, trotz seines üblen Gestanks atme ich bewusst durch die Nase. Folge Ragger über den Steig in den Graben zu seiner windschiefen Hütte. Lande einmal am Hosenboden, zweimal, dreimal, immer wieder wirft es mich hin. Ich höre ein Spötteln, höre ein Kudern; ich schwitze, bin klitschnass, als sich die Holztür von Raggers Hütte quietschend hinter mir schließt.

Ich sehe den Alten zum Ofen stapfen. Er nimmt einen Wasserkessel, trägt ihn zum Tisch. Eine Flasche Rum, eine zerlesene Bibel, zwei Schalen mit gebrauchten Teebeuteln. Er füllt sie zur Hälfte mit siedendem Wasser. Nimmt einen gierigen Schluck aus der Flasche. Dann füllt er die Schalen bis zum Rand mit Rum.

An der Wand hängt die Ziehharmonika. Ich weiß nicht, ob ich es befürchte oder mir wünsche … dass er sie nähme und spielte.

»Hast du eine Zigarette?«, fragt Ragger.

Ich werfe die Packung auf den Tisch. Ragger setzt sich, rafft sie an sich, zieht eine Zigarette heraus, zündet sie sich an; raucht schmatzend, ohne zu inhalieren, eine dichte Wolke über seinem Kopf. Er schlägt die Bibel auf. Beugt sich über das Buch, lässt seinen Zeigefinger die Zeilen suchend entlangwandern. Bis sein Finger stoppt, er liest:

Nach diesen Ereignissen stellte Gott Abraham auf die Probe. Er sprach zu ihm: Abraham! Er antwortete: Hier bin ich. Gott sprach: Nimm deinen Sohn, deinen einzigen, den du liebst, Isaak, geh in das Land Morija, und bringe ihn dort auf einem der Berge, den ich dir nenne, als Brandopfer dar.

Patsch! Ragger schlägt die Bibel zu. Er streckt den Rücken durch, wir starren einander elendslange in die trüben Augen. Plötzlich springt er flink auf, macht einen Satz zum Ofen hin, bückt sich, dreht sich zu mir um; stürmt auf mich zu, seinen Stock schwingend.

»Raus!«, brüllt er. »Verschwinde, du Bengel! Raus mit dir, oder ich hau dich tot!«

Hastige Flucht rauf zur Dorfstraße – untermalt von Ziehharmonikaklängen … *Schlaf, Kindlein, schlaf.*

Endlich daheim. Mama steht mit einem Wischmopp im Vorzimmer. Als sie mich sieht, lächelt sie. »Da bist du ja! Wir wollten schon ohne dich anfangen. Wie schaust du denn aus? Wo bist du gewesen?«

Ich kann nicht anders, als Mama zu umarmen. »Entschuldige, ich habe vorhin meine Schuhe nicht ausgezogen«, schluchze ich. »Und der Ragger ist einfach so ein kranker Typ!«

Aus der Küche höre ich eine Faust auf den Tisch donnern, das Scheppern von Gläsern, Besteck und Geschirr.

»Der Opa ist schon ziemlich hungrig«, flüstert Mama und drückt mich an sich.

26.

Ging es uns nicht blendend, Tommy? Wir hatten doch alles. Aussichten, Freundinnen … hie und da sogar einander, du weißt schon … Wir waren gut unterwegs. Du hattest deine ersten Kurzgeschichten veröffentlicht … Mein Praktikum bei dem Nachrichtenmagazin war fix … Den Uni-Abschluss hatten wir quasi in der Tasche. Kein Krieg, keine Dürre, keine Diktatur, die uns das Leben vermieste. Unsere größte Sorge, Stefans bourgeoise Neigungen … dass sein Vater ihn uns doch noch entreißen würde … sogar die war grundlos … Er ist *nie* einer Burschenschaft beigetreten. So wie ich *nie* mein Studium abgebrochen hatte. So wie du *nie* dieses eine Risiko zu viel eingegangen bist.

Einmal nur, aber sonst …

Ehrlich, du bist ein Arsch. Könntest jetzt chillig neben mir sitzen. Zugfahren, das mochten wir beide. Wir könnten ans Meer fahren, oder in den Norden … nach Wladiwostok? Wir hätten nach Wladiwostok fahren sollen, nicht auf diese Berghütte. Dein elendiges Gras hättest nicht mal du nach Russland importiert … Ja, besaufen, das schon, das hättest du dich überall können, und ein Motorrad auftreiben – das wäre nicht das Problem gewesen. Nicht für dich. Nein, ob Berghütte oder Wladiwostok … Egal, wohin wir gefahren wären, wohin ich dich verfrachtet hätte, damit du runterkommst … Es hätte passieren können. Es hat ja passieren müssen, oder? Dein Ende war dir ja eingeschrieben, nicht wahr? Deine Worte, ich weiß. Du weißt, ich würde so einen Humbug nicht mal in Gedanken verzapfen. ›Mein Ende ist mir eingeschrieben.‹ Meine Güte, Tommy …

Wie mir dieser Esoterik-Dreck auf die Nerven ging … Das weißt du womöglich nicht. Glaub nicht, dass ich es dir jemals so deutlich gesagt habe. Es jetzt zu sagen, ist billig, klar. Aber besser spät als nie: Dein Esoterik-Dreck ging mir unendlich auf die Nerven! Ich fand dein Abdriften in diese Blase nicht nur gefährlich, es war mir zuwider, dich so zu sehen … Diese schmuddeligen Typen, mit denen du dich am Ende abgegeben hast … Du hast auch schon so schmuddelig ausgesehen … deine Fingernägel schwarz, deine Fingerkuppen gelb, deine Augen rot, dein Mundgeruch … Aber im Vergleich zu deinen … was auch immer … warst du ja noch … Die waren die ärgsten Dreckspatzen. Ja, ja, selbst geschniegelt und gestriegelt hätte ich sie nicht gemocht, gebe ich zu … Na, wie sollen die mir auch sympathisch sein? Tauchen auf, vernebeln dir den Verstand, und ein paar Monate darauf bist du …

Einmal hast du mich mitgenommen. Wir waren in der Wohnung von einem deiner neuen Freunde … grindig … ein finsteres Souterrain, diese geschmacklosen Engelsbilder an den Wänden … niedrige Fenster, mit Folie zugeklebt. In der Küche stapelte sich das dreckige Geschirr … Das Bizarre war … überall standen Duftkerzen, steckten Räucherstäbchen … und dann hatte man wieder so einen Schwall Modergeruch in der Nase. Und was da gesoffen wurde, erst recht gekifft! … Selten habe ich so viele kaputte Typen auf einem Haufen gesehen. Hingen herum wie in einer Junkie-Bude … Mittelstandskinder ohne echte Sorgen … denen aber ihr Privileg nicht genügte, sie mussten noch ein kleines bisschen besser sein, anders … kein Teil der gesichtslosen Masse … *Empathische Metamorphe*. Ein Haufen Wohlstandsverwahrloste, das wart ihr! Das eigene Geschwurbel ist euch zu Kopf gestiegen! … Ich hab mir den Schwachsinn ja genau angehört … Nicht nur bei einem von diesen Stinkern bin ich gehockt und habe mir sein Geschwafel angehört. Ich wollte dich *verstehen*, Tommy, kapieren, was in dich gefahren ist … wer … Als hätte ich es nicht schon von dir gewusst … Luzifer, euer Meister … seit zweitausend Jahren gibt es euch … eure Seelen wandern von Körper zu Körper … und alle zehn Jahre kommt ein neuer kleiner Mephisto dazu, Nachschub aus der Teufelsküche … Auf der ganzen Welt würde es euch geben, die meisten jedoch in Europa, Amerika, weil … da braucht man euch ja am dringendsten, nicht wahr? Hat nichts mit der Narrenfreiheit hier zu tun, dem bequemen Leben für jeden Spinner … Wäret ihr wenigstens echte Satanisten gewesen, das hätte was Radikales gehabt, aber dieser Weltverbesserungskomplex, meine Güte! …

Auserkoren, um eure Mitmenschen *besser* zu machen, klar, was sonst? … Mit vorbildlichem Beispiel vorangehen, anderen zu ihrem *kristallinen Basement* verhelfen … so zu leben, wie der *eigentliche* Mensch leben würde, wäre der göttliche Plan nicht kolossal gescheitert … durch den Sündenfall oder … das Patriarchat, oder … ach, was weiß ich. Ich sollte das alles endlich aus meinem Hirn streichen! *Das* weiß ich.

Aber du hast ja monatelang kein anderes Thema gekannt. Wenn ich bei dir war … bist du vorm Notebook gesessen, hast aus irgendwelchen schrägen Foren vorgelesen oder theoretische Abhandlungen zitiert über deine … Sekte, ja, das Wort ist nicht übertrieben. Im Darknet hast du dich rumgetrieben, weil … solche geheimen Wahrheiten werden nicht auf offener Bühne … natürlich nicht, Tommy, natürlich nicht.

Das ist so schnell gegangen. Du bist so schnell gekippt. Hättest doch auch bei Adorno und Foucault bleiben können, in die bist du auch voll reingekippt, aber, meine Güte … das war halt … nicht so … krank! Dabei warst du immer, seit ich dich kannte, seit dem Kindergarten, so … gesund, bei aller Schrägheit, bei aller Verrücktheit. Das war ja das Verblüffende an dir … das … Bewundernswerte … das … Liebenswerte … dass du diesen schmalen Grat zwischen Genie und Wahnsinn mühelos entlanggetänzelt bist. Dass man sich wegen dir einbilden konnte, es geht vielleicht doch, vielleicht geht es, vielleicht geht sich das alles in einem Menschen aus … Vernunft und Übermut … Vielleicht … ja, vielleicht habe ich es vorher schlicht nicht gesehen, dein Wanken … War das mein blinder Fleck? … Aber hat es je einen Anlass gegeben? Zu befürchten, du wärest gefährdet? Ich meine, ob die jetzt Evangelikale gewesen wären oder Reichsbürger oder eben … Empathische Metamorphe … läuft auf dasselbe hinaus, oder? Du hättest auch in eine radikale Moschee pilgern können oder dem Opus Dei beitreten. Zufällig waren es halt … Empathische Metamorphe. Die *Special Edition* des Homo Sapiens … Meine Güte, Tommy.

Klar. Ich kann mir schon vorstellen, dass es verlockend klingt … zu den Auserwählten zu gehören, besonders zu sein … anders als die übrigen vermeintlichen Idioten, die dumpf vor sich hin roboten, bewusstlos, zu feige, hinter den Vorhang zu blicken … Aber waren wir das nicht sowieso? Haben wir nicht ständig versucht, hinter den Vorhang zu blicken? Du *warst* besonders, auch ohne die Spinnerei. Du auf jeden Fall. Du hättest das gar nicht nötig gehabt.

Ach, diese elendige Kifferei!

Wie du dir eines Abends plötzlich mit einer Glasscherbe in die Stirn geschnitten hast, weil du wissen wolltest, ›wie sich das anfühlt‹ … warst du doch auch bekifft, nicht wahr?

Da war es schon zu spät, oder? Das Kiffen hat dich schon … Als wir auf diese Berghütte fuhren, nur du und ich, da … Ich wollte es vorher nicht extra klären … hielt es für kindisch … Zugegeben, ich wollte auch keinen Streit provozieren. Habe befürchtet, dass du … Ich dachte halt, es wäre ohnedies klar, dass ich mal wieder mit *dir*, mit dem nüchternen Tommy, Zeit verbringen wollte, ein paar Bier am Abend, meinetwegen, aber nicht den ganzen Tag … stupides Kiffergequatsche … über Luzifers Sturz aus dem Himmel … wie er sich nach dieser Kränkung … diesen ganzen Schmafu, ich kann ihn nicht mehr hören, Tommy, ehrlich. Ich wollte es auf der Hütte nicht hören!

»Und wir wollen Ihr Geplapper nicht mehr hören!«

Wie?

»Seien Sie endlich still!« – »Sie befinden sich in der Ruhezone!« – »Wenn Sie telefonieren müssen, gehen Sie gefälligst in ein anderes Abteil!«

27.

Spätabends komme ich heim. Judits Gangfenster finster. Kein Grasgeruch, kein Goa-Trance. In meiner Garçonnière ist es saukalt. Die Luft verraucht, abgestanden. Ich reiße ein Fenster auf, tief einatmen, besser, aber nicht wesentlich. Am lichtverschmutzten Himmel keine Sterne. Den Stall von Opa und Oma würde es als Option noch geben. Dafür bräuchte ich nicht mal einen Uni-Abschluss.

Mein Smartphone vibriert; Martha … kein Bedarf, nicht jetzt. Ich lege das Gerät auf den Tisch, lehne mich an die Kante, verschränke die Arme. Streife mit meinem Blick über die leeren Wände, den Zimmerboden, meinen verschlissenen Flickenteppich … In dessen Mitte, unter der russischen Leuchte, noch immer das Weihnachtsgesteck; die Äste vertrocknet, die Nadeln braun. Daneben Finns Joint. Auch die Ansichtskarte von Shangri-La ist noch da, liegt neben meinem aufgeschlagenen Moleskine. Abermals vibriert mein Smartphone.

Ich knie mich nieder, entnehme meiner Hosentasche ein Feuerzeug, zünde die Kerze im Weihnachtsgesteck an. Greife nach der Karte, lese sie kein weiteres Mal, halte sie in die Flamme. Fackle sie ab wie den *Eumeswil.* Der Rauch beißt mir in die Augen.

Ich lege mich rücklinks auf den Boden, strecke die Arme seitwärts. Eine Hand ertastet das Moleskine, greift zu; ich halte das Buch in die Höhe … blättere vor … blättere zurück. Die Autobahnknoten sind verschwunden. Wieder das Vibrieren meines Smartphones.

Ich setze mich auf. Ein Wind bläst durch das Zimmer, die Flamme der Kerze flackert … Ständig vibriert mein Smartphone. Soll es. Jetzt nicht, okay? Ich will lesen, was ich da geschrieben habe. Kann es sein? Hatte ich wirklich …

… schräger Nachmittag bei meinen Nachbarn. Judit hat mich ja schon öfter eingeladen. Immer mit dem kryptischen Zusatz, sie werde mir dann was erklären. Na gut, bin ich halt hin. Hab mir gedacht, vielleicht erfahre ich endlich, was mit dem Bücherregal ist. Erst so ein Theater drum machen, und dann ist es ihr überhaupt nicht mehr wichtig.

Luis – immer diese Sonnenbrille aufgesetzt, trotz des Sprungs im rechten Glas – und Finn im Wohnzimmer auf der Couch. Zwei schräge Vögel. Hatten beide die gleichen Norweger-Pullover an, sitzen da wie zwei artige Kinder, denen man anmerkt, dass sie das alles total anödet, sie lieber zocken wollen oder so was, jedenfalls nicht dem Kaffeeplausch mit dem Nachbarn beiwohnen. Haben auch beide kein Wort gesagt, nur in ihrem Kuchenstück herumgestochert. Judit hat die beiden anscheinend von der Straße aufgeklaubt. Sie hat mir die Geschichte erzählt, mich dabei mit ihren erzengelblauen Augen angesehen, hat über die beiden geredet, als wären sie gar nicht da. Dann mit einem gewissen Stolz ein Foto auf ihrem Smartphone gezeigt, wie verwahrlost sie ausgeschaut haben. Wirklich ziemlich fertig. ›Du kannst dir nicht vorstellen, wie die zwei gestunken haben, wie dreckig sie waren, halbe Tiere.‹ Nicht sehr sensibel, so in deren Anwesenheit zu sprechen. Aber immerhin, sie hat die beiden ja zu sich heimgeholt. Dürften aus einem Kriegsgebiet gekommen sein. In welcher Beziehung Luis und Finn zueinander stehen, habe ich nicht erfahren, nur dass der Mann Finn angeblich ›mitgenommen‹ habe, weil der Bursch ansonsten ›gelyncht‹ worden wäre. Ziemlich heftig. Die beiden haben es irgendwie in unsere Stadt geschafft, sich dann immer wieder in dem Einkaufszentrum herumgetrieben, wo Judit in einem Buchgeschäft arbeitet. Als Judit sie dann eines Tages fragt, wo sie denn schlafen, bekommt sie als Antwort nur ein Schulterzucken. Also hat sie die zwei mit zu sich genommen. Eh sehr löblich. Sie ist sicher eine Idealistin. Wer macht so was schon? Aber ich glaube, sie überfordert die beiden mit ihrem Heile-Familie-Getue.

Gut, geht mich auch nichts an. Wirklich schräg war dann das Folgende. Judit fragt mich schließlich, ob ich ihr einen Gefallen tun kann. Wieder mal ein Bücherregal aufbauen? Nein, was anderes. Wir sind über die Wendeltreppe rauf auf die Galerie, dort in ein Zimmer rein. Das ist das Zimmer von Luis, erklärt Judit. Ziemlich exzentrisch eingerichtet. Hab so was noch nicht mal in einer Ausstellung gesehen: Oben am Plafond ein Schreibtisch … wie auch immer sie den dort montiert haben. Richtig an der Zimmerdecke festgeschraubt. Direkt darunter eine Hängematte gespannt, anscheinend der Schlafplatz von Luis, Judit hat sich verplappert, was ihr recht unangenehm war. Hab mir ja schon gedacht, dass die zwei nichts miteinander haben, meine Güte, ist ja keine Schande. In dem Zimmer war auch ein Bücherregal voller schwarzer Notizbücher. Na bitte! Finn habe ihr geholfen, es aufzubauen, so Judit, zuvor sei der Bursch recht bockig gewesen, aber mittlerweile habe sie ihn ganz gut im Griff. Egal, an der Wand jedenfalls lehnte ein riesiges Gemälde. Darauf der Erzengel Michael, wie er Luzifer und ein paar seiner Kompagnons aus dem Himmel verjagt. Ich staunte nicht schlecht. Aber wirklich baff war ich, als mich Judit fragte, ob sie das Bild in meiner Wohnung deponieren könnte. Es gehöre nämlich nicht ihr. Sie hätten es gemeinsam mit Luis und Finn vor ein paar Tagen aus der Villa einer alten Frau mitgenommen, lange Geschichte. Brunhilde Nachtmann, ob ich die kenne … Und ob ich die kenne … Zufälle gibt's! Die genauen Umstände wollte sie mir allerdings nicht verraten. Sie gab sich wieder kryptisch, faselte etwas von Luis' ›alter Feindin‹ und ›Todesdrohung‹, sodass ihnen angeblich nichts anderes übriggeblieben sei, als Rache zu nehmen, indem sie dieses Gemäldes entwendeten. Es sei nämlich ihr, Nachtmanns, Lieblingsbild. Aber jetzt fühle Judit sich nicht mehr wohl bei dem Gedanken …

Ehrlich, die tickt doch nicht richtig! Wie komme ich dazu, Diebesgut zu verwahren? Ich habe ihr unmissverständlich klargemacht, dass sie sich dafür einen anderen Deppen suchen soll, und dann habe ich ihr noch an den Kopf geworfen, was mir Finn bei seinem geheimen Besuch gesagt hatte … Puh, die ist vielleicht explodiert. Auf einmal waren ihre Augen wieder karminrot wie zwei Rückstrahler. Wirklich, so eine launische Person. Dass ich schuld daran sei, wenn es bald Tausende Tote gebe, schrie sie mich an. Bin dann raus aus dem Zimmer und über die Wendeltreppe wieder runter. Finn und Luis saßen immer noch brav auf der Couch und haben keinen Mucks gemacht, sich nicht einmal bewegt, als wären sie versteinert. Na, die werden schon wissen, warum, wenn Judit aufdreht, ist nicht mit ihr zu spaßen. Denn auf einmal schießt sie mit Schuhen von der Galerie auf mich runter. Da bin ich endgültig abgehauen. Ich hörte zwar noch, wie Finn mir nachrief, ›Nimm uns mit!‹ – vielleicht bildete ich es mir auch nur ein. Aber was hätte ich denn tun sollen?

Am besten, ich gehe einfach zur Polizei. Ich meine, die haben nicht nur ein Bild gestohlen, Finn bekommt außerdem

Drogen verabreicht und Luis … würde mich nicht wundern, wenn der täglich verprügelt wird. Ist ein armer Teufel, total abhängig von Judit, weil er sonst wieder auf der Straße wäre. Wäre meine Wohnung nicht so ein enges Loch, ich würde die beiden mit zu mir nehmen …

Ich lege das Moleskine zur Seite. Ehrlich, an diesen Besuch kann ich mich überhaupt nicht erinnern. Judit, so eine durchgeknallte Hexe … kann das sein? Wieder vibriert mein Smartphone. Na gut, länger kann ich das wohl nicht ignorieren. Ich stehe auf, gehe zum Tisch … Mein Smartphone ist schwer wie ein Stein, fühlt sich an wie Plastilin; etliche versäumte Anrufe an, zudem eine Nachricht, alles von Martha …

Ruf mich an!

Ist was passiert?, schreibe ich zurück.

Stefan ist im Krankenhaus.

Was hat er denn???

Er ist auf der Neuro…

Ach du Scheiße. Kann grad nicht sprechen. Telefonieren wir morgen?

Meinetwegen. Aber vergiss nicht!

Sicher nicht. Und … Danke!

Ich lege mich wieder auf den Boden. Blättere in meinem Moleskine. Es klopft an meiner Tür. Ich stecke mir Finns Joint in den Mund. Entzünde ihn an der Flamme.

28.

Es ist einfach so gewesen: Endlich war es passiert. Ein Moment stringenter Klarheit hatte das müde Gehirn ereilt, und der Körper, dieses abhängige Monstrum, nicht anders vermocht, als in den müden Gedanken mit einzustimmen: So ging es nicht weiter. Eben noch war Jesus dem Sturm trotzend dahingeschlurft, seine Gehirnströme mit Exit-Strategien, Road-Maps und To-Do-Listen verstopft, hatte mühsam einen Schritt nach dem anderen gesetzt, die Finger in die Achseln gepresst, die Zehen in den Gamaschen gekrümmt; sein Bart war von kleinen Eiszapfen beschwert, seine Lippen ein aufgeplatztes Wurstpaar, und mit einem Mal, wums, war er vornübergefallen und mit dem Gesicht voran im eiskalten Schnee gelandet.

Endlich war es also vollbracht.

Sein Kopf wurde allmählich leer. All das zuvor Gedachte verstrahlte im Kosmos. Sein Gehirn rann aus. Nichts blieb darin zurück, bis auf den einen Gedanken: Umdrehen, sonst würde er ersticken! Davor wollte er Ihm noch ein letztes Mal ins Angesicht schauen. Mühsam drehte er daher seinen Körper auf den Rücken. Er streckte die Gliedmaßen von sich. Der klare Sternenhimmel weitete sich über ihm, Abertausende Augen betrachteten sein phlegmatisches Elend. Vater. Vater möge ruhig zornig sein, oder enttäuscht, oder besorgt, es spielte keine Rolle mehr. Jesus hatte sich bemüht, redlich bemüht: seinen Weg zu finden, seine Aufgabe zu erfüllen – mit den reinsten Absichten, mit den besten Vorsätzen, mit dem permanenten Gefühl, man sei es dem geschenkten Leben doch schuldig. Vater und Mutter. Doch er trug keine Schuld mehr in sich. Er musste nichts mehr vollbringen. Sich nichts mehr beweisen. Andere nicht mehr milde stimmen. Einfach hier liegen und langsam erfrieren … und – in seinem Rucksack die Flasche Grappa – sich ein letztes Mal besaufen, innerlich wärmen; das Sterben würde ihm nichts anhaben können. Er würde es gar nicht bemerken.

Ja, er wählte zu guter Letzt den bequemen Weg. Keine heroische Geste am Ende, sondern ein betäubtes Wegdriften in eine andere Welt. Denn es stand ja zu befürchten, dass es mit dem Tod kein Ende hätte. Womöglich hätte es nie ein Ende. Es gab vielleicht bloß diese schönen aufgeräumten Momente zwischen den mühseligen Erdenläufen, Momente des Sterbens, in denen es keiner Hoffnung mehr bedurfte, keiner Rechtfertigung, keiner Schönfärberei und keiner Gewissenserforschung. Ehrliche Momente.

Damals am Kreuz hätte er es noch nicht ertragen, das Sterben, den Abschied, den Schmerz über das zu frühe Ende; die Trauer um das Ungelebte und das Ungesagte. Da mochte er noch so sehr mit seiner Lebensmüdigkeit kokettiert haben – er hatte ja gewusst, sein Tod war lediglich ein Zaubertrick. Wie jung er damals war, vor vielleicht acht Monaten. Er hatte mittlerweile jegliches Alter verloren, jegliches Zeitgefühl. Dieser Tod war echt.

Die Sterne über ihm … welch perfide Erfindung seines Vaters! Welch Täuschung sie bewirkten! Wie oft blickte ein Mensch voller Verzweiflung und Weltverdruss in das nächtliche Firmament und wurde von dessen meisterhafter Bestückung in seiner Moral aufgerichtet, obwohl ihn der Himmel lediglich ein weiteres Mal blendete und durchschaute zugleich? Vater, du hinterlistiges Scheusal mit deinen unzähligen Augen! Sieh mir nur zu, wie ich den Schnaps aus dem Rucksack nehme, nehmen würde, könnte ich mich rühren. Er vermochte es nicht. Sein Körper ließ sich nicht mehr bewegen. Es war kalt. Und doch so schön. Erfrischendes dunkelblaues Schimmern.

Er war erfroren. Sein Körper, in einem quaderförmigen Eisblock konserviert, lag auf einem Katafalk in einem speziell gekühlten Schauraum des naturwissenschaftlichen Museums von Rom. Tagtäglich von aufgeklärten Menschen in Polarkleidung bewundert.

»Sehen Sie, meine Damen und Herren, liebe Kinder«, erklärte der Museumsführer Tag für Tag, »hier befindet sich der Weltenretter in seiner letzten heroischen Stellung, hingestreckt wie ein Hampelmann, die Flasche Schnaps in seiner rechten Hand ist fast leer. Daher rührt das zufriedene Lächeln. Aufgrund seines üppigen Bartwuchses ist es zwar kaum zu erkennen, doch wenn Sie einen genauen Blick auf die Augen des Mannes werfen, sehen Sie die entzückenden Lachfältchen. Diese haben Anthropologen die Hypothese aufstellen lassen, dass Jesus am Ende seines irdischen Lebens nicht bloß betrunken war, sondern sich mit seinem gottgewollten Schicksal abgefunden hat. Das, liebe Kinder, ist eine elementare Botschaft. Denn weshalb ist dieser Mann überhaupt aus dem Heiligen Land geflüchtet, nach Rom gefahren, hierauf ins Hochgebirge gezogen?«

Die Kinder hatten keinen blassen Schimmer. Der Museumsführer überspielte seine Enttäuschung und erzählte rasch die schauderhafte Geschichte der Flucht Jesu, ermöglicht durch die ruchlosen Verräter Nikodemus und Longinus, die aus profanem Mitleid mit der irdischen Hülle Jesu, in Wahrheit aber aus egoistischen Motiven, die Gottwerdung dieses Menschen zu verhindern getrachtet hatten.

»Kinder«, sagte der eifrige Museumsführer, »dieser Mensch musste sterben, qualvoll und freiwillig, um die Menschheit zu erlösen, egal, was er dagegen zu unternehmen versuchte. Das wollte er uns mit seinem Fluchtversuch vermitteln! Er wäre seinem Schicksal nicht entkommen, da hätte er noch so weit wandern oder sich in einer noch so tiefen Höhle verstecken können. Es musste passieren. Gott wollte es so. Die Menschen brauchten es so.«

Armer Museumsführer! Die Kinder und ihre Begleitpersonen waren längst in den nächsten Schauraum geschlurft, begafften dort einen animierten Dinosaurier. Ungläubiges Pack! Der Museumsführer atmete schwer. Er tobte innerlich. Er hechelte geradezu. Er hörte sich an wie ein Hund. Und wirklich – da stand ein Hund! Ein zotteliges schwarzes Vieh! Mit herausgestreckter Zunge schaute es den heiligen Eisblock am Katafalk erwartungsvoll an, wedelte mit dem Schwanz. Dieser peitschte an die Wade des verdutzten Museumsführers, der geistesgegenwärtig zu zählen begann. Eins, zwei, drei, vier … er hörte bei neununddreißig auf. Der Hund zog sodann den Schwanz ein, wandte sich dem Museumsführer zu, hatte das Maul geschlossen, die Augen waren blutunterlaufen.

»Verschwinde!«, keifte das teuflische Vieh verschlagen. Dem Museumführer wurde es schummrig vor den Augen. Mit einem gellenden Schrei rannte er aus dem Museum hinaus auf die Straße. Dort wurde er von einem Bus überfahren. Kopf ab, er wurde nicht mehr benötigt.

Zurück im Museum blieben der offenbar sprechende Hund und der in einem Eisblock konservierte Jesus, nach wie vor in seliger Hampelmännlichkeit. Wenn der wüsste, was jetzt auf ihn zukam, er hätte eine effektivere Methode des Entleibens gewählt. Pulsadern, Schierlingsbecher, Bauchstich. Andererseits, der Museumführer hatte nicht unrecht gehabt. Die Ambulanz wäre sogar in jenes entlegene Hochgebirgstal ausgerückt, wo Jesus schlappgemacht hatte. Wiederbelebungsmaßnahmen. Notverbände. Weiß der Geier. Spielte auch keine Rolle. Jesus driftete offensichtlich in seinen Gedanken ab. Verständlich, ein Sterbender driftete ab, zumindest wenn es sich um einen Menschen handelte. Ein Hund hingegen war immer voll und ganz bei der Sache. Beim Sterben. Beim Fressen. Beim Schlecken. Der schwarze Hund, wie es schien, handelte es sich eigentlich um eine Hündin, und bei dieser Gelegenheit sei auch ihr Name verraten: Lydia; Lydia also war auf den Katafalk gesprungen und schleckte. Voller Hingabe ließ sie ihre heiße Zunge über den Eisblock gleiten. Der Schwanz wedelte abermals. Die Stunden vergingen. So entstand nach und nach eine Mulde. Lydias Bauch war zum Bersten voll mit aufgetautem Wasser. Irgendwann entfernte sie sich für ein Weilchen, um ihr Geschäft zu verrichten. Hierauf wurde weiter geschleckt. Millimeter um Millimeter schmolz das Eis. Wahrlich Schwerstarbeit. Und Jesus? Merkte er, was vor sich ging? Es stand zu befürchten. Denn ein Wunder geschah! Der Eisblock schmolz auch von innen heraus. Heiße Tränen quollen aus den Augen des Heilands. »Freiheit!«, riefen sie. Blanker Zynismus? Tatsächlich brachte die Errettung dem Menschensohn zunächst die schlimmste Höllenqual. Unerträgliches Leid. Flammende Stiche auf der Haut, die Zähne fühlten sich an wie Nägel, die sich ins Zahnfleisch bohrten; die Wundmale weiteten sich zu brennenden Kratern. Mein Gott, mein Gott, warum bist du zurückgekommen? Ein warmes, raues Etwas glitt allmählich über Jesu Gesicht, vom Kinn bis zu der Stirn, verströmte einen Geruch wie jenen am Fischmarkt von Haifa. Widerlich. Erst recht dieses geifernde Gesabber! Jesus schüttelte sich am ganzen Körper. Seine Glieder ließen sich bewegen. Er windete sich, drehte den Kopf hin und her; da glitt das Riesending auch schon wieder über sein Gesicht, abermals den Fischgeruch verströmend.

Er öffnete die Augen. Ein schwarzer Pudel schaute ihn treuherzig an und bellte, hechelte mit einer Riesenzunge.

»Wäh!«, machte Jesus.

Er blickte um sich. Alles weiß. Eine Eiswüste. Ach herrje. Verführerische Ödnis, und mittendrin ... der kleine Flecken, auf dem er sich befand: ein üppig bewachsenes Wiesenstück. Gräser, Blumen, sogar ein kleiner Dornbusch. Schmetterlinge flatterten von Blüte zu Blüte. Bienen summten, eine Raupe bezwang sein linkes Knie. Und vor ihm hockte die schwarze Hündin, Lydia. Natürlich handelte es sich hierbei nicht um den richtigen Namen des Tieres. Es hatte viele Namen, das hatte Jesus nicht vergessen. Das freundliche Hecheln konnte ihn ohnedies nicht täuschen.

»Teufel, Teufel«, brummte er.

Lydia richtete sich auf, wedelte mit dem Schwanz, bellte wiederum. Jesus konnte nicht anders. Er kraulte den hündischen Nacken, beugte sich hinunter und schmiegte sich eng an Lydias Schnauze.

»Tut mir leid«, hörte er sie sagen, »aber es ist noch nicht vorbei.«

29.

»Schaut euch diese Bäume an!«, raunt Stefan, der sich bei Martha und mir eingehakt hat. »Wirken die nicht, als wären sie aus Plastik?«

Wir bleiben stehen, betrachten ihm zuliebe fünf, sechs Sekunden lang die riesigen Föhren und Fichten rundum. Klar, sie sind nicht die schönsten, sehen etwas angeschlagen aus, was aber kein Wunder ist; Bäume im Park eines Psychiatrischen Krankenhauses haben nicht gerade den besten energetischen Input. Aber Plastik? Stefan soll froh sein, dass er hier auf dem Land untergekommen ist, nicht in einer der bedrückenden Anstalten der Hauptstadt. Kein Lärm, die eiskalte Luft ist sauber und frisch, der Himmel ist strahlend blau, als spazierten wir durchs Winter-Wonderland rund um unser Dorf. Ehrlich, ich beneide Stefan um die kleine Auszeit, die er sich hier gönnt. Ein bisschen Ton modellieren, ein bisschen durch diesen Park schlendern, ein bisschen über Tommy reden, ich kann mir derzeit nichts Angenehmeres vorstellen.

Ich zünde mir eine Parisienne an. Martha drängt uns zum Weitergehen. Unter unseren Füßen knirscht Schnee, über unseren Köpfen kreischen Krähen. Scheußlich, diese Zigarette, wie sie alles verpestet. Ich werfe sie weg. Stefan geht in die Hocke, klaubt den Stummel auf, steckt ihn in die Hosentasche. Er trägt eine rote Jogginghose; zudem einen löchrigen Burlington-Pullover mit grün-orangem Karomuster, einen khakifarbenen Schal, weiße Moonboots; als Krönung eine Russenhaube. Er ist schleißig rasiert, sein Gesicht von den Medikamenten aufgedunsen. Meine Kleidung ist schicker als seine, dass ich das mal erlebe! Stefan so zu erleben hingegen … hätte nicht sein müssen. Ob wir die Flusen durch die Luft wirbeln sehen? Sein Zeigefinger fährt Achterbahn, offenbar ebenso seine Gedanken. Nicht einmal hier, beklagt er sich, entkomme man den Ms, den Ems oder den Äms – zur exakten Schreibweise hat er sich bislang nicht geäußert, geschweige dazu, wen er damit meint. So vieles andere bewegt ihn. Der Himmel sei doch von Fliegerspuren zerschnitten, oder? Und die Luft rieche wie in einer Raffinerie, nicht? Ehe ich ihn fragen kann, ob das an den Ems liegen könne, die mit ihren kleinen Propellermaschinen über dem Krankenhausgelände kreisten, ertönt ein Gongschlag; Stefan schreckt zusammen, bleibt stehen, streckt die Arme seitwärts zu einer Schranke, sein linker Fuß schwebt knapp über dem Boden.

»Habt ihr das gehört?«, flüstert er.

Ja, haben wir, laut und deutlich; ich habe eine Nachricht bekommen.

»Bist du wahnsinnig? Ich habe gesagt, ausschalten!«

»Das hast du nicht gesagt«, erwidert Martha.

»Zu dir nicht, aber zu ihm!«

»Zu mir hast du auch nichts gesagt.«

Stefan lässt die Arme sinken, schlendern, schiebt sich, ohne die Füße anzuheben, weiter. »Nein, nein, nichts habe ich gesagt, gar nichts, warum auch, ist ja nicht wichtig.«

»War nur meine Mutter, wirklich nichts Schlimmes. Schau – jetzt ist es aus! Alles gut!« Stefan dreht sich um. Er ist echt am Sand. Vollführt ausladend die Ich-versperre-meinen-Mund-und-verschlucke-den-Schlüssel-Geste. Die habe ich zuletzt einen Kumpel in der Volksschule machen sehen.

Martha und ich nehmen den Patienten wieder in unsere Mitte.

»Ist das Essen hier gut?«, will Martha wissen.

Der Schlüssel wird aus dem Ohr gezogen, das Mundwerk wieder in Gang gesetzt. »Glaubst du im Ernst, ich esse den Fraß? Nichts da! Mein Essen wird geliefert. Meine Mutter kocht für mich jeden Tag.«

Ich ziehe die Augenbrauen hoch, kann mein Grinsen nur schlecht unterdrücken. »Deine Mutter kocht? *Deine* Mutter? Seit wann? Kocht sie gut?«

»Was ist denn das für eine Frage?«, echauffiert er sich. »Hast du das Smartphone abgedreht? Dann hör genau zu:

Sie kocht furchtbar, zum Kotzen, kaum runterzubekommen. Aber ich muss das Zeug leider essen, nur so kann ich die Ems bekämpfen.«

»Das Essen deiner Mutter vernichtet die Ems?«, fragt Martha.

»Wie bitte? Du machst wohl Witze! Die Ems vernichten? Die Ems? Vernichten? Du bist gut! Die Ems vernichten ...«

Später in der Cafeteria. Ein Dutzend Tische und zwei Getränkeautomaten. Der Geruch des PVC-Bodens, das grelle Licht von den Deckenspots. Hohe Jogginghosendichte. Aufgedunsene Gesichter. Betreten dreinblickende Besucher, wie Martha und ich. Stefan hat es vielleicht doch nicht so toll erwischt. Er schlürft Tee, den er aus einer Thermoskanne auf einen kleinen Löffel träufelt. Recht hat er, der Automatenkaffee ist eine grindige Suppe. Auf der Kanne klebt, ebenso wie auf dem Löffel, ein Etikett mit seinem Namen. Die Luft ist trocken und heiß, aber die Russenhaube bleibt auf Stefans Kopf. Obwohl ihm der Schweiß über das Gesicht rinnt. Beklemmendes Bild. Martha bestimmt dankbar, mal austreten zu müssen.

»Jetzt im Ernst, Stefan – was ist mit dir passiert?«

Er überschlägt die Beine, der Löffel klemmt zwischen seinen Zähnen. Sein Zeigefinger klopft rhythmisch auf den Stiel.

»Dach har ich euch ja chon gechag. Chi hamaine Ohnun angechünde. Nich nua meine Ohnung, dach ganche Aus. Gann cham chie mich hiaheagerachd.«

Ich ziehe ihm den Löffel aus dem Mund. »Danke«, säuselt Stefan mit butterweicher Stimme. Setzt endlich die Russenhaube ab. Sein Kopf ist kahlrasiert.

»Wer denn? Die Ems? Was wollen sie von dir?«

»Ich habe die Vermutung, das ist eine Challenge.«

»Okay. Und worin besteht die?«

»Nicht verrückt zu werden.«

Stefans Pupillen sind nicht mehr ganz so riesig … Seine braunen Augen fast schon wieder präsent, streng wie früher, noch vor wenigen Wochen. Diese Augen haben mich etliche Male gemaßregelt.

»Christian, du bist ein guter Freund.«

Du meine Güte …

»Weißt du, was mir klar geworden ist?«

Zehen verkrampfen, das hilft. Wenn Opa sagt, Papa ist tot; wenn der Sanitäter sagt, Tommy ist tot; wenn Martha sagt, die Beziehung ist tot; oder wenn eben Stefan sagt, ich mag dich. Falls es doch nichts hilft, eine eiserne Ritterrüstung anlegen.

»Ich war oft auf Tommy eifersüchtig.«

Alles zwecklos. Stefans Worte bohren sich wie ein Diamant durch meine Haut, stoßen über Paul hinweg mitten in mein Herz. Aufgelöste Zuckerwatte wird mittels Ampulle reingepumpt. »Echt?«

Stefan nickt, steckt den Löffel wieder in den Mund. Er betrachtet die Russenhaube, irritiert, als wäre sie eine rappende Katze. »Changchd gu mia aien Chefalln gung?«

»Klar. Alles. Alles, was dir guttut.«

Stefan spuckt den Löffel raus, zeigt mit dem Finger auf die Russenhaube. »Ist das meine?«

Ich nicke. Er steckt die Hand in die Hosentasche, schiebt einen auf Briefmarkengröße gefalteten Zettel über den Tisch. Ich lasse ihn rasch in meiner Brieftasche verschwinden, Martha steuert auf unseren Tisch zu.

»Dauert ja ewig, bis man hier das Klo findet«, stöhnt sie und setzt sich.

Die Russenhaube thront wieder auf Stefans Kopf.

Ich muss auch noch aufs Klo. Beim Rausgehen drehe ich mich um. Stefan nimmt die Russenhaube abermals herunter. Martha bekommt einen Hustenanfall.

»Das tut weh«, meint Martha später im Zug, der uns zurück in die Stadt bringt. »Bei Stefan hätte ich am wenigsten erwartet, dass es ihm den Vogel raushaut.«

»Hm. Es hat ihn vielleicht doch mehr mitgenommen, als er zugeben wollte.«

»Der Mord bei seinen Nachbarn?«

»Was? Ach so, nein, oder … vielleicht auch der, ja. Aber … Tommys Tod. Ich habe immer gedacht, *mich* hat das komplett fertig gemacht. Vielleicht hat es Stefan viel härter getroffen. Er hat halt nie darüber geredet.«

»Mit mir hat er schon geredet. Und Tommys Tod hat uns alle getroffen.«

»Mag sein … Martha … Es tut mir leid, dass ich bei unserem Treffen so abweisend war. Das ganze vergangene Jahr war …«

»Schon gut, Christian. Mir tut auch vieles leid. Trotzdem, es ist besser so. Aber das ändert nichts daran, dass du mir am Herzen liegst.«

»Ich weiß.«

Ein weiches Plätschern zwischen meinen Ohren. Wieder einen Punkt auf meiner Road-Map abgehakt. Allerdings ist ein neuer hinzugekommen. Der Zettel, den mir Stefan zugesteckt hat. Darauf steht eine Adresse samt kryptischem Auftrag: ›Füttere die Katze!‹ …

30.

Martha sage ich nichts davon. Ich fahre vom Bahnhof direkt hin, die Adresse befindet sich in einer noblen Wohngegend im Norden der Stadt. Ich drücke die Glocke, ein Surren, das Gartentor öffnet sich. Ein gepflasterter Weg führt an Fichten und Föhren vorbei zu einer Villa im Jahrhundertwendestil. Ich erkenne sie sofort. Es ist die Villa auf dem letzten Foto im Album ›römisch eins‹ von Opa, vor der er mit jener Frau posierte …

Das Tor wird geöffnet. Eine klassisch beschürzte Hausangestellte zuckt bei meinem Anblick zusammen. Wohl weil ich klitschnass bin, bestimmt auch leichenblass.

»Ja bitte?«

»Ich bin Christian Rieder.«

Sie scheint Bescheid zu wissen. Fragt nichts weiter. Fragt mich nicht, welcher Christian Rieder ich bin. Ich würde es ihr nicht verraten. Dass ich mein Opa bin.

Ich trete ein, finde mich im schummrigen Licht einer Halle wieder. Sie läuft auf eine Treppe zu. Schachbrettbemusterter Steinboden. An den Wänden, zwischen Flügeltüren, Ölgemälde von Halbwüchsigen, Buben und Mädchen, samt Windhunden verewigt. Ich fühle mich von ihnen beobachtet. Vom schwenkenden Luster bedroht. Ich weiß nicht, woher der Wind weht. Tripple der beschürzten Hausangestellten hinterher zur Treppe. Weißer Marmor. Ich höre meine Schritte auf den Stufen widerhallen. Schäme mich ob meiner schmutzigen Schuhe. Insgesamt meines Äußeren wegen. Obwohl ich meinen besten Mantel trage. Eben erst Haar und Bart stutzen ließ. Bevor ich mich auf den Weg hierher machte, hatte ich mich gründlich gereinigt. Hierfür eine Seife aus Ringelblüten und Olivenöl verwendet.

Während der Zugfahrt war ich bedacht, mit keinem Unrat in Berührung zu kommen. Gar nichts anzufassen. So wenig wie möglich zu denken und zu fühlen, um keine inkommodierenden Körpergerüche zu produzieren. Ich habe mich beherrscht, bin nicht aufgefallen. Aber jetzt müsste ich auf die Kleinseite. Ich weiß nicht, wie ich das anstellen soll. Ich kann doch nicht einfach fragen. Ich kann es nicht einfach laufen lassen. Ich versuche an etwas anderes zu denken. Ich frage mich, ob die beschürzte Hausangestellte Fanny heißt. Ich überlege, ob sie mit dem Gärtner ein Pantscherl hat. Pantscherl, wohl von *panschen*, spricht für was Unedles. Fannys Hüften gefallen mir, ihre Augen. Aus Fannys Augen strahlt die Sonne. Oder kommt das Strahlen aus dem Zimmer? Ich werde gebeten hineinzugehen.

Es blendet mich. Ich muss die Hand heben, meine rote Mütze vom Kopf ziehen. Ich muss mich an die Blendung erst gewöhnen. Mit beiden Händen muss ich die Mütze festhalten. Ich höre meinen Herzschlag und spüre, wie mir der Schweiß über den Rücken rinnt. So lange habe ich mich beherrschen müssen, hier er aber werde ich beherrscht. Ich vermag mich nicht zu rühren, als zwei Windhunde auf mich zustürmen. Ich höre ihr Gebell und spüre, wie sich ihre Pfoten in meine Leibesmitte senken. Ich höre ein Pfeifen, die Windhunde schleichen davon. Mein Name wird gerufen. Ich weiß nicht, was ich jetzt machen soll. Ich warte ab und höre ihn wieder. Ich mache einen Schritt in die Richtung des Lichts. Ich mache einen zweiten und zittere dabei. Ich merke, wie ich in das Licht eindringe, langsam davon verschluckt werde. Ich gehe und gehe und weiß nicht, wohin. Ich höre nur immerzu meinen Namen. Höre ihn deutlich, mit jedem Schritt klarer. Noch nie habe ich meinen Namen so oft gehört. Heiße ich denn wirklich so? Ich schäme mich dafür, gerufen zu werden. Ist es nicht hoffärtig, gerufen zu werden und dem Ruf zu folgen? Bis die Schienbeine irgendwo anstoßen. Bis ich vornüberfalle und weich in weißem Laken lande. Ich sehe die Frau, die gerufen hat. Jetzt erkenne ich ihr Gesicht. Ich glaube, ich weiß wieder, von wo wir uns kennen. Ich bin plötzlich sehr aufgeregt. Ich werfe die Mütze zu Boden. Vergesse, dass ich auf die Kleinseite muss. Einfach an nichts mehr denken!

Später ist viel Zeit vergangen. Noch nie ist es so viel später gewesen. Ich liege neben der Frau und ahne, hier hat etwas Neues begonnen. Ich ahne, dass es so weit ist, dass ich weiß: Jetzt hat es beginnen können, weil ich das Früher verstehe. Ich habe verstanden, was früher war. Ich weiß jetzt, weshalb es passieren musste. Ich weiß jetzt, wie und wodurch es passiert ist. Das Früher kann jetzt Vergangenheit werden. Ich kann das Früher jetzt hinter mir lassen. Früher habe ich mich blenden lassen. Jetzt aber kann ich zum Lichtträger werden. Ich werde über alle Gegner triumphieren. Ich werde über meinen Vater triumphieren. Ich werde den Vater schlagen. Ich werde ihn immerzu schlagen.

Auf einmal spüre ich die große Last. Ich spüre sie im Liegen, weswegen ich aufstehe. Ich spüre sie auch im Stehen. Sie will mich in den Boden drücken. Ich greife mit den Händen zu meinen Schultern. Auf ihnen ertaste ich nackte Füße voller Beulen und Blattern. Ich umfasse die Knöchel, rüttle und schüttle, Tränen fallen herab. Es sind die Tränen des Vaters. Da spüre ich etwas an meinen eigenen Knöcheln. Es schmiegt sich an meine Füße. Ich lasse die Füße des Vaters los, lasse mich von ihm zu Boden drücken. Ich sinke ein in den Vatertränensee. Höre das Miauen einer Katze. Es ist eine ordinäre rote Hauskatze. Die Katze droht, in den Tränen zu ertrinken. Ich bücke mich und ziehe sie aus dem See. Ihr Schnurren lässt mich vergessen, was auf meinen Schultern lastet. Abermals wird mein Name gerufen. Die Stimme ist leiser nun, doch näher als vorhin. Das Parkett hat die Vatertränen aufgesogen. Ich stehe im Trockenen.

Ein Schwindel, es ist ein einziger Schwindel. Ich befinde mich in einem riesigen Schlafsalon. Perserteppiche, Biedermeiermöbel, ein Klavier, ein Paravent. An den hohen Wänden hängen unzählige Uhren. Allesamt stehen geblieben, und zwar um drei Uhr drei. Ich schreite langsam zum Himmelbett. Es steht in der Mitte des Zimmers. Darin liegt eine uralte Frau. Ihre Stimme ist es, die ich höre. Immer noch sagt sie meinen Namen.

Hinter den großen Fenstern fällt Schnee. Es riecht nach polierten Möbeln, gebügelter Wäsche; es riecht nach Kaminfeuer und Katze.

»Geben Sie ihn mir«, sagt die alte Frau im Himmelbett.

Ich lasse den Kater los. Er rollt sich auf dem Deckenberg, unter dem die Frau liegt, zusammen.

»Setzen Sie sich doch. Gibt es Neuigkeiten? Haben Sie mein Bild gefunden?«

Eine warme, wohlwollende Stimme haucht aus dem Großmutterkopf. Er ist tief im Polster eingesunken. Trägt eine Brille, eine altmodische Schlafhaube.

»Es schneit wieder«, antworte ich.

Sie verdreht ihre Augen zum Fenster. »Ach ja. Wie schön! Ich mag den Schnee. Aber jetzt sagen Sie mir, junger Mann – gibt es etwas Neues? Ich bin noch immer ganz desperat deswegen.«

»Bitte, erzählen Sie mir alles noch einmal ganz genau«, sage ich. »Das ist sehr wichtig. Wir brauchen Ihre Mithilfe.«

Sie habe doch bereits alles meinem Kollegen geschildert. Wieder und wieder. »Und trotzdem gibt es keine Neuigkeiten?« Sie seufzt.

»Der Fall ist diffizil.«

»Natürlich ist er das, natürlich. Wenn es denn sein muss, wenn es denn hilft … Würden Sie so freundlich sein, mir den Polster aufzuschütteln? Dann kann ich mich ein wenig aufsetzen und besser erzählen.«

31.

»Was wollen Sie denn hören? Ach so, das … Wollen Sie das wirklich hören? Wo fang ich denn an? Ich hab halt wieder mal nicht schlafen können. Ich bin ja schon dreiundneunzig. Da liegt man manchmal die ganze Nacht wach. Ich hör mir dann das Ticktack von den Uhren an, das beruhigt mich. Naja, vor dieser Nacht war das so. Seither … Der Michi muss die Uhren endlich reparieren. Aber … was wollt ich erzählen? Ach so, von dieser einen Nacht. Im Jänner war es. Eine Vollmondnacht. Da hab ich erst recht nicht schlafen können. Mir war nach Kuscheln, also hab ich gerufen, aber der Christian Rieder war nicht da. Der ist halt ein Abenteurer. Aber es wird ihm auch zu einfach gemacht. Der Lauser kommt nur heim, damit er sich anständig anfuttern kann und ein bisserl gestreichelt wird, nicht wahr. Und keiner sagt was. Ich ja auch nicht. Und dann verdünnisiert er sich und bleibt die halbe Nacht weg. Und ich mach mir die größten Sorgen. Das schlägt schon aufs Gemüt. Aber bös mit ihm sein, das kann ich nicht. Solange er irgendwann wieder heimkommt und mit mir kuschelt, meistens ist das erst irgendwann in der Früh. Dann schlaf ich halt wenigstens noch ein bisserl vorm Mittagessen. Aber gesund ist so ein Lebenswandel nicht für einen alten Menschen wie mich. Ich möcht ja mindestens hundert Jahre alt werden, nicht wahr. Aber was …? Ach so, ja. Von der einen Nacht. Da ist er halt wieder ausgeflogen. Ich bin auf den Knien durchs ganze Zimmer gerutscht. Hab mir gedacht, na, vielleicht ist er unter einem Schrank oder unterm Bett, will mich ein bisserl sekkieren, nicht wahr. Aber dann hab ich ein Schaben an der Tür gehört, ein Miauen. Na also, habe ich mir gedacht, ist es ihm draußen doch zu kalt geworden. Ist halt doch schöner im warmen Bett bei seinem Frauerl. Da bin ich hin zur Tür geschlichen und hab sie aufgemacht. Na ja, und was soll ich sagen? Ich hab mich erst einmal furchtbar erschreckt. Drei Leute sind vor meiner Tür gestanden. Ein Mann, eine Frau und ein Kind. Die roten Augen von den zwei Erwachsenen, die hätten Sie sehen sollen … Und der Christian Rieder, den hat der Bub im Arm gehalten, der hat auch diese roten Augen gehabt. Richtig maliziös. Nur der Bub nicht, dem seine Augen waren blau. Ein schöner Bub, übrigens. Dagegen die anderen zwei, der Mann insbesondere, der war ja … Er hat eine Sonnenbrille aufgehabt, aber die Augen haben da durchgeleuchtet, und einen Sprung im rechten Glas hat sie gehabt, und das hat nur der … Wissen Sie, Ihren Kollegen hab ich das nicht erzählt. Der Michi hat gesagt, ich soll das lieber für mich behalten. Sagen Sie ihm halt nicht, dass Sie es von mir haben. Aber hören Sie mir genau zu: Es war der Luzifer. Jahrzehnte hab ich auf ihn gewartet. Seit Jahrzehnten denk ich mir, eines Tages wird er vor deiner Tür stehen mit seinen roten Augen und dich zu Tode erschrecken wollen.

Das ist ihm gelungen, weil erschreckt hat er mich anständig. Auf einmal sind alle Uhren stehen geblieben. Eine Stille war das, schauerlich … Ich war es ja gar nicht mehr gewohnt, so eine Ruh zu haben. Das gefällt mir gar nicht, nein, der Michi muss das wieder in Ordnung bringen. Der Michi kann alles in Ordnung bringen. Er wird auch gewiss den Luzifer zur Räson bringen, das hat er mir fest versprochen, den Luzifer und all seine armseligen Ems. Ich hab das ja leider nicht zuwege gebracht … Aber der Michi, der kann alles. Es wäre hoch an der Zeit. Das kann man ja nicht so stehen lassen, dass der Luzifer sich in ein wildfremdes Haus einschleicht mitten in der Nacht und einer alten Dame so einen Schrecken einjagt. Ich hab geschrien, wie von der Tarantel gestochen. Dem Luzifer hat das nichts ausgemacht, und auch den zwei anderen nicht. Nur der Christian Rieder … Na, der ist dem Buben vom Arm gesprungen und reingesaust ins Zimmer. Will sich unterm Bett verkriechen, habe ich mir gedacht. Ich bin ihm hinterher, zurück ins Bett und hab mich unter der Decke versteckt. Da haben mich schon wieder zwei rote Augen angefunkelt. Hat sich der Kater doch auch unter der Decke versteckt! Ich wollt ihm schon das Nackerl kraulen, aber da hat er auf einmal das Schnauzerl aufgemacht und mit mir geredet: ›Brauchst keine Angst haben, alte Schnepfe‹, hat er gesagt, ›er will nur mit dir palavern!‹ Alte Schnepfe, so hat er mich genannt, mein Christian Rieder … Da sieht man, was der Luzifer aus einem macht. Und dann ist mir die Decke weggezogen worden. Ich hab mich zuerst zusammengerollt, hab die Augen zugemacht, weil ich halt … so eine Angst gehabt habe. Wie ich dann aber ein Räuspern hör von … von ihm halt, da hab ich mir gedacht, wer weiß, vielleicht will er ja wirklich nur reden, und außerdem hat mir der Michi ja versprochen, dass ich nichts zu befürchten brauch, er wird den Luzifer zur Räson bringen, nicht wahr. Also hab ich mich aufgesetzt und die Augen wieder geöffnet. Der Luzifer ist im Ohrensessel gesessen, sie, die Frau, daneben wie so eine Dame, dabei hat man der gleich angesehen, die ist gar keine. Eine ganz ordinäre Person ist die. Und der Bub, der ist am Boden gehockt und hat mit einer von meinen Spieluhren herumgespielt wie ein Afferl, aber soll er, hab ich mir gedacht, der Bub hat mir ja nichts getan. ›Klugscheißer!‹, sagt die Frau plötzlich zum Christian Rieder neben mir auf der Matratze. ›Wer sagt, dass er mit der reden will? Heißt sie vielleicht Michael Nachtmann?‹ Was die für eine Stimme gehabt hat, als tät sie fünfzig Filterlose rauchen am Tag. Da antwortet der Bub mit so einer gelangweilten Nuance, ›Michael Nachtmann ist ihr Sohn. Sie ist seine Mutter!‹, was der Frau aber auch nicht passt: ›Klugscheißer! Als ob er das nicht wüsste! Wo ist er denn, der Herr Sohn?‹ Aber ich muss sagen, irgendwie hat sie recht gehabt, dass der Christian Rieder ein … Klugscheißer ist, also ich tät das Wort von mir aus ja gar nicht in den Mund nehmen, aber … Sofort hat der Kater mich mit dem Naserl angestupst und so siebenmalgescheit gesagt: ›Das geht an dich, alte Schnepfe!‹ Wie er sich dann in meinen Schoß reinlümmeln wollt, hab ich ihm einen Stoß versetzt und er ist runter vom Bett gehüpft. Gleich hat sich die Frau weiter wichtig machen müssen, ein richtiges Dienstboteng'schau hat die gehabt. ›So, und jetzt reden wir Tacheles! Wie wäre es mit einem Tässchen Tee?‹ Und wie sie in die Hände klatscht, schiebt die Fanny einen Teewagen zur Tür rein, komplett devastiert, also, ich sag Ihnen, die hat ausgeschaut! Das Haar zerzaust, lauter Kratzer im Gesicht und angehabt hat das Weibsstück auch nichts. Zustände waren das in jener Nacht … Aber das mit dem Tee, das war eine passable Idee, weil, wenn man miteinander ins Gespräch kommen will, nicht wahr, dann schafft Tee erst die rechte Atmosphäre, und wie wir dann alle unseren Tee gehabt haben und die Fanny wieder raus ist, hat die Frau auf einmal ganz sanft gesagt, ›Frau Nachtmann‹, hat sie gesagt, und ich hab mir gedacht, schau, die weiß ja doch, was sich gehört. ›Frau Nachtmann – Sie haben nichts zu befürchten. Er will nur reden. Er will mit Ihrem Sohn Frieden schließen. Das willst du doch, nicht wahr?‹ – und dabei hat sie den Luzifer streng angeschaut, worauf er nur genickt hat, also, was soll ich sagen, die Stimmung war gleich viel besser. ›Daher wäre es gut‹, sagt dann die Frau, ›wenn wir erfahren dürften, wo sich Ihr Herr Sohn befindet. Ist er im Haus? Können wir ihn sprechen?‹ Und ich wollte ganz ehrlich sein und hab gesagt, dass er nicht im Haus ist, weil er ja in Moskau war zu der Zeit. Auf einmal springt der Bub auf, stampft in den Boden und macht ein Geschrei von wegen: ›Ich will nicht nach Moskau! Ich will heim! Ihr habt mir versprochen, dass ihr mich heimbringt!‹ Und da fährt ihn die Frau an, wieder richtig bös, also die ist eine ganz launische: ›Was willst denn daheim? Verbrannt werden?‹ Und in dem Moment, also da ist mir alles eingeleuchtet, da hab ich mir gedacht, schau, schau, der er will ja wirklich Frieden schließen, der Herr Luzifer, und als Zeichen seines guten Willens hat er das Kind mitgebracht, das die Leute dort oben in der Stadt in den Wolken seinetwegen hätten opfern wollen, nicht wahr, ich weiß nicht, ob

Sie … na, Sie werden die Geschichte nicht kennen, oder … ach wirklich? Das ist ja sagenhaft, das freut mich direkt, weil, sonst kümmert es die Jugend ja nicht mehr, dass dort oben der Luzifer … und diese Leute … Aber, jetzt bin ich ein bisserl durcheinandergekommen. – Warten Sie, ich muss mich erst wieder … Also, wie der Bub das gesagt hat, das hat der Frau eben nicht behagt, sie hat ihm allerlei Vorwürfe gemacht, dass der Bub so undankbar sei und so weiter. Aber der Luzifer, das war ganz verdreht, der hat den Buben in Schutz genommen und fast schüchtern gemeint, man müsse das verstehen, für den Buben sei es eine schwierige Situation, und vielleicht, wenn wir alle richtig Frieden miteinander schließen würden … Also, seien Sie mir nicht bös, aber so redet doch kein echter Teufel! Der ist ja ein Hippie! Hat gemeint, wenn wir alle lieb miteinander sind, käme alles wieder in Ordnung … Nach Jahrtausenden glaubt er, alles wird wieder gut. Als würde die Welt nicht täglich ein Stückerl komplizierter, nicht wahr. Obwohl, so kompliziert ist sie gar nicht, weil, wenn es den Luzifer und seine eingebildeten Ems nicht mehr gäbe, dann könnt wirklich alles gut und eine rechte Ordnung auf der Welt sein, und deshalb war mir sein Vorschlag am Anfang gar nicht unsympathisch, also Frieden zu schließen. Aber ich hätt da ja gar nichts entscheiden können, hätt höchstens zusagen können, ich würde mit dem Michi reden, weil der ja mittlerweile das Sagen hat bei uns im Bund. Ich kann so was gar nicht mehr beurteilen, ich bin ja schon dreiundneunzig … Jedenfalls, muss ich zugeben, er ist mir so bös gar nicht vorgekommen, der Luzifer, ganz im Gegenteil, fast hat er mir ein bisserl leid getan mit der herrischen Person neben sich. Na, da hab ich mich getäuscht! Weil, wie der Luzifer das Bild bemerkt hat, den Giordano, na, da sind alle meine Illusionen verpufft, und seitdem weiß ich auch mit Sicherheit, dass mit dem kein Frieden zu machen ist, dass er ein für alle Mal vernichtet werden muss, und deswegen müssen diese Leute dort oben ein für alle Mal ausgelöscht werden, die komplette Brut! Erschossen müssen sie werden oder geköpft oder vergast, ganz einerlei, Hauptsache, sie kommen weg. Erst dann wär auch der Luzifer am Ende, aber das wissen Sie wahrscheinlich sowieso, weil Sie scheinen ja sich da ganz gut auszukennen ... Mit dem Bild war es dann halt so, dass ... Also, dort drüben an der Wand, man sieht es ja noch, rundherum ist die Farbe ausgebleicht von der Sonne, da sieht man, dass da eigentlich ein Bild hängen müsst, nicht wahr? Sehen Sie es? Dort habe ich ihn hängen gehabt, meinen geliebten Giordano, ach, was für eine Freud jeden Morgen! Der Luzifer hat ihn scheinbar erst nach einiger Zeit bemerkt, aber wie er ihn bemerkt hat, na, da hat er ein richtiges Drama veranstaltet, das war ... richtig peinlich war mir das, ich mein, der hat herumgejammert wie ein kleines Kind, von wegen, das wäre wieder so typisch für uns, mit ›uns‹ hat er uns Menschen gemeint, nicht wahr, dass wir uns am Leid von anderen ergötzen würden, es sei eine Ungeheuerlichkeit, hat er gejammert, dass ich dieses Bild ausgerechnet in meinem Schlafzimmer hängen hab, wo doch auf diesem Bild er völlig bloßgestellt wird, seine größte Demütigung wär das gewesen, wie ihn der Michael, also der Erzengel, wie ihn der da runtergeschubst hat vom Himmel. Davon hätt er sich auch nach Jahrtausenden kaum erholt, also ... Er hat wirklich maßlos übertrieben, sage ich Ihnen, würdelos war das, richtig würdelos, ich meine, nicht bös sein, aber ein richtiger Teufel muss schon auch Contenance bewahren in so einem Moment. Außerdem war sie ja ganz und gar geheuchelt, diese Seelenqual. Als wäre der Luzifer nicht alleine dafür verantwortlich, dass er runtergestoßen worden ist vom Himmel, aber das schaut ihm ähnlich, nicht wahr, dass er den anderen die Schuld gibt, obwohl er selbst so ein ungezogenes Kind war und sich hat müssen wichtig machen vor dem lieben Gott. Und von Kunst versteht er auch nichts, sonst hätt er sich ja geschmeichelt fühlen müssen, dass so ein großer Maler wie der Giordano ihn auf einem Bild verewigt. Aber der Luzifer hat das alles nicht hören wollen, hat nur herumgejammert, gütiger Himmel, wie ein Kind halt, das das falsche Weihnachtsgeschenk bekommt. Wirklich, es hat mich gepeinigt, so ein gestandener Teufel ... dass so einer sich so armselig verhalten kann. Aber wenn er es wenigstens dabei hätte bewenden lassen. Ich meine, der hat ja seinem Ärger Luft gemacht, ich hab es ja zur Kenntnis genommen, er hätte mit seinem Trupp abmarschieren können, und den Rest, den hätte der Michi schon erledigt, also, das heißt, der Michi wird den Rest erledigen, er wird den Luzifer schon noch zur Räson bringen, wie er es mir versprochen hat. Wenn das ein bisserl grauslich wird, ist es auch dem Luzifer seine Schuld, hätt er das Bild halt einfach ignoriert. Aber jetzt braucht er keine Schonung mehr erwarten. Hätt er nur ein bisserl mehr Manieren gehabt, dann ... wie gesagt, ich hab die Idee grundsätzlich nicht unsympathisch gefunden. Ich hoff halt nur, dass mir der Michi den Giordano wiederbeschaffen wird, weil, nicht wahr, ich weiß ja nicht, was der Luzifer mit dem Bild vorhat, will ich mir auch gar nicht vorstellen ... Wie dem auch sei, das wollt ich Ihnen damit sagen, er hat es mitgenommen, der Luzifer ist der Dieb, das hab ich Ihren Kollegen halt nicht sagen wollen. Also schauen Sie, dass sie den Luzifer schnappen, und dann bringen Sie ihn gleich zum Michi. Was, wie er es mitgenommen hat? Na ja, wie wohl? Mit seinen glühenden Augen hat er es fixiert und – hui, schon ist das Bild von der Wand runter und her zum Bett geschwebt wie ein fliegender Teppich im Orient. Und hops, sind der Luzifer, die Frau und das Kind raufgehüpft. Da hab ich große Augen gemacht, das gebe ich ja zu. Dass mir das jetzt eine Lehre sein wird, hat er noch hysterisch gejault und dann … sind die drei auf dem Bild durchs Fenster raus in die Nacht geflogen und … seither ist das Bild halt weg, nicht wahr … Also … gibt es Neuigkeiten? Ich vermisse meinen Giordano so sehr! Und der Christian Rieder, der vermisst ihn auch. Schauen Sie sich das verstörte Katzerl an. Seit der Nacht traut es sich gar nicht mehr raus …«

32.

Die Theresia weiß es. Ich kann ihr nichts vormachen, sie kennt mich genau. Ich bin in der Nacht in der Hauptstadt gewesen. Nach so langer Zeit bin ich wieder hingefahren. Mir hat geträumt, wie ich zum ersten Mal bei der Brunhilde war. Die Theresia weiß es genau. Vielleicht habe ich im Schlaf gemurmelt. Vielleicht habe ich geplappert. Sie trägt die Kaffeekanne zum Tisch und setzt sich hin. Ich setze mich zu ihr, sie schaut mich nicht an.

»Kannst du bitte den Radio einschalten«, sagt sie.

Sie schiebt mir die Zeitung her. Ich tue so, als würde ich lesen. Dabei schaue ich nur die Bilder an. Die Bilder in meinem Kopf, die Bilder in der Zeitung. Auf dem einen sind wir im Kaffeehaus. Auf dem anderen spazieren wir durch einen Park. Das dritte Bild ist beim Wandern entstanden. Ich bin jung, und die Brunhilde ist schön. Schön ist sie immer gewesen.

Wie schön sie ausgesehen hat, als sie meinen Vater abgeholt haben. Aber ich habe mich nicht in ihre Schönheit verliebt. In ihre schmalen Hüften, in ihre weißen langen Finger. Sie hat sich sogar die Handschuhe ausgezogen ... Ich habe mich richtig geschämt. Was hat diese Frau in unserer Stube verloren? Hier ist es verlottert und dreckig, es stinkt. Sie gehört nicht hierher, sie soll verschwinden! Aber sie hat sich nichts anmerken lassen, hat keinen auf Etepetete gemacht. Sie hat sich sogar neben mich auf die Bank gesetzt. Die Geli hat sich darunter versteckt. Wenn das der Lehrer gesehen hätte! Der Lukas hat geplärrt wie am Spieß. Und ich bin steif dagesessen wie in der Kirche. Totstellen habe ich mich immer gut können. Aber gegen den Stallgeruch bin ich machtlos gewesen.

Sie hat ganz anders gerochen. Mir ist deswegen schwindlig geworden. Ein fremder Geruch, dem ich mich einfach nicht entziehen konnte. In mir hat sich alles zu drehen begonnen. Gar nicht, weil sie den Vater gepackt haben. Nicht wegen dem Plärren vom Lukas, dem Wimmern von der Geli. Nicht einmal, weil sich meine Mutter auf den Boden geworfen hat – aus lauter Verzweiflung und Wut. Schwindlig ist mir geworden wegen der Brunhilde. Weil sie auf einmal ihre Hand auf die meine gelegt hat. Es war ihr Geruch, und es war ihre Hand.

Oha! Die Theresia hat ihren Kaffee ausgeschüttet. Sie hat ihn über die Zeitung geschüttet. Ich stehe auf und hole einen Fetzen. Die Theresia nimmt die Kanne und schenkt sich noch eine Schale ein.

33.

Heute Morgen habe ich den Kaffee ausgeschüttet. Ich war nervös, habe schlecht geschlafen. Hab ich Ihnen erzählt, dass wir in der Kirche angebandelt haben? Ein frommes Kind war der Christl ja nie. Manchmal bei der Wandlung habe ich zu ihm rüber gespechtelt. Wir sind ja in derselben Reihe gesessen. Ich habe ein Auge zu und eines aufgemacht und zu ihm rüber gespechtelt. Er hat zurückgeschaut und eine Grimasse geschnitten. Wenn das einer mitgekriegt hätte! Aber es hat nie einer was gemerkt. Dann habe ich jedes Mal vor Schreck den Kopf eingezogen. Mein Herz hat wild zu pochen angefangen. Und ich habe aufpassen müssen, dass ich nicht lache.

Aber dann haben sie seinen Vater abgeholt. Dabei war der Krieg längst verloren. Das hat jeder gewusst. Alle haben sie gewartet, dass es endlich heißt, der Krieg ist vorbei. Für meine zwei großen Brüder war er das längst. Der eine ist in Russland geblieben, der andere in Jugoslawien. Den dritten haben meine Eltern oben auf der Höll versteckt. Die Wehrmacht wird auch die Kinder holen, hat es geheißen. Aber den Vater vom Christl, den hat nicht die Wehrmacht geholt. Die Gestapo hat ihn mitgenommen. ›Der ist doch gar nie politisch gewesen‹, hat mein Vater gesagt. Ich habe nicht verstanden, was er meint. Ich habe nur gemerkt, der Christl schneidet keine Grimassen mehr.

Halt, jetzt habe ich mich vertan. Nach so langer Zeit kann das passieren. Aber klar, der Josef, der ist da schon eingesperrt gewesen. Ein paar Wochen vor dem Vater vom

Christl ist er verhaftet worden. Damals hat der Christl schon aufgehört, Grimassen zu schneiden. Da ist er anders geworden, ruppig und ernst. Einmal habe ich ihn abgepasst. Ich habe ihn gefragt, ob es stimmt, was man vom Josef sagt. Dass er einen mit der Axt erschlagen hat. Er hat mich einfach weggestoßen. Da habe ich ihm zum ersten Mal eine geschmiert. Dem Christl sind die Tränen gekommen, er ist davongerannt. Ich hab ihm nachgeschaut, und auf einmal hat er mir leidgetan, der Josef. Am nächsten Tag in der Schule hätte ich dem Lehrer am liebsten auch eine geschmiert. Der hat noch immer vom Führer geschwärmt. Aber ich habe gedacht, wenn ich so etwas mache, dann holen sie auch meinen Vater ab. Das wollte ich meiner Mama nicht antun. Der Krieg hat ihr schon genug genommen. Der dumme Krieg von den dummen Männern. Den Frauen sind nur die Scherereien geblieben. Wenn sie nicht selber Scherereien gemacht haben.

Wie die Brunhilde. Die schöne Brunhilde aus der Hauptstadt.

34.

In ihre Schönheit war ich nicht verliebt. Ich war da noch gar nicht verliebt. Wann hätte ich mich denn verlieben sollen? Ich habe keine Zeit für ein Hirngespinst gehabt. Ich war jetzt der Mann im Haus.

Mein Vater ist nie in den Bürgerwald gegangen. Mein Vater hätte uns zur Not erfrieren lassen. Trotzdem war er immer das Oberhaupt der Familie. Verdreschen, das konnte er. In den letzten Kriegsmonaten ist dann Friede eingekehrt. Die Brunhilde hatte den Vater mitgenommen. Jetzt war ich der Mann im Haus. Es hat den Vater nicht mehr gebraucht.

Ich habe den Vater nicht mehr gebraucht. Ich hatte schon alles von ihm bekommen. Ich habe gewusst, was nur er gewusst hat. Von da an hat er nicht mehr gezählt.

Als der Führer dann tot und der Krieg vorbei war, da ist mein Vater heimgekommen. Ein halber Leichnam. Er hat fast nichts mehr gesprochen. Er hat auch fast nichts mehr verstanden. Ich hätte ihm sowieso nichts mehr erzählt. Vom Sagenbuch hätte ich ihm nichts erzählt. Auch dann nicht, wenn er noch was mitgekriegt hätte. Ich war jetzt der Mann im Haus.

Ich habe meine Rolle sehr ernst genommen. Ich habe mich auch um ihn gekümmert, ihm seinen Schnaps gebracht, die Zigarette angezündet. Es hat auch sonst viel Arbeit gegeben. Die Theresia und ich haben uns gerngehabt. In die Theresia war ich gewiss verliebt. Aber manchmal habe ich schon an die andere gedacht. Ich habe gar nicht mehr gewusst, wie sie ausgeschaut hat. An ihren Geruch konnte ich mich auch nicht mehr erinnern. Nur das Sagenbuch. Das Sagenbuch hat sie mir dagelassen. Meinen Vater haben sie schon nach draußen gezerrt gehabt, da hat sie mir das Sagenbuch auf den Tisch gelegt. ›Sind schöne Geschichten drin‹, hat sie gesagt. Weiter nichts. Das war alles.

Ich habe fast alle Geschichten gelesen. Bis auf diese eine, die vom Ragger … da hab ich nach ein paar Zeilen aufgehört. Der Teufel hat mir immer noch Angst gemacht. Der Ragger hat mir immer noch Angst gemacht. Mein Vater hat mir immer noch Angst gemacht. Wahrscheinlich ist es bis heute so. Ob die Theresia weiß, dass es bis heute so ist?

Die Theresia, nein, die hat nie Angst gehabt. Sie war immer die Mutige. Am Christtag hat sie das Sagenbuch in den Ofen geschoben. Sie hat es bestimmt schon lange vorgehabt. Sie hat geahnt, ich hätt es wieder nicht getan. Immer wieder habe ich es aus dem Ofen rausgenommen. Aber am Christtag hat die Theresia es in die Hand genommen. Hat selber die Streichhölzer dafür angerissen.

Ich würde jetzt gerne darin lesen. Ich würde die eine Geschichte lesen. Laut, wie damals. Die eine Geschichte, die widerliche. Sie hat meinen Vater umgebracht. An der Geschichte ist mein Vater krepiert.

Die Theresia und ich haben uns schon immer gerngehabt. Sobald wir alt genug geworden, wollten wir heiraten. So hatten wir es beschlossen. ›Dann ziehst du zu mir. Ich werde alles herrichten. Du wirst es genauso schön haben wie bei dir daheim.‹ ›Noch schöner‹, sagt sie, ›weil dann sind wir zusammen.‹ Ich habe das meiner Mutter erzählt. Meinem Vater habe ich nichts erzählen brauchen. Mein Vater hat sowieso nichts mehr mitgekriegt. Mein Vater, der Raucher, mein Vater, der Trinker. Und trotzdem hat er alles zerstört.

›Er hat gemeint, du wirst wissen, warum‹, hat meine Mutter gesagt. ›Er hat es noch im Krieg so bestimmt. Er hat gemeint, du wirst schon verstehen.‹

Ich habe es lange nicht wahrhaben wollen. Ich habe auch nichts dagegen machen können. Der Lukas kriegt den Hof. Das hat mein Vater noch im Krieg so bestimmt. Er hat gemeint, ich würde es verstehen. Ich habe gar nichts verstanden. Ich habe mich bloß vor der Theresia geschämt. Nie mehr wollt ich ihr in die Augen schauen. Ich habe nicht gewusst, was jetzt werden soll. Ich bin nach dem Gespräch mit der Mutter zum *Adler* gegangen. An dem Tag habe ich mich richtig angesoffen. Das war der zweite Rausch in meinem Leben. Der letzte, den ich je haben werde. Vollmond war, wie damals im Bürgerwald.

Ich komme heim, wanke in meine Kammer. Ich werfe mich aufs Bett. Auf einmal fällt mir das Sagenbuch ein. Ich hole es aus dem Wäscheschrank, zünde eine Kerze an. Ich suche die eine Geschichte, lese die ersten Zeilen. Ich denke an die Theresia. ›Noch schöner, weil dann sind wir zusammen.‹ Ich zünde die Öllampe an, laufe hinüber in die Stube. Mein Vater liegt auf der Bank und schnarcht. Ich gebe ihm einen Tritt in die Seiten. Nehme einen Stuhl, setze mich hin. Ich lese ihm die Geschichte vor. Es dauert, bis er es kneißt. Mit jeder Zeile werde ich lauter. Langsam sickert es ein. Er fängt an zu jammern und zu betteln. Zu keuchen. Ich muss ihm den Mund zuhalten. Irgendwann lässt seine Kraft nach. Irgendwann bin nur mehr ich zu hören. Ich lese die Geschichte ohne Hast, koste sie aus bis zum letzten Wort. Dann stehe ich auf und stelle mich vor ihn hin. Ich schaue in sein altes Gesicht. Seine Augen sind blutunterlaufen und voller Angst. Aber er hat begriffen. Wenn ich will, kann ich ihn erschlagen. Jederzeit. Ich lösche die Lampe und gehe hinaus.

Danach bin ich zur Theresia gerannt. Sie hat mich durchs Fenster reingelassen …

Ich glaube, ich werde jetzt auf den Friedhof gehen. Ich möchte eine Kerze für ihn anzünden.

35.

Ich bin mit ihm auf den Friedhof gegangen. Es ist nicht so, dass ich den Friedhof meide. Ich mag es bloß nicht, aus dem Stubenfenster auf sein Grab zu schauen. Das kommt mir nicht richtig vor.

Zuerst sind wir beim Grab von seinen Eltern gestanden.

Der Christl hat eine Kerze angezündet. Dann sind wir beim Grab von meinen Eltern gestanden. Ich habe eine Kerze angezündet. Dann sind wir beim Grab vom Mathias gestanden. Dort haben wir uns an der Hand genommen. Hand in Hand sind wir rausgegangen. Der Christl wollte noch eine Runde spazieren. Aber ich war müde, er ist allein gegangen. Ich wollte mich daheim auf die Bettbank setzen und mit der Osterdecke anfangen. Heute muss ich wirklich damit anfangen.

Aber zuerst schaue ich mir Fotos an. Mein Gott, wie jung wir waren! Das letzte Foto im Album ist schief eingeklebt. Es ist ein bisschen zerknittert. Ich reiße es heraus. Er und die Brunhilde vor deren Villa in der Hauptstadt. Der Christl schaut so glücklich aus. Und sie war wirklich eine Schönheit. Vielleicht habe ich ihr deswegen keine geschmiert, wie die beiden damals angetanzt sind. Nicht, weil sie eine Dame war, das war mir ganz gleich. Aber dass sie so schön war … das hat mich zurückgehalten. Wie sie dann gesagt hat, sie lässt uns jetzt allein, habe ich mich wieder gefangen. Und dem Christl eine geschmiert.

Er versteht, dass ich sauer bin, hat er gesagt. Er kann sich vorstellen, wie das für mich war. ›Du Pfeife‹, habe ich geschrien, ›gar nichts kannst du dir vorstellen.‹ Aber dann habe ich ihn reden lassen. Mein Gott, ich habe ihn halt gerngehabt. Deswegen bin ich mitgegangen mit ihm. Ich bin mitgegangen zum *Adler*. Der Wirt hat uns in ein Extrazimmer gebracht. Dort waren die Brunhilde und ein Mann. Zuerst habe ich ihn nicht erkannt, er saß mit dem Rücken zur Tür, plötzlich dreht er sich um und ich sehe, es ist der Josef. Hab ich mich erschreckt! Gehört hatte man schon, dass er wieder freigekommen ist. Aber gesehen habe ich ihn zum letzten Mal im Krieg. Damals war er ein junger Bursch. Jetzt ist er mir richtig alt vorgekommen. Mit gerade mal zwanzig, ein klappriges Gestell mit wirrem Blick, das raucht und sauft. Von da an hat er sich nicht mehr verändert. Der Josef war er nicht mehr. Von da an war er der Ragger.

›Wenn du glaubst, dass ich mit dem, damit du mit der …‹, habe ich den Christl angezischt. Er hat den Finger auf den Mund gelegt, hat meine Hand genommen, und ich war still. Mein Gott, ich war ein junges Ding. Ich wollt den Christl heiraten. Vielleicht ja nur, damit die Mädels nicht mehr spotten. Das Geld jedenfalls war mir egal. Dem Ragger ist es ums Geld gegangen. Dem Christl ist es ums Geld gegangen. Der Brunhilde war das Geld auch wurscht. Ihr ist es, wie mir, um die Zukunft gegangen. Klarerweise um eine ganz andere. Aber um eine schöne Zukunft ist es uns beiden gegangen.

Im *Adler* hat uns die Brunhilde dann von ihren Plänen erzählt. Sie hat uns alles erklärt. Eigentlich nur mir, weil der Christl und der Ragger, die haben ja schon alles gewusst. Der eine hat meine Hand gehalten, der andere hat Bier getrunken. Es war ganz komisch, wir drei, wieder beieinander und doch ganz fremd. Ich weiß nicht mehr, wie lange die Brunhilde geredet hat. Zwei Stunden, vielleicht sogar drei. Den Christl habe ich danach gefragt: ›Und dafür hat sie bei dir Monate gebraucht?‹ Er hat weggeschaut, und ich habe gewusst, die Sache ist noch nicht gegessen. Die Zeit wird kommen, und sie ist auch gekommen. Zwei Wochen später, oben am Berg. Da sind der Christl und ich wieder zusammengekommen.

Die drei hätten eigentlich allein gehen wollen. Aber wie

die Brunhilde fertig war mit ihrer Erklärung, nachdem sie alles erzählt und ich alles verstanden hatte – da habe ich zu ihr nur gesagt: ›Ich gehe mit!‹ Niemals wieder hätte ich den Christl mit der irgendwo allein gelassen. Mit der und dem Ragger allein am Berg – nichts da! ›Ich gehe mit!‹

Glauben Sie mir, wie verrückt das alles ist, das war mir schon klar. Ich habe schon gewusst, dass auch eine vornehme Dame aus der Stadt spinnert sein kann. Vielleicht war ich einfach neugierig. Oder wirklich so wahnsinnig verliebt, mein Gott, als junges Mädel. Vielleicht habe ich auch geglaubt, was sich die Brunhilde da zusammengereimt hat. Oder war es gar doch das Geld? Ich weiß es nicht mehr, das ist ja das Schlimme. Ich weiß nicht mehr, ob das alles so stimmt. Sind wir überhaupt dort oben gewesen? War der Christl in der Hauptstadt?

Wenn ich jetzt so rausschaue aus dem Stubenfenster … wird mir kalt. Ich mache die Ofentür auf, halte das Foto in die Flammen. Ich muss jetzt mit der Osterdecke anfangen. Es ist wirklich allerhöchste Zeit.

36.

Ich strecke die Arme in den Nachthimmel. Herzhafte Greifbewegungen. Meine Gedanken einfangen, sie unter meine Mütze stopfen. Eine ordinäre rote Wintermütze. Keine abdichtende Russenhaube. Ich bräuchte eine abdichtende Russenhaube, seit Jahren. Meine Gedanken wären in mir geblieben. Hätten nicht in den Kosmos ausgestrahlt. Auf Dauer jedoch keine Lösung. Im Sommer käme ich schräg rüber mit Russenhaube. Wie also meine Gedanken kontrollieren? Sie haben so viel Schaden angerichtet. Papa, Tommy … Stefan in der … Ich muss … richtig, mich mehr anstrengen. An mir arbeiten. Das Destruktive konstruktiv neutralisieren. Neuer Punkt auf meiner Road-Map – mit bewältigbaren Übungen beginnen. Gar nicht erst zuwarten.

Dort vorne die Ampel. An ihr werde ich üben. Konzentration! Runter mit der Mütze. Gedanken einsammeln, bündeln, ausstrahlen. Mein drittes Auge weit offen. Ganz gechillt schlendere ich dahin. Ich falle nicht auf. Keiner hat einen Tau, dass ich es bin, ich! Ich lasse die Ampel auf Grün springen. Nachtschwärmer folgen mir. Triumphmarsch über den Zebrastreifen. Nächste Ampel, selbiges Prozedere. Heroischer Zug über den Zebrastreifen. Aller guten Dinge sind drei. Würde mich jemand filmen … ich wäre morgen ein Internet-Star. Daran liegt mir jedoch nichts. Es bedeutet vielmehr enorme Verantwortung. Das städtische Ampelsystem kontrollieren. Vielleicht eine Pause machen. Auch ein drittes Augen muss sich erholen. Bin schließlich Novize, sollte mich bescheiden, in Demut üben. Credo aller mystischen Meister. ›Heißsporniger Jungspund! Deine Gabe soll nicht deinem Ego dienen!‹ Aber wenn es solchen Spaß macht … Nur noch diese eine, eine Ampel noch. Hierauf nehme ich mir den Weltfrieden vor, versprochen! Ich steuere einem roten Pärchen zu. Pfeife, lasse meine Mütze wie einen Propeller kreisen, schnippe mit den Fingern, scanne den Himmel nach Sternen ab … so viele! Sternschnuppen! Meine Gedanken! Das sind alles meine! Verdammt, ich habe mich zu wenig angestrengt! Welch ein Schaden … welch ein Hupen, welch ein Schreien, welch ein Würgen, welch ein Reißen, welch ein … patsch! … verdammt harter Asphalt.

In Weberknechtart zurück auf den Gehsteig krabbeln. Eine rote Straßenbahn rumpelt vorüber. Wer hat mich umgestoßen, mir das das Gesellenstück vermiest? Zeig dich, ungläubiger Thomas! Der Kerl huscht in das Nachtcafé. Na warte! Ich humple hinterher. Warm ist es im Lokal, pumpvoll; mühsam das Durchzwängen zwischen dampfenden Körpern. Ja, schaut nur blöd, schaut nur! Dass mir ja keiner ein Brandloch in den Mantel macht, hört ihr! Der Typ ist ins Klo getürmt. Was für ein Affe! Sitzt in der Falle. Allerdings, er ist schlau. Ein würdiger Gegner. Im Männerklo nicht aufzufinden. Dann eben rüber zu den Frauen. Die werden verstehen, es ist eine Notwendigkeit. Die zwei Mädels beim Waschbecken begreifen rasch. Sehen mich kommen, rennen weg. Aber die, welche mir die Kabinentür öffnet – in höchster Not habe ich darauf gehämmert, wütend daran gerüttelt, den Einlass mittels Münze probiert – watscht mich empathielos ab. Keineswegs beirrt. Hat *sie* mich vorhin zu Boden geworfen? Ist *sie* mir das dritte Auge neidig? Die Dinge, die ich damit anstellen kann? Da watscht sie mich gleich noch einmal ab. Ich werde gepackt und auf die Straße gekickt.

Dort warte ich, bis die Ampel von selbst auf Grün springt, gehe weiter. Jeder meiner Schritte hinterlässt brennende Erde in meinem Windschatten. Mein Gesicht, meine Brust, mein Bauch sind eiskalt … doch meine Kehrseite, heiß, glüht. Ich knöpfe den Mantel auf, ausziehen, verkehrt wieder reinschlüpfen. Wärmt meine Vorderseite effektiver. Aber mein Rücken glüht immer noch so! Würde ja T-Shirt und Pullover raufziehen, stecke aber so unpraktisch mit den Armen im Mantel; verdrehte ich die Arme nach hinten, die Nähte würden aufreißen. Diesen Mantel habe ich in Paris gekauft! Mein Rücken brennt … Ich werde Brandblasen bekommen. Entstellt für den Rest meiner Tage. Die miesen

Aussichten am Arbeitsmarkt. Wer wird mich Monster einstellen? Mama wird für mich sorgen, ja, zweifellos. Ich hätte ein Bett, einen Tisch, einen Kasten, ein Bücherregal, bekäme zu essen. Bloß raus ins Dorf darf ich nicht gehen, die Touristen sind so schreckhaft. Geh ich halt zum Ragger, leg mich vor seinen Ofen …

Ich drehe ab. Auf den schneenassen Wiesenstreifen zwischen Gehsteig und Fahrbahn. Werfe mich auf den Rücken. Zisch! Ah! Das tut gut! Der lichtverdreckte Großstadthimmel verschwindet hinter dichten Nebelschwaden.

Mir ist kalt. Ehrlich, das ist doch gut. Mein Temperaturempfinden funktioniert. Ich stütze mich auf. Sehe mich um. Alles intakt. Habe gar nichts abgefackelt. Ich drehe den Kopf zur Seite. Neben mir sitzt jemand im nassen Gras, fingert zwischen seinen Schenkeln rum. Schwein! Ich robbe davon, zähle zwanzig vorbeirasende Autos. Rapple mich auf, sause ein paar Meter, stelle mich in eine Mauernische. Luge vorsichtig zu dem Exhibitionisten. Tommy. Er war es! Er hat mich vorhin umgeschmissen. Ist mir wohl die Wirkmächtigkeit meiner Gedanken neidig. Gönnt mir gar nichts mehr. Stefan hat ihn angesteckt. Die beiden sind kommunizierende Gefäße, ich hätte das viel früher erkennen müssen.

Tommy steht auf, winkt einem Taxi. Der entkommt mir nicht! Endlich kann ich es sagen: »Folgen Sie diesem Taxi!« Die Fahrerin findet das auch grandios. Will trotzdem meine Barschaft sehen. Ich stecke ihr einen Hunderter zu. Gleich noch einen, damit es schneller geht. Im Wagen mieft es nach Apfel. Ich halte mir die Nase zu, während wir durch die Stadt rasen. Nachtlichter flutschen vorüber. Ich stiere auf die Rücklichter von Tommys Taxi. »Schneller, schneller«, mahne ich, »er darf uns nicht entkommen!« Es geht in die Innenstadt über die großen Boulevards. Zwischen fünfstöckigen Gründerzeitpalästen ist die Verfolgungsjagd zu Ende. Meine Fahrerin agiert professionell. Hält in klug bemessener Distanz zu Tommys Wagen. Ich werfe ihr noch einen Hunderter zu, stürze aus dem Wagen. Was hat Tommy vor? Was will er hier in dieser Nobelgegend? Plant er einen Anschlag, verdingt er sich als Edel-Escort? Das Haustor, durch das ich ihm folge, wirkt wie ein Tempeleingang.

Ich fahre mit dem Lift ins Dachgeschoß. Schreite den breiten Flur entlang; das Ziel ist klar, der Lichtspalt an dessen Ende. Ich stoße die angelehnte Tür auf. Trete ein. Sehe um mich. Betrachte mich im Spiegel. Lasse die zwei lockenden Clubsessel links liegen. Zeige Harlekin Paul den Mittelfinger. Finde mich wirklich in Judits Wohnzimmer wieder – der Esstisch, die Couchgarnitur, der Holzoffen, die Wendeltreppe … ich erkenne alles wieder. Bloß der Perserteppich ist weg, stattdessen – ein Loch im Boden. Ich wage es nicht, mich vorzubeugen, hinunterzublicken; muss hierfür die Galerie erklimmen.

Ich gehe hinauf; höre ein Klackern, unrhythmisch, dumpf. Oben übers Geländer gebeugt, ins Loch geschaut, schaurig schwarz. Aber tief unten am Grund erkenne ich, dort liegt ja … das Bild, das gestohlene Bild der Frau Nachtmann! Mir wird schwindlig, fast falle ich hinunter, stolpere zurück, drücke mich an die Wand, schiebe mich im Seitenschritt zu einer Glastür. Es gibt hier sogar eine Dachterrasse! Ist mir damals gar nicht aufgefallen. Ich öffne die Glastür, gehe hinaus. Auf der Brüstung Raben. Was für ein Fernblick … ein Meer von weiß schimmernden Häusern unter dem Nachthimmel. Eigentlich eine schicke Stadt, in der ich wohne; meine Aufmerksamkeit wird jedoch abgezogen, hingelenkt auf ein Glitzern am Boden. Ich bücke mich. Die schwarze Sonnenbrille von Luis! Lässiges Stück, teure Marke, der Sprung im Glas, mein Gott, nicht tragisch. Ich stecke sie ein, spüre ein Frösteln. Wieder rein ins Warme, wieder das Klackern, ich horche an der ersten Tür, an der zweiten, dann an der dritten – dahinter die hämmernden Töne. Ich drücke die Klinke.

Herausfordernd, sich in dieser Maisonette auf die eigene Mission zu konzentrieren. Alle paar Meter eine Versuchung. Jetzt die Hängematte. Dass ich meinen Mantel falsch herum anhabe, erschwert die Besteigung. Letztendlich gelingt es mir. Aber Entspannung finde ich keine – das Klackern kommt vom Plafond. Dorthin also hat sich Tommy verkrochen. Sitzt kopfüber an dem an der Decke montierten Schreibtisch. Wie eine Fledermaus. Trägt sein edelstes Outfit. Jogginghose, löchriges T-Shirt, Pudelmütze. Im Mundwinkel eine Zigarette, an dem Tisch eine Schale Kaffee sowie eine Kerze, ein Aschenbecher; ein *Lustiges Taschenbuch*. Band eins, *Der Kolumbusfalter*. Er tippt auf einer Schreibmaschine, bis das Blatt vollgeschrieben aus der Rolle fällt, heruntergleitet in meinen Schoß. Ich lese, was er geschrieben hat … *Du hast recht! Du hast recht! Du hast recht! Du hast recht!* – eine ganze Seite lang.

Ich purzle aus der Hängematte, winde mich am Boden, stürme aus dem Zimmer, raus auf die Galerie. Renne geradeaus, schwinge mich über das Geländer, stürze in den Abgrund, mit rudernden Armen hinein in das schwarze Loch.

Ich falle, falle, falle …

37.

Wo ist er denn schon wieder hin? Wenn ich den Schlingel erwisch, der kann was erleben! Ich werde ihm das Schnürl ganz eng zubinden müssen. Soll er maunzen und fauchen, soviel er mag. Es wird ihm nichts nutzen. Ich werde den Kopf schütteln und gar nichts sagen. Er soll merken, dass ich bös mit ihm bin. Ich hab ihn gewarnt. Noch einmal, hab ich gesagt, und das Glockerl ist wieder oben. Ich werde ihm das Schnürl ganz eng zubinden, gerade so, dass … Ich möcht ihm ja nicht wehtun. Aber es muss sein. Er braucht das. Wenn ich ihn nur endlich finden würd. Gestern ist er …

»Ja, was denn? Was willst denn? Ja, wonach schaut es denn aus? Die Katz such ich. Hast sie gesehen?«

Ich glaub der kein Wort mehr. Der Fanny müsst man auch ein Glockerl um den Hals binden. Ein größeres als dem Christian Rieder, eines, das schön tief und dunkel bimmelt, wenn sie herumschleicht. Wie die mich oft erschreckt, wenn sie auf einmal hinter einem steht wie ein Gespenst. Hab ich nie verstanden, dass so ein Trampel solche Samtpfoten haben kann. Richtig für sie wär eine echte Kuhglocke. Irgendwo müsst ich eine haben. Noch vom Ragger Josef … War er das jetzt? »Mutz, mutz, mutz, mutz!« Schau, da oben! Der Frechdachs! Na, wart du nur! »Pass auf, du schmeißt sie ja um!« Wo ist er auf einmal hergekommen? Die Fanny. So ein hinterlistiges Luder. Es ist also wirklich so. Die zwei haben sich gegen mich verbündet. Die werden was erleben! Wenn ich denen erst einmal die Glockerln umgebunden hab! Da werden sie schön schauen. Wo hab ich es denn? Es muss da drinnen sein. Ich schmeiß nichts weg, schon gar nicht dieses Glockerl, ich weiß ja, dass ich es immer wieder brauch, leider. So ein Durcheinander. Die Fanny will halt auch nicht mehr arbeiten. »Ja, raunz nur! Bist selber da rauf! Jetzt kannst auch oben bleiben. Oder zu deinem Trampel gehen! Bist mir nichts schuldig! Ich hab dir alles vergönnt. Aber die Raunzerei ertrag ich nicht, die kann sich jetzt dein Trampel anhören!« So. Jetzt ist er ruhig. Manchmal braucht er es streng. Das ist bei den Buben so. Jetzt … schon wieder! »Wegen dem einen Mal? Weil er dich das eine Mal versohlt hat. Bitte, dann raunz halt! Nicht bös sein, aber das hat dir ganz gut getan! Hast ja selber gejammert, was er für eine Lusche war!« Da hat er recht gehabt. Eine sture Lusche war er. Mir hat es im Herzen wehgetan, dass sie ihn so hernehmen mussten. Aber solche Buben brauchen es streng, auch dann, wenn sie schon Männer sind. Dumme Männer, die nicht hergeben wollen, was sie … »Ja, ja, schon recht, ich weiß. Ich wollt nicht bös mit dir sein. Schau, da ist ja dein Glockerl! Hörst, wie lustig es bimmelt? So ein schönes Glockerl. Du wirst dich daran schon wieder gewöhnen, aber jetzt komm halt da runter!« Wenn ich auf einen Schemel steig. Nein, das geht sich nicht aus. Von allein wird er nicht runterkommen. Dumm ist er nicht, aber stur kann er sein, wie sein Vater. Dem haben sie mit der Faust ins Gesicht … Aber hergeben wollt er die Karte trotzdem nicht. Was hilft bei so viel Sturheit ein Glockerl? Gar nichts. Er hat den Trampel wollen, den Bauerntrampel. Soll er. Wenn alles ein End hat, kann er tun, was er will. Ich komm schon zurecht. Soll er im Stall schlafen mit seinem Trampel. Bald wird es auf der Welt sowieso ganz anders zugehen. Der Michi braucht ihn ebenfalls nicht, ich kann selber streng sein, strenger als ein Mann. Wir brauchen ihn nicht. So einen kann man nicht festbinden. Das sind Rebellen, die Bergbewohner. Und ich weiß genau, wann es reicht. Das haben wir vom Führer gelernt, dass man wissen muss, wann es reicht. »Jetzt schau, ich mach dir ein gutes Happi. Dein Lieblinghappi! Was wirst denn da oben versauern? Magst dich nicht ins Bett kuscheln?« Wenn ich ihn nur irgendwie runterkriegen würd. Man müsst der Fanny trauen können, aber man kann niemandem trauen. Nur dem Michi, auf den ist Verlass. Er ist groß, er soll ihn runterholen. Er soll ihn festhalten, dann kann ich ihm das Glockerl raufbinden. Er hat es mir versprochen. Aber wo ist er denn hingegangen? »Michi? Michi!«

38.

An den Zweigen vor dem Fenster erste grüne Knospen. Bob Dylans Stimme näselt ins Schlafzimmer. Ich begutachte mich per Selfie-Modus am Smartphone. Die Sonnenbrille steht mir, trotz Sprungs im Glas. Glück im Unglück, bei den verquollenen Augen …

»Das geht wieder weg«, sagt Martha.

Aber das Video im Internet wird bleiben. So etwas lässt sich nicht einfangen. Da hilft kein Frühlingswind, kein Dylan. Ich werde für alle Zeit durch die winternächtliche Stadt humpeln. Den Mantel verkehrt an, die Mütze windschief auf, ziemlich wirrer Blick.

»Sieh es mal so«, meint Martha verschmitzt, »jetzt bist du endlich berühmt.« Sie hat sich neben mich aufs Bett gesetzt. Es ist ihr Bett. Es ist ihr Schlafzimmer. Schmeichelnde Erinnerungen. In der Nacht habe ich mir nicht anders zu helfen gewusst. Habe Martha angerufen und sie … *come in, she said, I'll give you shelter from the storm.*

»Haben wir …?«

Sie lächelt verlegen; ihre Wangen sind rot. Ihr schiefer linker Vorderzahn ist schöner denn je. »Ich habe auf der Couch geschlafen. Ehrlich, du warst nicht so heiß in deinem Aufzug …«

Das sitzt, aber da hat sie wohl recht. Quasimodo ist ein Hollywood-Schönling verglichen mit dem zerstörten Typen in dem Video. Zweimal habe ich es mir gegeben. Reicht, um zur Erkenntnis zu kommen: Dieser Weg führt nirgendwohin. Ich habe mich in etwas verrannt, Hand in Hand mit Stefan. Der hockt in der Psychiatrie, ich humple als Freak durchs Internet. Mit Jünger in der Hand in den Sonnenuntergang reiten, so lautete der Plan; dass Tommy uns nachwinkt, meinetwegen eine Träne verdrückend. Jedenfalls klug genug, um zu begreifen, sein Platz ist längst am Dorffriedhof, endgültig; unter unzähligen Schaufeln voll Erde soll er vermodern.

Martha streichelt mir über den Rücken. Die Brandblasen wegwischen, wie gut sich das anfühlt. So gut, tröstlich, mir kullern Tränen übers Gesicht. Macht nichts, keine Schande. Soll Martha ruhig bemerken. Ich will mich nicht mehr anstrengen. Schiebe die Sonnenbrille ins Haar. Ich will …

»… nicht verrückt werden!«

Ihre Hand legt sich auf meinen Nacken, krault ihn. Sie sieht mich verwundert an. »Warum solltest du …?«

Warum nicht? Stefan ist verrückt geworden. Stefan! Es kann jedem passieren. Tommy schafft das.

»Aber wieso glaubst du denn, dass Stefan …«

»Na ja, wo ist er denn momentan? Außerdem hat er mich zu dieser Verrückten geschickt. Da, schau, seinen Zettel, ich hab ihn noch.« Mittlerweile fällt er fast in Stücke, so oft habe ich ihn auseinander- und wieder zusammengefaltet.

Stefans Schrift darauf verwischt, vom Regen, vom nassen Gras, in dem ich in der Nacht gelegen bin.

»Du hast also auch einen Zettel von ihm …« Martha beißt sich rasch auf die Lippen, zieht ihre Hand von mir weg.

»Du etwa auch?«

»Hm …«

»Und was … was steht auf deinem?«

Sie weicht meinem Blick aus. »Das ist doch egal.«

»Martha, was …«

Eine abwehrende Handbewegung. Seufzen. Ernstes Gesicht. So hat sie dreingeblickt, als sie mir sagte, ich solle eine Therapie machen. Wegen Tommy. Wegen Papa. Sie hat sich damals ebenso in den Schneidersitz gesetzt. Ich lag k. o. neben ihr.

»Stefan geht es nicht gut, das ist offensichtlich.« Ihre Stimme verdunkelt sich. »Er kämpft gerade ziemlich mit seinem Vater. Christian … das muss unbedingt unter uns bleiben, ja?« Ich nicke vehement, die Sonnenbrille rutscht mir auf die Nase, ich schiebe sie mir wieder in die Haare. »Du weißt, wie sein Vater ist. Stefan hat es mit ihm nie leicht gehabt. Aber er versucht seit ein paar Monaten, sich von ihm abzunabeln. Klingt so einfach. Ist es aber nicht. Ich brauch dir ja nichts zu erzählen. Aber … Stefan ist deswegen nicht verrückt. Er ist in einer Krise, aber nicht … verrückt. Das ist Schwachsinn.«

So auf die Schnelle kann ich das kaum einordnen. Die vergangenen Monate, Stefans Verhalten, richtig untypisch … verrückt; nicht Stefan, sein Verhalten. Dass er die Nähe zu mir gesucht hat … Meine Güte, und ich … habe nicht begriffen, dass er jemanden brauchte, der ihn …

stützt. Unterstützt. Im Kampf gegen seinen monströsen Vater. Wie ich mich schäme! Immer ist mir Tommy im Weg gestanden, dabei hätte Stefan mich …

»Das ist jetzt vorbei«, murmle ich; hierauf, wieder hörbar: »Trotzdem ist Stefan in der Psychiatrie. Der Mann muss ein Monster sein.«

»Sein Vater? Bestimmt. Aber was die Psychiatrie angeht … im Ernst, Christian, das musst du für dich behalten … Stefan wollte dorthin.«

»Mach keine Witze!«

»Mach ich nicht! Das hat er mir gesagt, als wir ihn besuchten. In der Cafeteria, du warst am Klo. Er hat es mir gestanden, dass …« Martha lässt den Kopf hängen. »Verdammt Christian, warum machst du das mit mir?«

»Was denn? Was mach ich denn schon wieder?«

»Mich so auszufragen. Ich soll dir das nicht erzählen …«

»Ich habe dich gar nicht, du hast ja selber … egal. Jetzt hast du jedenfalls schon angefangen. Abbrechen gilt nicht. Was sollst du mir nicht erzählen?«

Sie sieht mir bockig in die Augen, die Mundwinkel bitter verzogen. »Dass Stefan das alles nur … Schau: Dass er seine Wohnung angezündet hat, das ist nicht zufällig passiert.« Ihr Gesicht entspannt sich.

»Er hat sie selbst angezündet?«

»Nicht direkt. Aber er hat die Kerze in einem vertrockneten Weihnachtsgesteck brennen lassen. Das macht niemand, niemand wie Stefan, wenn er nicht insgeheim wollte, dass … dass etwas *passiert*. Damit er aus seinem Dilemma rauskommt.«

»Man wird nicht eingeliefert, bloß weil man versehentlich …«

»… seine Wohnung abfackelt? Nein. Aber wenn man stock und steif behauptet, es sei der Teufel gewesen. Erhöht die Chancen, oder?«

Ich sinke in den Polster zurück. Martha wirkt erleichtert, sieht mich mit einem müden Lächeln an. Ich schiebe mir die Sonnenbrille wieder auf die Nase. »Martha, ich finde das alles so schräg. Was ist mit uns passiert? Was hat Tommys Tod angerichtet? Mir kommt seither alles schief vor. Die Straßen sind schief, die Häuser, die Bäume. Ich müsste ständig meinen Kopf neigen, damit ich gerade sehe.«

»Vielleicht war es immer schon so. Vielleicht hast du es nur nicht bemerkt, weil du so auf Tommy fixiert warst.«

Klar, das musste ja kommen. Fünf Jahre Beziehung, und sie kann mich noch immer nicht lesen. Müsste doch merken, dass ich soeben einen enormen Schritt weg von Tommy mache, dass ich mich … dass ich … dass …

»Himmelherrgott, warum sagst du das dauernd!«, keife ich. Meine Zehen krampfen. Ein hämisches Kichern stößt mir auf. »Tommy ist tot! Du musst nicht mehr auf ihn eifersüchtig sein!«

»Wer ist denn eifersüchtig?«

Raus aus dem Fenster schauen auf den frierenden Vogel am Ast. Ihr Gesicht, ich ertrage es nicht mehr. Ich hätte anderswo hin sollen, warum habe ich ausgerechnet zu ihr müssen … »Na du!«, töne ich. »Du bist eifersüchtig. Die ganze Zeit! Warst es immer! Immer warst du auf Tommy eifersüchtig!«

Eine Katze schnellt auf den Baum, zischt zum frierenden Vogel, versetzt ihm einen Hieb, der Vogel stürzt in die Tiefe.

»Auf mich selbst soll ich eifersüchtig sein?« Paul in meinem Bauch … habe ihn noch nie so ausgelassen kichern und kudern gehört. »Auf mich selbst soll ich eifersüchtig gewesen sein?« Aber das ist nicht Pauls Stimme. »Junge, Junge, Christian … vielleicht bist du ja doch verrückt. Übrigens … du wirst gleich eine Nachricht bekommen. Von Tibor Jablovnik. Er will sich mit uns treffen.« Tommy stellt sich auf die Knie, streckt sich über mich hinweg zum Nachtkästchen, schnappt mein Smartphone, hält es mir hin. Es macht einen lauten Gong. »Schicke Sonnenbrille«, grinst er. »Aber nenn mich nicht dauernd ›Martha‹!«

39.

Er kommt zu meinem Tisch, schreckt zusammen. Reißt die Augen auf, ein verstörter Blick, ein Fischmund. Dann gibt er ihm wie mir die Hand. Verliert nicht die Fassung. Wamst sich auf einen Stuhl. Soll er. Irritiert mich nicht. Der ist doch komplett hinüber. Ein Wrack. Ich weiß gar nicht, weshalb ich mich auf dieses Treffen eingelassen habe.

Damit er mich spiegelt? Die vergangenen Monate müssen voller Verwerfungen gewesen sein; unübersehbar in seinen Körper eingespeist. Der Bauch hängt ihm zwischen den Schenkeln. Der Buckel eine Schuppenablage. Das Gesicht aschgrau. Sein Outfit haargenau dasselbe wie damals. Das T-Shirt zwar mittlerweile eine Nummer zu klein. Um die dünnen Beinchen aber schlackern immer noch rosarote Schnürlsamthosen. Die Füße stecken in Crocs, keine Socken; auf dem Kopf das Base-Cap einer Baufirma.

Auch das Kaffeehaus ist dasselbe. Am Klavier spielt jemand Jazz-Standards. Schweigend höre ich der Musik zu. Jablovnik kann inzwischen zu Atem kommen.

»Burschen, ihr hattet recht«, brummt er schließlich. Mit jeder Silbe scheint sein Kehlkopf zu erodieren. »Ich wollte es nicht wahrhaben. Ich will es immer noch nicht. Ich hatte Angst. Habe ich immer noch. Ich will nicht lang rumreden. Dieser Flüchtlingstransporter im November war wirklich inszeniert. Sollte der Regierung zur Imagepolitur dienen. Alles ein Fake. Die Leute wurden in Wahrheit wie Schwerverbrecher untergebracht.«

Tommy wirft mir einen triumphalen Blick zu, ich bemerke es im Augenwinkel. Er sitzt neben mir auf der Bank. Der Kellner bringt ein Bier für mich und eines für Jablovnik.

»Ihr hattet aber auch mit dem anderen recht. Was in der Wohnung eures Freundes … Wo ist er eigentlich?«

»In der Psychiatrie«, sage ich tonlos.

Der Mann schürzt die Lippen. »Das ist kein … naja. Ist nicht der Erste, dem die Geschichte den Vogel raushaut. Ihr habt euch da mit gefährlichen Leuten angelegt. Man will meinen, sie sind verrückt. Aber das sind sie nicht. Sie sind sehr rational. Und deswegen gefährlich.«

»Sie meinen die Nachtmanns?«

Jablovniks Kopf senkt sich ein wenig in seinen Rumpf ab. »Sprich diesen Namen bloß nicht zu laut aus! Du kannst nicht wissen, wer zu ihnen gehört. Ihr müsst vorsichtig sein. Deshalb wollte ich euch noch einmal treffen. Um euch zu warnen. Diese Leute sind …«

»Bevor Sie weiterreden, darf ich Sie um etwas bitten?« Jablovnik nimmt einen Schluck von seinem Bier, nickt, Bier schwappt über und nässt sein T-Shirt. »Reden Sie nicht so geschwollen. Ich verlange wirklich keinen Majestätsplural.«

Er weiß nicht so recht, was ich meine …

»Sie sprechen mich die ganze Zeit im Plural an. Sitzt da noch jemand? Nein. Ich bin allein.«

»Aber … da sitzt doch …« Verschüchtert glotzt er an mir vorbei. Glaubt wohl, Tommy würde ihm beispringen, helfen. Soll er. Den Fehler habe ich auch gemacht. Tommy zuckt bloß mit den Schultern, deutet auf mich. Lässt den Zeigefinger neben den Schläfen kreisen. Ich sehe das alles, nichts entgeht mir. Klopfe auf den Tisch, schnippe mit den Fingern. »Also … diese Leute sind …«

Jablovniks Nerven liegen ziemlich blank. Immer tiefer senkt sich sein Kopf. Bald wird nur mehr das Base-Cap am fleischigen Hals zu sehen sein. »Diese Leute sind … der Teufel, nein sie … wollen den Teufel … ach was, sie …«

»Himmel, was soll dieses Gestammel!«

»Aber er … er …« Sein flatternder Blick heftet sich an Tommys Hand.

»Ignorieren Sie ihn!«

Tommy nimmt mein Glas, schüttet mir Bier über den Kopf. Macht nichts. Macht gar nichts. Ich winke dem Kellner. Der soll mir gleich zwei frische bringen. Beide für mich, keines für Tommy.

»Wenn das so leicht wäre!«, wimmert Jablovnik.

»Himmel, ich schaffe es ja auch!«

»Aber …« Er seufzt, »… ich nicht!« Stattdessen schafft er es irgendwie auf seine Beine. »Ich kann das nicht mehr! Passt auf euch auf. Du vor allem, du Traumtänzer. Du weiß ja gar nicht, was … wer da neben dir … Ich … schaff das nicht …«

Mit stampfenden Schritten verlässt er das Kaffeehaus. Tommy kichert. Er hört sich wie Paul an.

»Du gehst mir auf die Nerven«, blaffe ich.

»Du mir auch!«

Aber was mach ich denn schon wieder? Ich will ihn ignorieren! Er soll verschwinden!

»Das werde ich. Du kommst aber mit.«

Das kann er sich abschminken. Der Kellner bringt zwei Gläser Bier. Die muss ich bezahlen, die werde ich trinken. Muss nur im richtigen Moment … den Kopf in den Nacken werfen, den Mund aufmachen. Tommy nimmt das eine Glas, schüttet das Bier in meinen Rachen. Ich verkutze mich, huste. Er nimmt das zweite Glas, kippt es über mir aus.

»Gehen wir?«

»Arschloch.«

»Ja, ja. Glaub mir, Stefan wird es dir danken. Du weißt schon, die Botschaft, die er mir in der Cafeteria mitgegeben hat.«

Er kramt in seiner Hosentasche, nimmt einen zerknüllten Zettel raus; legt ihn auf den Tisch in die Bierpfütze, glättet ihn mit der Faust. Verschwimmende Buchstaben, Stefans Schrift: *Holt mich hier raus!*

40.

Nein, der Michi! Einmalig! Sensationell! Er ist schon ein besonders braver Bub. Dass er nur deswegen in Moskau war … Wie haben sie das angestellt? Die Haut ist so weich, auch der Bart. Das können doch keine Borsten sein, das sind bestimmt … Und ja, das sind die echten Haare, richtig seiden, das müssen die echten Haare sein. Da könnt unsereins richtig neidisch werden. Das kommt gewiss von der frischen Luft. Hab ich mir bei den Bauern immer gedacht, die frische Luft und die ehrliche Arbeit … Diesen schönen Teint, was der hat. Eigentlich ist er ja nicht unbedingt schön, alt ist er halt, da hört sich das mit der Schönheit von allein auf. »Oder was sagst du, Christian Rieder? Findest ihn schön? Na? Was ist? Gefällt dir dein Glockerl nicht?« Er wird sich daran gewöhnen. Hauptsache, er ist wieder da und geht mir nicht durch. Ich kann es ihm ja nicht sagen, weil er sich sonst gleich wieder was einbildet, aber wenn er nicht da ist, werde ich noch ganz trübsinnig. Man bekommt dann so eine schauderhafte Ahnung … Husch, Husch! Weg, weg! Jetzt ist er ja bei mir. Wie sein Fell glänzt … »Aua! Du Biest! Bist du …! Ja, renn nur! Weg! So ein Falott!« Mein Lieber, das blutet ja anständig. Die Fanny muss mir … Nein, lieber nicht, wer weiß, mit wem die wieder tratscht. Dann heißt es, die alte Nachtmann ist schon ganz marod. Ich müsst halt … Ob ich mit der Hand rüber zum Nachttisch lang. Dort sind die Tücher, aber wo soll ich die dann hintun? Ach. Man ist halt schon ganz ausgeliefert. Wenn ich mir nur gewiss sein könnt, dass eine andere Bedienerin besser wär. Die Fanny ist zwar ein Luder, aber ich hab sie auch ganz gut abgerichtet. Nein, wie das blutet, was soll ich nur … Ah. Das könnt gehen! Ich könnt … Jetzt fängt der wieder an. »Bist ruhig! Schau, was du gemacht hast! Dabei hast so ein schönes Glockerl bekommen!« Das hört nicht auf zu bluten. Jetzt rinnt es mir gleich in den Ärmel rein. Probieren wir es halt. Wenn die Russen das so ordentlich gemacht haben, müsst ja auch … So, vorsichtig. Wirklich! Nein, sensationell. Geht richtig auf der Mund. Wie bei der Holzpuppe, die ich als Kind gehabt habe. Jetzt langsam die Hand reinstecken. Was für ein Riesenmaul der hat. Kein echter Mensch hat so ein Maul. Aber einmalig! Wirklich, sogar eine Zunge drin. Aber zum Zahnarzt hätt er schon einmal gehen sollen. Werden sie halt keinen haben dort oben. So. Wenigstens ist seine Zunge nicht so rau wie die vom Christian Rieder. Jetzt müsst alles herunten sein. Hihi. Hat mich der alte Wüstling abgelutscht. Aha, jetzt schaut der Christian Rieder blöd. »Glaubst, du bist der Einzige? Glaubst, nur du machst einen auf Lepschi?« Das wär halt was. Schad, dass mir der Michi bloß den Kopf gebracht hat. Wenn ich an die Fotografien von der Leni denk. Die waren ja alle ganz gut bestückt, die Wilden, und das ist ja auch nichts anderes als ein Wilder. Wie der mich auf einmal anglotzt. Ich muss ihn ein bisserl verrücken, derart unverschämt glotzt der mich an, das geht ja nicht. Wie das erst sein wird, wenn die alle … Hat der Michi ja gesagt. ›Wenn du möchtest, Mutti, bring ich dir von allen den Kopf …‹ Na, das werden wir erst sehen. Er meint es ja lieb, aber so viel Platz hab ich gar nicht. Und wenn die alle hier herumstehen, und der Christian Rieder zerkratzt sie mir und frisst ihnen die Haare vom Kopf. Der hat ja manchmal überhaupt keine Manieren. Ich muss das dem Michi sagen. Gleich, sonst denk ich wieder nicht dran und schon stieren die mich alle an, mich im Nachthemd, das ist ja … Wo ist er denn? Da! M. Michi. Ich muss achtgeben, dass ich ihn nicht kränk … »Ja, Hallo? Michi? Ja, Servus, die Mutti spricht. Ja, Ja, es ist alles in Ordnung mit mir, und bei dir? Ja? Sehr schön. Du, pass auf, jetzt hab ich grad dein Geschenk richtig angeschaut, also, sensationell, da hast du dir wirklich … Ja, ich hab eine sehr große Freud, wirklich, du bist ein Goldbub. Du bist so herzig! Ja, ganz fabelhaft haben sie das gemacht, man könnt meinen, der ist … also wirklich, sensationell. Nein. Nein. Ach wo, eine Angst wird der mir machen! Mir! Kennst doch deine Mutti. Ja, aber ja, das weiß ich ja. Aber du hast das halt so, ich kann nur sagen, einmalig gemacht … Ja. Ja. Ach, Bub, ja! Ich hab dich auch sehr lieb. Ich bin sehr stolz auf dich. Nicht mehr lang, sagst du? Und dann werdet ihr sie alle … Alle? Ach, ich hoff, ich werd es noch erleben. Nein, nein, das war nur so dahingesagt. Aber es geht nicht um mich, sondern … Richtig! Ganz genau! Du bist ein gescheiter Bub. Ist recht. Ja. Ich drück dich! Ja. Servus. Baba.« Was der für eine Freud hat, wenn ich eine Freud hab. Ich werd es ihm halt sagen, wenn er das nächste Mal zur Jause kommt. Er meint es ja so gut mit mir. Wird er schon einsehen. So viel Platz hab ich einfach nicht. Und dann die Kinder, nein, das wäre fast abartig, wenn die hier alle ausgestopft herumstehen. Dann wär ich ja das gleiche Monster wie Er. Das bin ich nicht. Ich bin eine Liebe. »Gelt, Christian Rieder, eine Liebe bin ich?« Und Frauen, nein, Frauen auch keine, mir reicht schon die Fanny. Gut, eine vielleicht, oder zwei, grad zum Anschauen. Ist ja keine Schande. Die Leni war ja auch schön zum Anschauen. Aber richtig schön wär halt so ein echter … Aber nicht so ein alter, ein junger …. Wie soll ich das dem Michi sagen? Ich kann ihm ja nicht sagen … Nein, das kann ich ihm nicht sagen … Man müsst um zehn Jahre jünger sein. Da wär ich noch selbst mit raufgegangen. Damals hätt ich das noch gepackt. Dann hätt ich sie mir selbst aussuchen können. Alle Jungen hätt ich Aufstellung nehmen lassen. Da wär ich dann auf und ab geschritten, hätt sie begutachtet, betrachtet, gustiert. Bei dem einen oder anderen wär ich ein bisserl stehen geblieben, wär weitergegangen, wieder retour, ich hätt sie halt ein bisserl zittern lassen. Aber den Einen, Schönen, Schönsten, wenn ich den gefunden hätt … dem hätt ich gesagt, er muss vor mir niederknien. Dann hätt ich ihm ein Glockerl um den Hals gebunden. Den hätt ich dann mitgenommen. Für alle anderen hätt es geheißen: ›Kopf ab!‹ Hihi. »Kopf ab! Ach, Christian Rieder! Was du schreckhaft bist. Ich hab nur geübt. Kopf ab! Gefällt dir das?« Das andere hätt ihm nicht gefallen, der andere, den ich mitgenommen hätt. Eine Freud hätt der mir gemacht jeden Tag. Ein paar Jahre hätt ich ihn schon verwenden können. Einer allein hätt kein Unheil angerichtet. Was hätt der denn tun sollen, der wär ja nie rausgekommen. Er hätt immer herinnen bleiben müssen, und wenn er mir nicht mehr gefallen hätt, hätt ich immer noch sagen können: »Kopf ab!« Jetzt hat er sich wieder geschreckt. Das Glockerl ist ihm noch nicht so ganz recht. Er wird immer sturer. Wie sein Vater. Ist halt auch kein Junger mehr. Wenn ich nur selber mitgehen könnt! Dann würd ich den Christian Rieder laufen lassen, soll er zu seinem Trampel rennen, der Bauer. Ich hätt was viel Schöneres. Ich würd mir nicht nur den einen mitnehmen, ich würd mir dazu noch ein paar Jüngere mitnehmen, Burschen, Kinder, ein ganz kleines Bauzerl. Wer weiß, was ist, wenn alles so wird, wie es prophezeit ist, dann werde ich womöglich hundertfünfzig Jahre alt. Und wenn mir der eine in fünf Jahren nicht mehr gefällt, ist der Nächste gerade recht. Man müsst sich einen Vorrat schaffen. Aber dem Michi kann ich das nicht sagen. Wenn der mir draufkommt, was ich mir denk, der glaubt, ich hätt mir selber den Teufel eingefangen. »Ach, jetzt kommst wieder? Bist wieder lieb mit mir? Schau, was für einen bösen Kratzer ich hab! Das bist du gewesen, du Scheusal!« Wie er mich anschaut. Ich kann ihm gar nicht bös sein. Dabei tut er nur so schön, weil er eifersüchtig ist. »Ja, ja, ist schon recht. Aber das Glockerl tu ich dir nicht runter. Ja, genau, da hast mich gekratzt.« Er ist ja lieb. Aber er ist auch listig. Er merkt halt, dass ich den da … Ich sollt ihm einen Namen geben. Soll er …? Nein, das passt nicht, obwohl es ein schöner Name wär. CuChulinn, so hätt ich den Einen genannt, den Jungen, wenn ich ihn damals mitgenommen hätt. Mein ganzes Leben lang hätt er da sein können, er hätt mir jeden Tag eine Freud gemacht, wenn nicht … das Scheusal. »Ja, du! Dich mein ich auch! Wegen dir hab ich ihn nicht mitnehmen können! Du hast mich betrogen! Betrogen. Hintergangen. In die Irre geführt! Du und dein Trampel! Lass mich! Verschwind! Runter vom Bett, marschier! Und den kannst mitnehmen, ich mag ihn nicht haben! Ist der schwer … Hopp! Und … Wo bist denn? Na warte! Ah!« Oh. Was … hab ich … Oje, oje, oje! Was für ein Schaden! Was für ein Schreck! Der Michi wird so bös sein! So ein liebes Geschenk, und ich hau es runter. Hin. Der arme Michi! Der macht mir keine Geschenke mehr. Den CuChulinn kann ich mir jetzt aufzeichnen. Der wird mir nie eine Freud machen. »Das ist nur deine Schuld! Brauchst dich gar nicht mehr her trauen! Wenn ich dich in die Finger krieg, ich reiß dir den Kopf ab, das schwör ich!«

41.

Ich habe nie mit dem Schicksal gehadert. Nur hie und da, wenn ich ganz für mich war. Beim Spazieren im Dorf. Oben auf der Alm. Allein in der Kirche. Da habe ich mich schon gefragt, wie wäre so ein Leben gewesen? Wäre es ein besseres Leben gewesen?

Manchmal hab ich mich im Spiegel angeschaut. Wie wohl mein Gesicht wäre, hätte ich mein Leben in der Hauptstadt verbracht? Würde ich mich heute auf der Straße erkennen? Würde die Theresia mich erkennen? Außer der Theresia hat keiner was von ihr gewusst. Ich habe nie mit jemandem darüber gesprochen. Der Ragger ja, aber mein Gott! Der hat ja selber was gehabt mit ihr.

Ich habe das schon verstanden. Dass er meinen Vater verraten hat. Dass er der Brunhilde von meinem Erbe erzählt hat. Wenn sich so eine anbietet, man dafür nicht gehängt wird, obwohl man einem Nazi den Schädel gespalten hat. Ich kann ihn bis heute verstehen. Ich hätte es nicht anders gemacht. Das mag hart für Sie klingen, ich weiß. Aber auch ich hätte meinen Vater verraten, so wie der Ragger. Für sie.

Wie gesagt, ich will nicht hadern. Das Leben mit der Theresia war gut. Aber mit der Brunhilde in der Stadt … So was habe ich vorher und nachher nicht erlebt. Die Theresia ist die Frau meines Lebens. Meine große Liebe war die Brunhilde. Sie war eine richtige Nazi. Sie hat meinen Vater foltern lassen. Nachdem der Ragger ihn verraten hat, hat sie meinen Vater foltern lassen. Und ich wäre für sie zum Mörder geworden. Was soll das denn sein, wenn nicht die große Liebe? Ich glaube, bei ihr war es genauso. Sie hätte sich das vorstellen können. Es ist ihr nicht nur um die Karte gegangen. Zuerst schon, beim Ragger gewiss, aber dann, bei mir … Sie hätte sich da was vorstellen können. Aus mir einen Bürger gemacht. Sie hätte mich niemals foltern lassen. Nur zum Mörder hätte sie mich gemacht. Dafür hätte sie gar nicht viel tun müssen. Für sie wäre ich zum Mörder geworden. Aber, mein Gott, was heißt denn das? ›Hättest du Stauffenberg als Mörder bezeichnet?‹ Ich habe nicht gewusst, wer das ist. Sie hat es mir erklärt. Nein, den hätte ich keinen Mörder genannt. Sein Mord wäre für eine gute Sache gewesen. ›Siehst du! Nichts anderes würdet ihr machen. Einen Tyrannenmord.‹

Eine Stadt voller Tyrannen. Für die Brunhilde hätte ich sie ausgelöscht.

Ich werde nie vergessen, wie es heißt. Das riesige Bild an der Wand. *Der Erzengel Michael stößt die abtrünnigen Engel in den Abgrund.* Wir liegen in ihrem Bett und schauen direkt darauf. Ihr Schlafzimmer kommt mir größer vor als unsere Kirche. Die Fenster sind offen. Wir hören die Vögel singen. Die Luft ist warm. Es ist sauber. Mir geht es gut bei ihr. Es gibt kein Gestern und kein Morgen. Weder Schinderei noch Beterei. Es ist wie im Traum.

Sie sagt, ›Ich werde immer eine Nationalsozialistin sein‹, aber ich küsse ihren Hals. Sie sagt, ›Der Führer war ein guter Mensch‹, aber ich streichle ihre Brust. Sie sagt, ›Der Nationalsozialismus war eine gute Idee‹, aber ich versinke zwischen ihren Schenkeln. Vor ein paar Stunden, Tagen, Wochen bin ich zum ersten Mal am Bahnhof angekommen. Jetzt würde ich für sie zum Mörder werden.

Aber da höre ich mich auf einmal reden. Von meinem Krieg daheim erzähle ich. Von den Männern, die nicht mehr zurückgekommen sind. Von den Katzen, die wir gejagt haben. Vom Bürgerwald und von meinem Vater, als würde sie das nicht wissen. Ich höre mir zu, wie ich von den Artikeln rede, von den Berichten über die Konzentrationslager. Dass ich im Kino einen Film gesehen habe. Ich möchte ihr all das gar nicht sagen. Ich will es ihr nicht erzählen. Ich würde mir am liebsten das Maul stopfen. Nie wieder fort von ihr. Aber ich kann mir einfach nicht helfen. Ich höre mir selber zu. Es ist, als würde ein anderer reden. Einer, der mir das Glück nicht gönnt. Dass wir nicht am Waldboden liegen, sondern in einem weichen Bett. Wie gut die Brunhilde riecht. Wie herrlich die Luft riecht. Sogar ich rieche gut. Fast kein Stallgeruch mehr.

Die Brunhilde steigt aus dem Bett, zieht sich den Morgenrock an. Sie nimmt eine Zigarette und geht zum Fenster. Mit dem Rücken steht sie zu mir. Ich höre von weit her den Lukas plärren und die Geli wimmern. Ich sehe, wie sich meine

Mutter auf den Boden wirft. Ich schaue meinem Vater in die Augen. Ich muss seine Tränen wegwischen. Ich muss seine Tränen vergessen. Denn die Brunhilde sagt, dass ich recht habe. Sie sagt, es war eine schreckliche Zeit. Sie dreht sich um. Ihr Blick ist streng. Ich strecke ihr meinen Arm entgegen. Sie macht die Zigarette aus, kommt zu mir ans Bett. Dann nimmt sie meine Hand und lächelt. Sie lächelt und redet auf mich ein. Sie redet auf mich ein und ist dabei so schön.

Die Nazis waren Menschen, sagt sie. Der Führer war ein Mensch. Aber das Böse kann von jedem Besitz ergreifen. Nicht einmal ein großer Mensch ist davor gefeit. Es war eine gute Idee. Aber das Böse war stärker als die Idee. Das Böse hat die Idee zerstört. Das Böse hat für Krieg und Vernichtung gesorgt. Das hat keiner so gewollt.

›Nie will es einer. Es wird trotzdem wieder geschehen. Es ist immer geschehen. Es wird ständig so weitergehen. Der nächste Krieg kommt. Es werden Millionen sterben, Städte ausgelöscht und Länder verwüstet. Mütter werden ihre Söhne verlieren, Kinder ihre Väter. Es wird Krüppel geben, Verrückte, Verbitterte, vor allem eine Unzahl an Gräbern. Es wird nie, nie aufhören. Das kann niemand beim besten Willen verhindern. Mag der Schock jetzt tief sitzen. Dieser Krieg war fürchterlich. Schlimmer, als jeder Krieg zuvor. Aber auch wenn man es sich heute nicht vorstellen kann, der nächste Krieg wird kommen. Er wartet bereits. Er wird noch grausamer sein. Das Böse braucht jedes Mal mehr. Es wird nie satt. *Er* wird nie satt. Das hört nie auf. Nie wird es aufhören. Nicht von alleine. Nicht, wenn wir nicht …‹

Sie schluckt, drückt sich an mich. Müde wirkt sie. Ich kraule sie im Nacken. Sie sagt, sie hat Angst. Die vielen

Toten, die toten Kinder. Nie wird es aufhören. Sie erträgt es nicht mehr. Ob ich schon einmal in einem Lazarett war? Ein Grauen. Männer, die darum betteln, dass man sie erschießt. So was will sie nie mehr erleben. Niemand soll so was erleben müssen. Es wäre so schön ohne Krieg. Nie mehr, nirgends auf der Welt.

›Ja, das wäre schön‹, sage ich.

Sie legt ihre Hand auf meine Brust. Sie kann mein Herz fühlen, sagt sie. Ich habe ein gutes Herz, sagt sie. Es ist ein starkes Herz, sagt sie.

›Dein Vater hat kein gutes Herz gehabt.‹

›Mein Vater hat auch kein starkes Herz gehabt.‹

›Dein Vater hat das Böse nicht begriffen.‹

›Mein Vater hat vieles nicht begriffen.‹

›Aber du bist sein Sohn.‹

›Das ist wohl so.‹

›Und du ... wirst du? Wirst du versuchen, das Böse zu begreifen? Wirst du versuchen, es zu vernichten?‹ Sie schlingt ihren Arm um meinen Hals. Sie zieht mein Gesicht ganz nahe zu ihrem. ›Für mich?‹

42.

Labert er Sie wieder voll? Ich kann mir schon vorstellen, von wem er Ihnen erzählt. Ich weiß nicht, warum das jetzt wieder hat anfangen müssen. Die Brunhilde ist so lange kein Thema gewesen. Seit der Mathias ... seit damals ist die Brunhilde kein Thema mehr gewesen. Er sagt, es ist wegen dem Christian. Er hat im Sommer so eine Ahnung bekommen. Wie dann der Ragger wieder angefangen hat zu spinnen, war er sich sicher: Diese Leute werden es noch einmal probieren. Sie wissen ja nicht, dass es da nichts zum

Probieren gibt. Das weiß auch der Christian nicht. Aber was er weiß, weiß der Christl nicht, und das macht ihn närrisch. Dabei hat es keinen Sinn, sich Sorgen über das Schicksal zu machen. Zumal er behauptet, dass er nicht hadert. Ja, ja, ich gebe zu, ich habe gelauscht.

Aber was das anbelangt, sagt er die Wahrheit. ›Wenn es stimmt‹, hat er damals zu mir gesagt, ›wenn alles so ist, wie es mein Vater behauptet hat, dann komm ich dem Ganzen nicht aus. Dann habe ich einfach in die Hauptstadt fahren müssen. Und wenn es so sein soll, dass wir da rauf müssen, dann müssen wir einfach da rauf. Und wenn da oben wirklich was ist, und wenn ich mich wirklich opfern soll, dann ist es auch so, dann hat es so zu sein. Dann komme ich dem Ganzen nicht aus.‹ Wir sind nach dem Gespräch im *Adler* zu mir heimgegangen. Wenn er mich angreifen wollte, habe ich seine Hand weggeschoben. Männer können so einfältig sein.

›Das ist ein Blödsinn‹, habe ich gesagt. ›Kein Mensch hat dich gezwungen, in die Hauptstadt zu fahren. Kein Mensch zwingt dich, da raufzugehen. Warum sagst du nicht, dass du es wegen dem Geld machst? Weltenretter, so ein Schwachsinn. Sag doch, dass du in die Hauptstadt gefahren bist, weil sie dir gefallen hat.‹ Da hätte ich fast losgeheult ... Aber ich habe mich zusammengerissen. Wegen dem Christl habe ich schon genug geweint.

Er hat sich aufgesetzt. Im Schneidersitz ist er dagesessen, sein Rücken gekrümmt, er hat gezittert. Ganz leise hat er geschluchzt. Jetzt kommt er mir auf die Tour, habe ich gedacht. Aber dann, ich weiß nicht ... Das klingt heute so komisch, wenn ich es erzähle. Aber Sie haben ja gesagt, ich soll ehrlich sein. Ich höre den Christl wimmern. Ich muss aufs Kruzifix an der Wand schauen. Manchmal habe ich es mit einem Tuch abgedeckt. Aber an dem Abend hat der Heiland alles mitgekriegt. Und ich von ihm. Ich hab gemerkt, wie traurig er war! Wie weh ihm alles getan hat! Wie er nicht kapiert, was mit ihm geschieht! Wo er doch alles nur gut gemeint hat mit den Menschen. Er hätte ja genauso gut abhauen können, erst gar nicht nach Jerusalem reingehen müssen. Aber er war nicht feige. Deswegen ist er nicht abgehauen. Er ist nach Jerusalem gegangen, weil er gewusst hat, dass es so sein muss. Dass er sich opfern muss, damit alles wieder richtig wird. Irgendwer muss es ja tun. Er kommt dem Ganzen nicht aus.

Ich lege dem Christl die Hand auf den Rücken. Er hat in die Hauptstadt fahren *müssen*, flüstert er. Ebenso muss er da rauf, was immer das auch heißen mag. Er will nicht so feige sein wie sein Vater. Sich abputzen, aus der Affäre ziehen, den eigenen Sohn allein lassen – so einer will er nicht sein. Hat ihm eh nichts genutzt, dem Trinker, spöttelt er. Ist an der Geschichte zugrunde gegangen. Die Geschichte hat seinen Vater zugrunde gerichtet. Er hat sich mit der Geschichte verbündet und hat den eigenen Vater zugrunde gerichtet … Was er dann sagt, verstehe ich zuerst nicht. Da ist nur Schluchzen, Gewimmer, zernudelte Worte. Dann verstehe ich. Er hat ihn umgebracht, das will er mir sagen. ›Ich habe meinen Vater hingerichtet‹, so sagt er es. Darauf sagt er nichts mehr, er kann nicht mehr. Weil er in meinen Armen weint wie ein kleines Kind.

›Du hast ihn nicht umgebracht‹, sage ich. ›Dein Vater hat sein Schicksal einfach nicht ausgehalten. Aber du bist stark. Du hast ein starkes Herz. Du bist besser als er. Du rennst nicht davon. Und ich lass dich nicht allein.‹

Langsam hat er sich beruhigt. Wie sehr ich den Christl

mag, das ist mir an dem Abend klar geworden. Dass ich diesen Burschen nach alledem noch immer gern hab, ihn noch heiraten mag ... Immerhin habe ich ihn fortgeschickt. Er hat mich einmal auf den Mund küssen dürfen. Mehr hat es nicht gegeben.

Dann hat er raus aus dem Fenster steigen müssen. Wenn er jetzt zum *Adler* geht, zu ihr, habe ich gedacht, dann ist es halt so, dann muss es so sein. Aber ich habe es nicht geglaubt. Nein, habe ich mir gesagt, ich glaube es nicht.

43.

»Ich glaube es nicht«, stöhnt Stefan.

Er kniet neben mir in Judits Wohnung, beugt sich übers Loch. Durch die Dachfenster fällt Mondlicht in den finsteren Krater.

»Musst du ja nicht«, erwidere ich, »du siehst es ja.«

Bemerkt er auch mein Zittern? Tommy oben auf der Galerie registriert es zweifellos. Sitzt am Geländer, lässt die Füße lässig baumeln. Blättert im *Kolumbusfalter.* Würde er nur vorrutschen, runterstürzen, durchs Loch verschwinden. Stefan aus der Psychiatrie zu befreien, das habe ich alleine geschafft ... Stefan weiß das. Im Zug dann, rote Jogginghose, löchriger Burlington-Pullover mit grün-orangem Karomuster, khakifarbener Schal, weiße Moonboots, die Russenhaube auf dem Kopf, sah er mich mit glasigen Augen an: ›Danke!‹ Dieses Danke – Tommy hockte zwar neben mir, aber es richtete sich an mich – war weit mehr als ein simpler Dank, ihn gepackt und vom Krankenhausareal zum Bahnhof eskortiert zu haben. Es bedeutete: Du hast mir das Leben gerettet, Christian! Du bist mein bester Freund! Ohne dich wäre mein Dasein dystopisch!

Am Hauptbahnhof setzten wir uns in ein Fast-Food-Restaurant. Wie ein ausgehungertes Tier schaufelte Stefan sich mit beiden Händen Burger und Pommes in den Mund. Hätte Madame sehen müssen! Ich liebte ihn dafür: dass er nicht gut roch, dreckige Fingernägel hatte, Pickel im Gesicht, aus der Psychiatrie getürmt war, sich ein paar Pommes ›als Vorrat‹ unter die Russenhaube steckte.

›Und jetzt?‹, fragte ich.

›Keine Ahnung‹, erwiderte Stefan schmatzend. ›Italien?‹

›Wieso Italien?‹

›Wieso nicht? Hauptsache, weg.‹

›Von deinem Vater?‹ Er nickte, saugte mit dem Strohhalm seinen Cola-Becher leer, gurgelte. ›Und von den Ems.‹

Ich schielte zu Tommy, der nicht von meiner Seite wich. Er gähnte. ›Vielleicht sollten wir uns zuerst ein wenig ausruhen‹, murmelte ich. ›Die vergangenen Tage …‹

›Ich weiß, ich weiß …‹ Stefan gab sich verständnisvoll. ›Ich hab das Video gesehen.‹

Wie das? Verwendete er sein Smartphone wieder? Stefan beugte sich über das Tischchen zu mir, flüsterte: ›Das Smartphone ist nicht das Problem. *Er* ist das Problem.‹

Atem, Blut, Gehirnimpulse … alles in meinem Körper geriet ins Stocken. Schlafen. Einfach nur schlafen. Meinetwegen morgen nach Italien fahren, oder Norwegen, Hauptsache, weg, Stefan hatte recht. Aber wohin sollten wir heute Nacht? Unsere Wohnungen … waren Brandruinen.

›Ich kenne da eine Wohnung in meinem Haus‹, fiel mir ein. Tommy streckte beide Daumen in die Höhe. Als wäre ich nicht von alleine draufgekommen. ›Falls uns wer aufspürt, dein Vater oder die Ems, gibt es dort sogar ein Loch im Boden. Zur Not springen wir rein. Vielleicht ist das der Einstieg zu einem Tunnel ans Meer.‹

Stefan verzog den Mund zu einem ungläubigen Grinsen. ›Kann es sein, dass nicht ich aus der Psychiatrie getürmt bin …?‹

Ich betrachtete ein Pommes, das unter seiner Russenhaube hervorlugte. ›Du machst wohl Witze. Komm, gehen wir.‹

Im Zickzack durch die Stadt, auf allerlei Umwegen, durch Seitengassen, Hauspassagen, schummrige Parks. Hielt ich für die sichere Variante. Stefan war nur schwer davon zu überzeugen, dass es nicht an ihm lag; dass ich mich nicht schämen würde, mit so einem Freak in der Straßenbahn … Im Gegenteil! Kein Outfit hatte ihm je mehr geschmeichelt. Nach Italien fahren, oder nach Norwegen jetten … Vielleicht war so die Zukunft, unvorhergesehen schön: mit Stefan kreuz und quer über den Kontinent irren … auf Züge aufspringen, über Dächer steigen, in Kanalgullys verschwinden; die Flucht vor seinem Vater, den Ems treibt uns von einer Metropole in die andere …

Vorerst beugen wir uns über das Loch in Judits Wohnung. Sehen den gefallenen Luzifer und den richtenden Michael auf dem Grund schimmern. Stefan scheint es mittlerweile akzeptiert zu haben. Ob er es auch glaubt …? Würde er mir glauben, wenn ich sagte, Tommy trippelt gerade von der Galerie herunter? Wirft einen kurzen Blick ins Loch. Hebt den Zeigefinger schulmeisterlich, erwartungsvoll lauschend.

»Gleich sind sie da«, flüstert er.

Als dann die Glocke läutet, sehe ich ihn noch gelöst die

Töne dirigieren, ehe ich die Augen zumache. Ich lege mich auf den Rücken. Höre tapsende Schritte in Richtung Vorzimmer. »Da stehen zwei Männer vor der Tür«, ruft er.

»Wie sehen sie aus?«, fragt Stefan mit brüchiger Stimme.

»Wie Dick und Doof«, antwortet Tommy.

Habe ich es doch gewusst! Er kann Tommy ebenso sehen und hören wie ich! Auf einmal wird mein Körper niedergedrückt. Stefan legt sich bauchlinks auf mich drauf. Presst seine schweißnasse Wange an meine.

»Natürlich kann ich ihn sehen und hören«, bibbert er. »Er ist ja nicht zu übersehen und nicht zu überhören …«

Ich schlinge meine Arme um seinen Rücken. Schluchze. »Warum hast du nie etwas gesagt?«

»Das hast du doch auch nie!«

»Könnt ihr das später klären«, sagt Tommy, schmunzelnd auf uns herunterblickend. »Sie sind schon herinnen. *Ich* habe sie nicht reingelassen. Ich verzieh mich lieber …«

»Tommy! Bleib da!«, brülle ich.

»Feigling!«, schreit Stefan.

Nichts zu machen … Tommy trampelt die Stufen rauf auf die Galerie, rennt in eines der Zimmer, knallt die Tür zu, versperrt sie. Alles so laut, so elendig laut! … der Schlüssel, der in die Eingangstüre gesteckt wird; deren Öffnen, die Schritte, zwei Stimmen. Deutlicher als mein Herzklopfen, als Stefans sowieso … Lebt er noch? Ich zwicke ihn in den Oberschenkel. Er ächzt. Immerhin.

»Du irrst dich. Es heißt *Deus ex Machina.*« Die Nacktschneckenstimme.

»Aber *Diabolus ex Machina* wäre stimmiger.« Stefans Vater.

»Lass gut sein, Sebi. Merk es dir einfach. Wenn dir auf

der Bude so ein Fauxpas passiert … Da schau her. Das sollt auch unter uns bleiben. Dass dein Sohn so einer ist …«

»Sind sie da?«, flüstert Stefan.

Butterweiche Hände schlingen sich um meine Knöchel. Ausgesprochen ekelhaft. Der Typ ist wirklich eine Nacktschnecke. Wir werden vom Abgrund weggeschliffen. Zeit zu blinzeln. Stefans Vater wirkt angepisst; der andere Mann belustigt, die Nacktschneckenstimme, ein faltiger Fleischberg mit gütigen Augen. Das untersetzte Männlein … Michael Nachtmann.

»Stefan, wir sollten aufstehen.«

»Mach was du willst, ich steh nicht auf. Er soll weggehen.«

»Ich glaube, er wird nicht weggehen. Werden Sie nicht, oder?« Stefans Vater schüttelt den Kopf im Zeitlupentempo. »Wird er nicht. Er wird dir schon nichts tun. Werden Sie doch nicht, oder?« Seine Augen verengen sich.

Irgendwie bequem, dass dieser Blick nicht mir gilt. Stefan absorbiert sämtliche schwefeligen Schwingungen seines Vaters. Hätte ihn gern auf mir liegen lassen. Nachtmann jedoch packt ihn, hievt ihn hoch, lässt ihn neben mir zu Boden sacken.

»Stefan, ich zähle bis drei«, donnert sein Vater. »Wenn du dann nicht aufgestanden bist, lass ich deine Mutter kommen.«

Das richtige Stichwort, Stefan gibt nach. Wir wären genug Leute für eine Familienaufstellung. Aber für solche Faxen ist keine Zeit. So läutet Nachtmann die Erklärung für die Zusammenkunft ein. Es sei nicht anzunehmen, dass der Clown – er meint Stefan – eine solche bereits abgeliefert habe, »was sein Auftrag war«. Vorwurfsvoller Nacktschneckenblick zu Stefans Vater, der passt ihn an seinen Sohn weiter; Stefan schluckt ihn.

Unerwartet flammt väterliche Milde auf. »Michi, du bist ungerecht. Der Traumtänzer da hätte ja selber draufkommen können.«

Damit bin wohl ich gemeint.

»Du hast recht, Sebi. Schuldzuweisungen bringen uns nicht weiter. Die Zeit drängt. Weitere Verzögerungen wären sündhaft. Wird es auch keine geben. Schau dir den strammen Burschen an. Seine mentale und moralische Stärke ist greifbar. Glaub nur nicht, dass er eine Wohnung in Brand setzen würde wie dein Stammhalter. Er wird es schon einsehen. Aber lasst uns doch zur Couch rübergehen. Wenn man gemütlich sitzt, plaudert es sich viel entspannter, nicht wahr. Wer mag ein Tässchen Tee?«

»Gute Idee! Wir kümmern uns darum.« Stefans Vater packt seinen Sohn am Kragen, zerrt ihn aus dem Wohnzimmer.

»Na, komm«, sagt Nachtmann an mich gewandt. »Setzen wir uns. Und mach dich doch ein bisserl locker.«

Ich schlurfe ihm nach, schiele immer wieder zur Galerie rauf. Setze mich, ein gutes Stück von der Nacktschneckenstimme entfernt; verschränke trotzig die Arme, ziehe die Schultern hoch, blase die Backen auf; starre auf einen Wasserfleck am Beistelltisch; höre aus dem Nebenzimmer einen dumpfen Schrei. Stefan. Nachtmann redet. Mein Image muss wirklich trist sein. Der Typ hält es für ausgemacht, dass ich sein wirres Zeug schlucke. Hinnehme. Glaube … Eine Stadt im Gebirge … die Stadt in den Wolken … seit zweitausend Jahren abgeschieden vom Rest der Welt … damals von Luzifer unterworfen … sie opfern ihm seither … Kinder werden verbrannt … damit der Leibhaftige die Macht erhält … Ems zu erschaffen … Ems … Empathische

Metamorphe … Tommy … die das harmonische Gefüge auf Erden desavouieren … seit zweitausend Jahren …

»Die Kinder sind nicht das Schlimme, so ehrlich bin ich«, sagt Nachtmann mit seinem schleimigen Timbre. »Aber die vergangenen zweitausend Jahre – ein einziger Irrtum, nicht wahr. Auf keinem Gebiet hat die Menschheit erkennbare Fortschritte erzielt. Nichts von Substanz, nur Fassadenmalerei. Bis dahin waren wir ja ganz passabel unterwegs. Aber seither … kann niemand, der bei Sinnen ist, leugnen, dass es ganz eklatant bergab geht. Jeder ist sich dessen bewusst, schau dir an, wie ungemütlich die Leute alle agieren. Du weißt ja auch Bescheid, Christian … Christian Rieder.«

Trotzig verschränkte Arme, bockiger Blick, die Oberschenkel zusammengepresst. ›Sie sind doch verrückt!‹, formiert sich rund um mein Gaumenzäpfchen. Alles nur Theater. Er hat ja recht. Was er sagt, bringt in mir Saiten zum Klingen, die seit Jahren gespannt sind, auf einen Virtuosen warten. Ein anderer hat sie gespannt. Ein völlig anderer. Tommy?

Paul kichert.

Ein Scheppern. Der Tee ist im Anrollen. Stefan schiebt einen Servierwagen in das Wohnzimmer. Er schlurft gebückt in Unterhosen und Handschellen, um seinen Hals ist ein Strick gebunden. Sein Vater, ein paar Schritte hinter ihm, hält dessen loses Ende mit der einen Hand fest, in der anderen eine Krampusrute.

»Fein, sehr fein!«, freut sich Nachtmann. »Der Tee wird kredenzt. Und so ein lustiger Kellner! Findest nicht auch, Christian Rieder, fesch ist er, nicht wahr?«

Ich bin gar nicht mehr da. Stehe neben meinem Papa vor dem gegeißelten Jesus in unserer Dorfkirche. ›*Wenn es einst sein muss*‹, knurrt er mit einer Bela-Lugosi-Stimme, ›*musst du dich opfern, Christian Rieder!*‹ Verzieht sein Gesicht zu einer grimmigen Larve; steckt seine Männerfaust in das Loch im Bauch des Heilands, bricht in hämisches Gelächter aus. ›Dein Opa!‹, japst er. ›So ein Spinner! Er *glaubt* daran, Christian! Er glaubt das *wirklich* …‹

Ein Schatten fällt über mich. Ich blicke auf. Stefan streckt seine geknebelten Hände, reicht mir eine Teetasse. Seine Augen wirken stumpf und düster.

»Stefan?« Er reagiert nicht. Sein Vater spannt den Strick, zerrt daran. Stefan schlurft gebückt zum Servierwagen zurück. Die Rute peitscht auf seinen Rücken. Ohne die Miene zu verziehen, schenkt er eine zweite Tasse ein.

»Was haben Sie mit ihm gemacht?« Ich möchte aufspringen, klebe an der Couch fest, meine Füße stecken in getrocknetem Zement. Nachtmann macht eine beschwichtigende Geste. »Ist nur ein kleiner Denkanstoß. Eine Entscheidungshilfe, wenn man so möchte.« Stefan schlurft mit der Teetasse zu ihm. Bekommt abermals eins übergezogen. Auf seinem Rücken rote Striemen. In den Augen seines Vaters bloß Zorn. Nachtmann lächelt milde. »Dank dir, Stefan, ganz brav. Mit dem werde ich viel Freude haben. Also, würde ich haben, wenn … Das liegt halt an dir, Christian Rieder, nicht wahr.«

»Ich muss mich opfern …«, höre ich mich stammeln.

»Aber geh! Hör mir doch auf mit dem pathetischen Geschwurbel.« Nachtmann schlürft von seinem Tee, stellt die Tasse ab. »Niemand muss sich opfern, höchstens die Leute dort oben, aber um die ist's nicht schade, oder tätest du einem Kindermörder eine Träne nachweinen? Du sollst uns nur die Karte besorgen. Dein Großvater hat sie, nicht wahr.

Dem Greis wirst sie schon abluchsen können, da hab ich vollstes Vertrauen. Weißt, wir hätten es ja gern anders probiert. Auf die sanfte Art. Haben gedacht, wir können dich schon auf die rechte Fährte locken, und der Stefan wird sich halt ein bisserl anstrengen, dass er dein Vertrauen kriegt und für uns die Karte, wenn du sie hast, stibitzen. Naja, so kann man sich täuschen, wir haben den Burschen völlig überschätzt. Dass es dem so den Vogel raushaut, war nicht zu erwarten …«

Stefan steht neben dem Servierwagen, wippt sachte mit den Beinen, starrt ins Leere. Sein Vater schräg hinter ihm. Immer wieder, ohne Vorwarnung, schnalzt die Rute auf Stefans Rücken.

»Und wenn ich Ihnen die Karte nicht besorge …?«

Nachtmann streicht sich mit der Hand durchs Haar, mustert seine Fingernägel. »Dann wird der Stefan halt so bleiben, mein Gott, ist ja auch schön, zumindest für mich. Aber fürs Weltgefüge, nicht wahr, wäre es halt ein Schaden. Naja, und eventuell würden wir dir auch so ganz nebenbei, hoppala, ein kleines Spritzerl verpassen. Geht ja recht flott, das tätest gar nicht merken.« Stefan wimmert leise. »Weißt, meine Mutti hat auch geglaubt, es geht auf die sanfte Art. Kann man verstehen, sie hat ja mitgekriegt, wie das bei deinem Urgroßvater war. Auf die brutale Art hat es bei dem gar nicht gefruchtet. Aber so wie sie es dann gemacht hat … Was hat sie denn gehabt davon? Dein Großvater hat sie hinters Licht geführt. Von dem Verrat hat sie sich nie ganz erholen können. Nein, nein, ich habe euch Christian-Rieders studiert, ich weiß schon, was bei euch zieht. Nicht die Peitsche, nicht das Zuckerbrot, man muss euch in eurer Rührseligkeit erwischen.«

Ich weiß mir nicht zu helfen, ich weiß nicht, was … Ich sitze in der Falle, ich … »Aber … ich habe keine Ahnung, von welcher Karte Sie … Mein Papa hat mir doch gar nichts verraten. Mein Papa hat darüber nur gelacht … Er hat die Faust reingesteckt und gelacht …«

Nachtmann blickt mich irritiert an. Ich werfe ihm einen irritierten Blick zurück. Hinter der Rückenlehne ist Tommy aufgetaucht. Zerschlägt eine leere Cognacflasche auf Nachtmanns Kopf. Der kippt bewusstlos zur Seite.

Tommy zischt zum Servierwagen. Greift nach der Teekanne, packt Pritz am Kragen; ein dumpfer Schlag, klirrendes Porzellan, Pritz sackt zusammen, Stefan würgt, greift sich an die Gurgel, Tommy geht in die Hocke. Kramt in den Taschen von Stefans Vater. Wirft mir einen Autoschlüssel zu.

»Ein Range Rover, steht unten vorm Eingang. Wir sehen uns oben! Bring mir den Kolumbusfalter mit!« Er zwinkert mir zu. Dann läuft er rauf auf die Galerie, und ich …

Ein paar Minuten bin ich wohl einfach nur dagesessen. Bin ich eingenickt? Ich kenne mich überhaupt nicht aus. Aber die zwei Männer … außer Gefecht gesetzt.

Ich gehe zu Stefan. Halte ihn an den Oberarmen fest. Nimmt er mich wahr? Sein Mund ist ein wenig offen. Ein monotones Summen. Eine Träne schleicht sich aus seinem rechten Auge. Ich drücke ihn an mich. Seine Arme hängen schlaff hinunter. Über seine Schultern blickend, erkenne ich auf dem Bauch seines Vater ein Taschenbuch. Ein *Lustiges Taschenbuch.* Den *Kolumbusfalter.*

44.

Es ist einfach so gewesen: Man wurde in die Welt geworfen und gewöhnte sich daran. Man fand sich ein und fand sich ab, fand sich vielleicht sogar zurecht. Schon wurde man wieder ein- und abgeholt, obwohl es gerade jetzt so schön war. Der Frühling war im Anflug und das Leben nahm neuen Anlauf. Condla erzählte Tiergeschichten. Macha trommelte altirische Weisen. Branwen brachte Blumen. Es war eine endlose Abfolge von Liebenswürdigkeiten. Sie hatten ihn gern, gewiss, wogen ihn zärtlich in den allmächtigen Schlaf. Nichtsdestoweniger war er alt geworden, ein Greis. Sein Tod, nun ließ er sich nicht mehr aufschieben. Er würde die Menschen vermissen. Insbesondere diese lieblichen Hände würde er vermissen. Etain massierte seine Füße. Manchmal nannte er sie Magdalena. Sie nahm es hin. Er träumte jetzt wieder öfter von ihr. Magdalena. Von ihr und ihrem schiefen linken Vorderzahn.

Am Stadtrand von Nazareth bewohnen sie ein kalkweißes, lichtdurchflutetes Architektenhaus. Es ist ein lauer Sommerabend, Jesus und Magdalena sitzen in ihren Schaukelstühlen im Atrium. Er liest laut aus dem *Mediterranen Handelsblatt* vor: »Die Werkstatt im Zentrum wird längst von Sohn Jakob betrieben, der auch schon ein alter Mann ist, demnächst tritt er in den Ruhestand. Zum Glück ist Enkel Isaac nicht minder geschickt, diszipliniert und fleißig, außerdem mit unternehmerischem Denken gesegnet. Unlängst hat er seinen Master in Tel Aviv gemacht. Mit ihm blickt der Betrieb frohgemut in die Zukunft.« Jesus nimmt einen Schluck von seinem Eistee, lässt seinen Blick kurz auf Magdalena ruhen. Sie ist ganz in ihre Stickarbeit versunken. Er liest weiter. »Isaac Christus plant nicht nur die räumliche Erweiterung der Werkstätte sowie die Etablierung einer Design-Abteilung, auch vier neue Lehrstellen soll es geben. ›Gerade als Junger ist mir die

Ausbildung ein besonderes Anliegen‹, so der dynamische Juniorchef. Jakob Christus kann sich also sorglos zurückziehen und der Familie widmen – neben Isaac gibt es sieben weitere Kinder und bereits fünf Enkel. Zudem freut er sich darauf, mehr Zeit für sein Hobby, die Fischzucht, zu finden. Besonders wichtig ist es ihm außerdem, noch schöne Jahre mit seinem Vater, Firmengründer Jesus Christus, zu verbringen, der heuer bei bester Gesundheit seinen einhundertsten Geburtstag gefeiert hat. Von der Arbeit in der Werkstatt und dem operativen Geschäft hat er sich zwar längst verabschiedet, bei der Fischzucht hilft der rüstige Familienpatriarch aber immer noch mit. ›Am liebsten nimmt er den Fischen die Eingeweide raus‹, schmunzelt Jakob. ›Er kann das sehr gut, obwohl sich meine Mutter manchmal beschwert, dass seine Hände so stinken.‹ Die Handelskammer wünscht ihrem verdienstvollen Mitglied das Beste für die Rente, Sohn Isaac viel Kraft und Erfolg bei der zukünftigen Leitung des Betriebs, und Gründungsmitglied Kommerzialrat Jesus Christus noch viele zufriedene und vor allem gesunde Jahre im Kreise seiner Familie.«

Jesus legt die Zeitung weg. ›Es war doch ein gutes Leben‹, sagt er.

Magdalena lässt ihr Stickzeug in den Schoß sinken. ›Mein Leben war gut. Wie deines war, weiß ich nicht, du warst ja nicht da.‹

›Aber … dieser Bericht … Und was hast du mit deinem Zahn gemacht?‹

Sie rollt mit den Augen. ›Das mit dem Zahn fällt dir erst jetzt auf? Und was das Firmenimage betrifft, das können wir wegen deiner Faxen nicht aufs Spiel setzen.‹

›Aber wenn ich wirklich nicht da war, woher dann die vielen … Nein!‹

›Weil du zum Essen ausbleibst, soll ich aufs Naschen verzichten?‹

›Wer? Sag mir, wer es ist! Ich reiß dem Arsch den Kopf ab!‹

›Ausgerechnet du, alter Hippie. Wenn du es wissen willst, er heißt Paul. Ein Pharisäer, der früher für die Römer malochte und es gern mit den Griechen hielt. Ich habe ihn bekehrt.‹

›Maria Magdalena, o Mariechen, wieso nur, wieso?‹

›Wieso? Na, weil er da war. Paul war Gegenwart. Hat erledigt, was deine Aufgabe gewesen wäre. Ein ganzer Kerl. Zaudert und zögert nicht. Weiß, was er will, setzt es in die Tat um. Zerdenkt nicht alles.‹

›Das lass ich nicht auf mir sitzen! Dem hetz ich die Polizei auf den Hals. Wird sich schon ein Griechenjunge finden, der beichten will.‹

›Jesus, Jesus, du verhältst dich wieder erbärmlich. Frag dich lieber, wie es so weit kommen konnte?‹

›Zum Teufel …! Ich war zum Essen eingeladen.‹

›Siebzig Jahre?‹

›Es war ein langes Essen, enorm wichtig. Das Schicksal der Menschheit stand auf dem Spiel.‹

›Unterm Schicksal der Menschheit machst du es nicht, wie? Dir hat es geschmeckt, ganz einfach. Also lass die unterste Schublade zu. Wer im Glashaus sitzt … nein, wie hast du mal gesagt? Irgendwas mit einem Balken. Egal. Du bist auch nicht besser. Du lässt Eltern ihre Kinder ermorden.‹

›Wie kommst denn du darauf …? Das hat dir der Teufel gesagt!‹

»Ich habe gar nichts gesagt.«

Jesus öffnete die Augen. Ach so, er war noch nicht gestorben; er hatte geträumt. Und neben ihm saß … Lu. Wie schön. »O Lu! Lu, Lu, Lu. Kommst du deinen alten Freund am Ende noch einmal besuchen?« Er ließ seine linke Hand flattern. Lu streichelte sie. Dessen Finger waren warm, fühlten sich an wie mit Samt überzogen; seine eigene Christenhaut hingegen wurde beim geringsten Anstoß rissig. »Hübsche Sonnenbrille hast du da, Lu.«

»Danke. Macht sie mich jünger?«

Jesus kicherte. »Ach, Lu. Du wirst mir fehlen. Ich wünschte, ich wäre wie du.«

Lu fuhr sich durch die Haare. »Auch bei Lu ist nicht alles cool.«

»Dich wird doch nicht das schlechte Gewissen plagen?« Lu schwieg. Jesus gab sich einen Ruck. »Weißt du … Ich frage mich schon, war es richtig? Haben wir das Richtige getan?«

»Was haben wir denn groß getan?«, murmelte Lu. »Sie haben es getan. Sie tun es.«

»Aber warum tun sie es?«

»Warum? Menschen sind so. Wir hatten das durch.«

»Ja, wir hatten das durch. Aber jetzt … Weißt du, was ich glaube, Lu? Ich glaube, sie tun es, weil sie Angst haben. Sie fürchten dich. Du bist wie ein Gott für sie.«

Das fuhr Lu in Mark und Bein. Er schoss in die Höhe, sodass ihm die Sonnenbrille von der Nase rutschte und zu Boden fiel. »Nenn mich nie wieder so! Du weißt, wie despotisch Er ist. Du weißt, was Er verbrochen hat! An mir, an dir! Ich bin nicht wie Er. Ich habe dich den Menschen zum Geschenk gemacht, ohne sie zu zwingen, dich abzuschlachten.«

»Du verlangst Grausameres.«

»Ich verlange nichts von ihnen! Es ist ein Pakt! Es ist ihre Entscheidung. Es steht ihnen frei. Alle zehn Jahre. Warum haben sie es bis jetzt getan? Warum werden sie es weiterhin tun? Ich zwinge sie zu nichts. Sie tun es, weil sie Menschen sind. Menschen sind so. Aber ich bin nicht wie Er.«

»Dann frage ich dich aber erst recht«, erwiderte Jesus, »warum auch bei dir nicht alles cool ist?«

Lu hob die Sonnenbrille auf und betrachtete sie wehmütig. Im rechten Glas hatte sie einen Sprung bekommen. »Sei ehrlich, Jeez – liebst du mich?«

Dies wäre jetzt ein dankbarer Moment, das Leben auszuhauchen. »Ach, Lu. Liebe.« Lu setzte sich wieder hin und die Sonnenbrille auf. Das lädierte Glas ließ Jesu Herz fast zerspringen. Warum wagte er es nicht, warum weigerte er sich zu sagen, ja, natürlich, Lu, ich liebe dich über alles? »Liebe ist nichts, was einer Antwort bedarf. Ich liebe dich. Ich liebe dich nicht. Wir kennen einander seit siebzig Jahren, nicht wahr? Für dich mag das nichts sein, aber für mich … Natürlich ist da Liebe. Du hast mich vor dem Erfrieren gerettet. Du hast mir eine zweite Chance gegeben. Durch dich habe ich die Menschen erst kennengelernt. Mein Leben hat einen Sinn bekommen. All das ausgerechnet durch dich. Aber …«

»Es gibt also ein Aber?«

»Das will ich dir ja erklären.«

»Lass gut sein. Du liebst mich, aber. Es ist wegen dem Pakt mit den Menschen, nicht wahr?«

»Mag sein. Ich weiß es nicht. Aber sag mir doch, Lu: Würdest du es wollen? Würdest du, so wie du bist, geliebt werden wollen?«

Ein warmer Wind wehte durch die Ritzen der Hütte. Nicht mehr lange, und es wäre so weit. Die Kinder hatten Tierkreiszeichen auf den Plafond gezeichnet. Er würde sich heute Abend hinaustragen lassen. Im Freien liegen, umringt von Bergen, von Tieren, von Menschen. Er wollte unter echten Sternen sterben, die nicht mehr die Augen seines Vaters waren; die weder blendeten noch durchschauten, sondern bloß Sterne waren, schön.

»Gut, meinetwegen, ich denke darüber nach«, sagte Lu. Er nahm die Sonnenbrille ab, hauchte sie an, putzte sie. »Aber ihr? Was ist mit euch? Wollt ihr, so wie ihr seid, geliebt werden?« Dann schob er sich die Brille ins Haar, griff nach Jesu Hand, drückte sie. »Er hat gehustet, euch Menschen ausgespuckt und seitdem wirft Er euch den Schleim vor, der an euch klebt.« Jesus glaubte, wehklagende Kinderstimmen zu hören. Sie verwandelten sich zu Tränen und Schweiß, rannen über seine Wangen, drängten aus seinen Poren. »Weißt du nicht, was sie mir dir angestellt haben, was sie mit dir anstellen? Du hast keine Ahnung, was im Imperium los ist. Sie schreiben deine Geschichte auf. Du würdest dich nicht wiedererkennen. Sie vergöttern dich. Sie haben dich getötet und vergöttern dich. So sind sie. So seid ihr. So hat Er euch gewollt.«

Lus Sentimentalität rührte ihn. Er war der einzige Freund, den der arme Teufel hatte, der einzige, den er je haben würde. Bald wäre Lu allein. Allein mit den furchtbaren Menschen in dieser unwirtlichen Welt. Damals in der Wüste hätte er noch darüber gelacht: Dass er Lu eines Tages vermissen würde. Dass er die Menschen und die Welt eines Tages vermissen könnte. Vielleicht hätte er sich deswegen sogar geschämt. Mittlerweile ist die Scham vertrocknet.

Längst verdorrte Dornbüsche trieben Blüten. Er würde es auch vermissen, von Magdalena zu träumen; von ihrem schiefen linken Vorderzahn. Aber noch lagen sie nebeneinander im Bett, hielten einander an den Händen, warteten.

»Ob man noch träumt, wenn man gestorben ist?«, hörte er sich fragen.

Aber Lu war bereits fort.

45.

Gründonnerstag. Oma ist mit der Osterdecke fast fertig. Blasmusik aus dem Radio. Am Herd köchelt der Spinat. Ich umklammere meine Kaffeetasse, führe sie zum Mund, der Kaffee ist kalt geworden. Kontrolliert langsam kippe ich sie aus. Eine schwarze Pfütze hat sich auf dem Tisch gebildet, schwappt über die Kante, tropft auf Omas Stickzeug. Opa steht auf, holt ein Tuch.

»Soll ich einen frischen Kaffee machen?«

Au ja, Opa! Nun, da ich so viel weiß. Alles weiß. Da ist frischer Kaffee nicht die schlechteste Idee. Denn vernimm die Botschaft, Christian Rieder: Wenn es einst sein soll, so musst du dich opfern! Deine einzige Aufgabe in diesem Leben ist es, eine Karte zu hüten. Sie wurde dir vor Urzeiten im Vertrauen ausgehändigt. Dies ist eine Ehre, gleichzeitig eine Bürde.

Die Karte führt dich zum Uhrwerk der Menschheit. Das Uhrwerk ist solide, es läuft wie geschmiert, die Spezies kann sich auf ihre meisterhafte Konstruktion verlassen. Wenngleich jede noch so gute Konstruktion irgendwann versagt. Eines finsteren Tages wird das Uhrwerk stehen bleiben. Und allein du, Christian Rieder, kannst mithilfe dieser Karte Licht bringen. Denn es wird in deiner Verantwortung liegen, das Uhrwerk wieder in Gang zu setzen. Zum Wohle der Menschheit wirst du dich dann opfern müssen. Wann es so weit sein wird? Du wirst es merken. Gnade dir Gott!

»Verdammt!«

Wieder den Kaffee verschüttet, noch eine Kaffeepfütze, abermals tropft es auf Omas Stickzeug. Stoisch rafft Oma die Decke zusammen, zerknüllt sie, rückt vom Tisch zurück, steht auf; mit einem Handstreich wischt sie die Tasse weg, ein Klirren; sie breitet die Decke neuerlich aus. Kaffee saugt sich in das Leinen, ein dunkelbrauner Fleck. Bei einem Rorschachtest würde ich sagen: eine Kakerlake. Darunter in Karminrot gestickt: *Wir haben bekommen, uns wurde genom.* Oma stellt sich zum Fenster. Opa holt Portwisch und Kehrschaufel.

Stimmt es denn, was Opa behauptet? Kakerlaken krabbeln über den Tisch, den Boden, Opa und Oma. *Uns wurde genom.* Richtig, Papa fehlt. Er sollte mir vom Uhrwerk der Menschheit erzählen. Er sollte mir mein Erbe geben. Die Karte, von ihm sollte ich sie bekommen.

Wo ist sie? Wer hat sie?

46.

›Sprich nur ein Wort, so wird meine Seele gesund.‹ Der schönste Satz in der Messe, finden Sie nicht? Er macht mir immer Hoffnung. Schaue ich da raus auf den Friedhof, auf das Grab vom Mathias, frage ich mich: Welches Wort kann das sein? Hätte es vor fünfzehn Jahren so ein Wort geben können? Eines, das den Mathias beruhigt hätte?

Ich weiß noch, wie er damals zur Tür hereingestürmt ist. ›Gib mir die Karte!‹, hat er den Christl angeblafft. Die Brunhilde habe ihn kontaktiert. Ihm im Kaffeehaus die ganze Geschichte aufgetischt. Keine Sorge, er glaube den Humbug nicht. So ein Hinterwäldler wie der Christl sei er bei Gott nicht. Aber Geld habe sie ihm angeboten. Wenn er ihr die Karte besorge. ›Also, Vater: Gib sie mir!‹

Der Christl hat kaum aufgeschaut, bloß ›nein‹ gesagt. Sonst nichts. Er hat den Mathias wie Luft behandelt. Hat nichts wissen wollen. Ob er vielleicht Geldsorgen hatte. Hat ihn auch nicht vor den Nachtmanns gewarnt. Ihm nicht eingestanden, dass er die Karte längst nicht mehr besaß.

Und auch ich habe mich nicht einmischen wollen, mir gedacht, sie sollten es besser unter sich austragen.

Der Mathias ist immer wütender geworden. Er soll also durch die Finger schauen? Wir aber hätten das Geld von der Brunhilde damals bereitwillig genommen, oder etwa nicht? ›Du bist ein verlogener Hund!‹, hat er geschnaubt. Dann ist er raus. Ist in sein Auto gestiegen ...

Und ich, ich habe den Christl nur ratlos angesehen.

Wie der Christian jetzt beim Tisch sitzt, fix und fertig mit den Nerven. Sein Freund Tommy, ein kluger Kopf, verunglückt wie der Mathias ... Und der Christl kehrt noch immer die Scherben zusammen, als könnte man einfach dazu schweigen. Als würde das genügen. Als müsste jetzt nicht das richtige Wort gefunden und ausgesprochen werden. Das eine Wort, das ihm die Seele gesund macht.

»Es ist alles eine Lüge«, hör ich mich sagen. »Christian! Alles, was dir dein Opa gerade erzählt hat, das von der Karte, vom Uhrwerk der Menschheit. Es ist eine Lüge, es hat nichts mit der Wirklichkeit zu tun! Niemand muss sich opfern! Das wollte dir dein Opa sagen: Es ist eine Geschichte, eine Sage aus der Gegend, aber ... es muss um Himmels willen nicht deine Geschichte sein!«

Der Christian starrt auf seine über dem Tisch gefalteten Hände. Ich setze mich ihm gegenüber hin. Der Christl schlurft mit dem Kehricht in der Hand hinaus, lässt die Tür einen Spalt offen. Ich strecke beide Arme aus und greife nach den Händen vom Christian. »Es gibt keine Stadt in den Wolken, hörst du? Es gibt keinen Teufel. Die Brunhilde Nachtmann, ihr Sohn, all die Leute in diesem Bund – sie sind besessen. Verrückte! Verstehst du das, Christian? Dort oben ist nichts. Ich weiß das! Wir waren ja oben, dein Opa und ich, zusammen mit dem Josef Ragger und der Nachtmann. Dein Opa hat uns raufgeführt anhand dieser blöden Karte. Aber wir fanden nichts. Gar nichts. Wie soll dort auch etwas sein? Wie soll es so eine Stadt auch geben? Christian ... komm zur Besinnung! Es ist eine Lüge!«

Der Christian zieht seine Hände zurück. Er kaut auf seinen Lippen herum. Vielleicht ahnt er, dass der Christl die Brunhilde bewusst in die Irre geführt hat. Er hat sich nicht an die Karte gehalten. Aber sie hat ihm blind vertraut. Er hat ihr schöne Augen gemacht, klar, aber bloß wegen dem Geld, damit wir heiraten konnten. Hat ihr versprochen, er bringe sie da rauf in die Teufelsstadt. Dass er aber das Geld vorher brauche, dringend. Sie ist darauf eingestiegen. Und dann sind wir nach einer Woche mühsamer Wanderung in einem Hochtal angekommen, und der Christl hat behauptet: ›Wir sind da!‹ Und die Brunhilde? Fuchsteufelswild ist sie geworden. Das hat sie natürlich nicht hinnehmen können, dass diese Stadt in den Wolken gar nicht existiert. Haben wir uns das wirklich so leicht vorgestellt, sie reinzulegen? Was haben wir erwartet? Der Ragger, ja, der war ihr verfallen. Hat auf ihren Wink hin dem Christl die Karte mit Gewalt abnehmen wollen. Die beiden Männer haben gerangelt, wie in einem Western. Am Ende hatte der Christl eine blutige Nase und der Ragger die Karte. Und Wochen später kommt er bei der Tür herein, wir hatten da ja schon einen eigenen Hof, gekauft mit dem Geld von der Brunhilde, zieht die Karte aus der Jackentasche und sagt, der Christl könne sie wiederhaben. Sie gehöre ja seiner Familie, sei sein Erbe. Er, der Ragger, habe sie der Brunhilde nicht überlassen wollen. ›Wenn sie mich zum Mann genommen hätte, hätte sie auch die Karte haben können. Aber dafür war sie sich halt doch zu fein.‹

Hatte er nicht recht, der Ragger? Kommt die Karte nicht immer zu ihrem rechtmäßigen Besitzer zurück? Dabei ist doch alles eine Lüge. Man muss die alten Geschichten begraben.

»Du brauchst diese Karte nicht!«, sage ich zum Christian. »Weder musst du sie loswerden noch an dich reißen, weder musst du sie behüten noch den Weg gehen, den sie vorgibt … Du kannst sie einfach vergessen!« Er scheint mich gar nicht zu hören.

Der Christl, jetzt kommt er wieder in die Stube. Wenn er es bloß wüsste, das eine Wort, das den Christian gesund macht. Das ihm zu verstehen gibt, wie bitter es war, dass der Mathias diesen Unfall hatte; wie schrecklich, dass der Tommy tot ist; dass aber niemand wieder lebendig wird, wenn der Christian ...

»… du brauchst Hilfe, Christian. Mein Vater hätte Hilfe gebraucht. Ich hätte Hilfe gebraucht. So wie dein Papa. So wie du. Und wir ... deine Oma und ich ... wir wollen dir helfen.«

Der Christian steht auf, geht langsam zur Tür. Nimmt seinen Parka vom Haken, dreht sich noch einmal zu uns um. Sein Ausdruck ist klar und selbstgewiss.

»Danke«, sagt er, zieht den Schlüssel ab, geht hinaus, macht die Tür hinter sich zu, versperrt sie.

Ich betrachte die Osterdecke auf dem Tisch. Den Kaffeefleck werde ich mit Gallseife rausbekommen. Die letzten drei Buchstaben muss ich noch einsticken. Heute ist Gründonnerstag. Drei Tage habe ich noch Zeit.

47.

Ich habe mir eingebildet, meine Hände könnten Ordnung schaffen. Jetzt klebt Blut an ihnen. So viel Blut, das krieg ich nie wieder runter. Ich halte sie trotzdem unter warmes Wasser, seife sie ein. Bis das Blut seine Farbe verliert. Es wird nie verschwinden. Aber niemand sieht es. Bis auf die Theresia.

Um sie muss ich mich jetzt kümmern. Schauen, dass sie in Ruhe die Osterdecke fertigsticken kann. Den Brief von der Brunhilde, ich hätte ihn damals, nach dem Krieg, in den Ofen schieben sollen. Ich hätte nicht zu ihr in die Hauptstadt fahren dürfen. Wäre ich zuhause geblieben, nichts wäre geschehen ... Alles hätte seinen rechten Gang genommen. Zur Theresia wäre ich gegangen, ohne mich zu schämen. Mit ihrem Vater hätte ich geredet. Ich besitze nichts, hätte ich zu ihm gesagt. Ich habe von meinem Vater nichts bekommen. Außer einer wirren Geschichte und einer Karte. Das ist mein einziges Erbe, ein Fluch: ›Wenn es einst sein soll, dann musst du dich opfern.‹ So einem will man den Hof nicht geben. So einer bekommt von seinem Vater nichts. Bloß diese vermaledeite Karte, eine Wegbeschreibung. Vor seinen Augen habe ich sie abschreiben müssen. Ein paar Tage, nachdem er mich verdroschen hatte. Dann hat mein Vater seine Karte in den Ofen geschoben. So ist es seit jeher gewesen. Keiner weiß, seit wann, keiner weiß, wozu. Nicht einmal ich weiß es.

Natürlich kann ich mir das meiste, wie jeder, nur vorstellen: dass es seit Jahrhunderten so geht. Keine Weisheit, keine Erfahrung, keine Geschichte. Es hat sich nie jemand die Mühe gemacht, das stumpfsinnige, stumme Ritual zu überdenken. Stumpfsinnig und stumm hat der Sohn vom Vater abgeschrieben. Mag sein, dass sich der eine oder andere wie ich auf den Weg gemacht hat. Auf die Suche nach dem Teufel und seinem Volk. Mag sein, dass er später seinem Sohn davon erzählt hat. Aber ich glaube es nicht. Ich weiß, dass es nicht so war. Weil es bei mir nicht anders war. Weil wir alle gleich sind. Die Enttäuschung, nichts entdeckt zu haben. Die Scham, dem Vater auf den Leim gegangen zu sein. Beides hat uns stumm gemacht. Beides hat uns stumpfsinnig gemacht. Keiner hat damit aufhören können. Jeder ist in die Fußstapfen seines Vaters getreten. Immer ist dem Sohn eine Karte aufgezwungen worden. Eine Karte, die nirgendwohin führt. Nur in die eigene Nichtigkeit.

Ich habe mit dem Irrsinn aufhören wollen. Mit dem Ragger habe ich es beenden wollen. Dem habe ich meine Karte aufgedrängt, als er sie uns zurückgeben wollte. Der wird schon keine Kinder kriegen, habe ich gehofft. Aber es genügt nicht zu hoffen. Dem Mathias hat es nicht genügt. Ich habe uns doch von einer Last befreit. Mich, ihn, den Christian … Der Mathias hat es nicht begreifen wollen. Er hat eine Frau gehabt, einen Sohn, ein Haus. Alles, was ich nach dem Krieg nicht gehabt habe. Ich war ein leichtes Opfer. Aber er … Er hat doch Möglichkeiten gehabt.

Die Nachtmanns haben uns zerbrochen. Meinen Vater, mich, den Mathias und jetzt … der Christian ist gegangen.

Wenn er es will, wird er die Karte bekommen. Seit dem Sommer habe ich es geahnt. Jetzt frage ich mich, ob ich nicht selbstgerecht war, mein ganzes Leben lang. Was sie meinem Vater angetan haben. Gefoltert und gebrochen. Und ich habe ihn verabscheut, weil er mich mit der Bürde allein gelassen hat, weil er mich verdroschen hat. Er war ein feiger Trinker, und mehr habe ich nie über ihn wissen wollen. Sie haben ihn gefoltert und gebrochen. Er hat sich foltern und brechen lassen. An meiner Stelle? Die Karte war da schon meine. Und davor. Was, wenn er etwas geahnt hatte, so wie ich seit dem Sommer? Wenn er mich verdroschen hatte aus … Angst? Um mich?

Was hat denn der Christian vom Mathias gewusst, der Mathias von mir? Was habe ich von meinem Vater gewusst, was kann man von jemandem wissen? Niemand hat irgendwas gewusst. Ich weiß überhaupt nichts. Es gibt nur Hoffen, Fürchten, Glauben, und das ist das Schlimmste. Auf die Knie sinken, das Gesicht in den Schoß von der Theresia legen. Um meinen Vater weinen, um unseren Sohn. Während sie mich streichelt und sagt, alles wird gut. Sobald die Osterdecke fertig ist, wird alles gut sein. Wir haben bekommen, uns wurde genommen. Nie wird es anders sein.

48.

Hier rennt der Weltenretter die Dorfstraße entlang, die langsam aper wird. Tauwetter hat eingesetzt. Asphalt ist zum Vorschein gekommen. Rissig. Aus den Spalten recken Blumen ihre Köpfe. Haben lange gewartet, nichts benötigt, anspruchslos die Sonne herbeigesehnt. Die Sonne hat sie gelockt. Sie haben die Asphaltdecke gesprengt. Mit jedem Lichtstrahl werden die Risse länger, breiter, zahlreicher.

Kein Grund zur Sorge. Die Straße wird halten. Es gibt sie bloß, um mich von hier fortzuführen, damit ich mir die Karte hole. Denn es ist meine. Für mich gibt es nur diesen einen Weg. Ich renne zum Josef Ragger. Zu seiner windschiefen Hütte, seinem kargen Zimmer. Tisch, Bett, Kasten, ein Bücherregal; darin nur ein Buch, die Bibel.

Stefan liegt am Boden vor dem Ofen und schläft. Die Russenhaube ist ihm runtergerutscht. Ragger sitzt auf einem Stuhl. Hat die Ziehharmonika umgeschnallt. Auf dem Tisch zwei Schalen Tee, zwei Blätter Papier. Eines vergilbt, eng beschrieben, in schwarzer Tinte, Volksschülerschrift; das zweite leer, daneben liegt eine Füllfeder.

Ich setze mich hin. Ragger zieht seine Quetsche auseinander. Ein schweres Ächzen. Er schiebt sie wieder zusammen. Ein katzenhafter Ton. Er klopft zweimal auf das Instrument. Beginnt zu spielen. *Schlaf, Kindlein, schlaf.* Die Füllfeder zwischen meinen Fingern zittert. Ich betrachte die Schlaufen, Striche und Kringel. Die Schrift, ich durchschaue sie. Es ist meine eigene. Christian Rieder hat das geschrieben. Seit Jahrhunderten kopiere ich diese Seiten.

Paul ist ebenfalls da. Ihm ist es ein Gräuel, nicht beachtet zu werden. Also hat er sich beleidigt in Raggers Bett verkrümelt. Ragger braucht es nicht, er schlägt für mich den Ton an. Sein Bett ist jetzt Pauls Bett, und dies ist jetzt meine Karte. Die Worte ergeben noch keine Sätze, jedes wird gesondert betrachtet, erkannt, aufgeschrieben, vergessen.

Mama kommt vorbei und bringt mir Linsensuppe. Fragt nicht nach, scheint alles zu verstehen, lässt mich in Ruhe. Opa und Oma besuchen mich nicht. Schämen sich wohl, weil sie mir nicht vertrauten; nicht wahrhaben wollten, dass ich anders bin als mein Urgroßvater, als Opa und Papa; dass ich meine Aufgabe ernst nehme. Mir geht es nicht um eine alberne Romanze, um dreckiges Geld; ich bin der Weltenretter. Opa, gönnst du mir nicht, dass ich alles verstanden habe? Oma, bist du nicht stolz auf mich? Ihr werdet schon sehen! Ich denke nicht weiter an die beiden, und wenn doch, vergesse ich es. Vergesse, darauf zu vertrauen, nicht den Boden unter den Füßen zu verlieren, in kein schwarzes Loch zu fallen.

Paul kann natürlich nicht schlafen. Springt auf meinen Kopf. Er weiß, die Karte wird mich von ihm wegführen. Er wird sterben müssen. Also stampft er, steppt, singt in schrägen Tönen *Schlaf, Kindlein, schlaf.* Rammt seine Nägel in meine Schädeldecke, kratzt, bis mir Blut übers Gesicht rinnt. Verrichtet seine Notdurft. Klettert von dem einen Ohr zum anderen, zur Nase. Versucht, sich in jedes Loch reinzuquetschen; sogar, meine Lippen auseinanderzureißen. Gelingt ihm nicht. Paul bleibt draußen. Er macht mir keine Angst mehr; ist bloß ein lästiges Jucken, ein nervendes Beißen, ein von meinem Blut besudelter, armer Teufel.

Da höre ich ein Ritzen … Eine Säge stößt durch den Holzboden. Paul sägt ein Loch in den Boden. Zirkelförmig um den Tisch. Ein paar Wörter noch, und ich bin am Ende; ich schreibe und schreibe, schreibe im freien Fall auf einer runden Holzscheibe. Ragger spielt unbekümmert weiter. Pauls triumphierendes Lachen. Ich notiere die letzten Wörter. Das Bodenstück landet in einem schneeweißen Feld. Ich nehme die Zündholzschachtel vom Tisch, stecke ein Hölzchen an und lasse die alte Karte in Flammen aufgehen. Die neue will ich einstecken; es geht nicht, ich bin nackt.

Ich stapfe durch den Schnee bis zur Talstation der Seilbahn, wo es Frühling ist, grün, hell und warm.

Stefan erwartet mich. Er rüstet mich aus, gibt mir passende Kleidung. Schnallt mir den Rucksack um. Ich halte ihm die Karte hin. Mit zusammengekniffenen Augen betrachtet er die Striche, Schlaufen, Kringel.

Er kann sie nicht lesen. Es ist meine Karte.

Wir steigen in die Gondel.

49

»Was hast denn, Christian Rieder? Heut schaust mir aber ganz zerfleddert aus.« Liegt die Katz doch den ganzen Tag am Boden rum. Nein, heut gefällt er mir gar nicht. Ein ganz spinnertes Gschau hat er, und das Zungerl … »Also, wirklich, das ist nicht lieb von dir, dass du mir dein Zungerl … Na, was ist?« Will sich nicht bewegen, der Lauser. Vielleicht ein bisserl fester. So. Eigenartig. Bewegt sich nicht. Er wird doch nicht. »Du wirst doch nicht? Aber geh! Christian Rieder. Was haben sie denn mit dir gemacht. Das …« Das ist ja viel zu eng. Da kriegt er ja keine Luft mehr. Eine Schere. Wo habe ich denn eine? Ach ja. Halt durch, mein Scheißerl, ich beeile mich, ich bin schon da … »So, schau, jetzt kriegst das Glockerl runter, das hat dir die blöde Fanny viel zu eng …« Warum macht er denn nichts? Warum rührt er sich nicht? Das kann doch nicht sein, dass die Fanny … Die kann mir doch nicht … Was habe ich der denn getan, dass sie mir so etwas antut! Was hat dieses grausliche Mensch für einen Hass in sich! »Ach, Christian Rieder! Mein armer kleiner Christian Rieder! Was haben sie mit dir gemacht! Komm, schau, ich werfe das Glockerl ganz weit weg, das wird sie dir nicht mehr umbinden, aber jetzt rühr dich halt, mach ein Schnauferl, dann kriegst dein Happi! Ach, Christian Rieder! Nein, das darf nicht sein! Mein liebes kleines armes Katzerl. Die Fanny, das Hexenweib! Sie hat dich tot gemacht. Tot, tot, tot!«

50.

Seit drei Tagen sind wir unterwegs. Eine simple Sache. Ich unternehme mit Stefan eine Bergtour. Von früh bis spät setzen wir einen Schritt nach dem anderen. Die Karte führt uns. Abends stellen wir das Zelt auf. Machen ein Feuer. Schauen in die Sterne. Hie und singen wir. Verschwenden keinen Gedanken an die vergangenen Monate. Keinen an unser Ziel.

Das Ziel steht fest. Ich kenne es nicht, ich weiß nicht, was mich dort erwartet. Ich kann nicht einmal sagen, wie lange wir noch dorthin benötigen werden. Aber das Ziel steht fest. Es ist die Stadt in den Wolken. Dort werde ich mich opfern, wie es geschrieben steht. Diese Aussicht bereitet mir keine Angst. Zum ersten Mal in meinem Leben gibt es für mich eine eindeutige Bestimmung. Sie bereitet mir keine Angst.

Nicht einmal die Vermutung, wir würden verfolgt, beunruhigt mich. Stefan weiß nichts davon. Ob er letzte Nacht auch aufgewacht ist, die ums Zelt schleichenden Schritte gehört hat? Oder vor zwei Tagen auf jenem Grat, als ich mich umgeblickt habe. Hinunter in das Tal, aus dem wir gekommen waren. Hatte sich dort unten nicht ein kleiner Punkt bewegt, dem Weg folgend, der unserer war?

Ich weiß es nicht.

Aber jetzt stehen wir vor diesem See. Durch eine enge Klamm, einem Bach folgend, sind wir zu ihm vorgedrungen. Rundum ragen glatte Felswände in die Höhe. Ein

Kathedralenkrater. Geisterhaftes Gefühl. Die Luft ist kalt, die Vegetation karg. Laut Karte steht uns nun der Marsch durch den Berg bevor. Wir lassen das Tageslicht hinter uns. Oder kehren wir um, heim, in die dortigen Verwüstungen? Was haben wir denn für eine Wahl? *Ich* habe gewiss keine Wahl.

Aufgeblähte Wolken am Himmelsausschnitt hoch oben. Wo sind die so schnell hergekommen? Regentropfen. Dort oben, hinter einem Felsvorsprung, ist doch jemand … nein, ein Adler, erhebt sich majestätisch in die Lüfte. Ein Adler, sonst nichts. Stefan ruft mich. Er hat den Eingang in den Berg gefunden.

Eine Öffnung in der Kraterwand, ein Stollen. Bedachtsam steigen wir hinein. Das Licht wird schwächer, bald herrscht völlige Dunkelheit. Wir knipsen die Taschenlampen an. Kälte und Feuchtigkeit kriechen uns entgegen. Der Stollen wird Schritt für Schritt enger, niedriger. Wir müssen gebeugt gehen, dabei aufpassen, wie wir unsere Schritte setzen. Der Boden unter uns ist zerklüftet. Die Rucksäcke schleifen am Gestein. Die Decke senkt sich immer weiter ab. Rucksäcke abschnallen, runter auf die Knie. Schließlich über den Steinboden robben, die Rucksäcke vor uns herschieben. Der Stollen ist einen Meter breit, keinen halben Meter mehr hoch. Die Öffnungen und Spalten unter unseren kriechenden Körpern werden trotzdem stetig mehr, größer, eine falsche Bewegung, und wir stürzen ab.

»Der Nachtmann … würde hier … steckenbleiben.«

Stefan führt den Zug an. Der Russenhaubenträger ist in Raggers Hütte geblieben. Stefan wieder ganz der Alte. Gerade jetzt zwar ein bisschen unnahbar. Aber wenn es drauf ankommt, ist er ein Fels in der Brandung.

»Dann brauchst du … ja gar keine Angst mehr zu haben … dass sie uns … verfolgen.«

Das Wort ›Angst‹ auszusprechen, muss sein. Meine größte Sorge: dass wir uns, wenn es so weitergeht, von den Rucksäcken trennen müssen, weil wir sonst nicht mehr vorankommen. Was will ich behalten? Den *Kolumbusfalter*. Das Wertvollste an meiner Ausrüstung, neben der Karte in meiner Hosentasche.

»Ich habe … keine Angst«, höre ich Stefans Stimme wieder.

Ich kann ihm nicht antworten, bin damit beschäftigt, den *Kolumbusfalter* aus der Seitentasche meines Rucksacks zu ziehen, meine Hand unter Kontrolle zu bringen, die plötzlich zu zittern beginnt; vorsichtig! Ich brauche das verdammte Taschenbuch, es ist alles, was mir von Tommy geblieben ist; zwischen meinen klammen Fingern sehe ich ihn flattern, sehe ihm zu, wie er mir entgleitet, aus der Hand rutscht und fällt, durch einen Spalt in die Finsternis, irgendwo dumpf aufschlägt …

»Fuck!«

»Was war das?«, höre ich Stefan.

»Der Kolumbusfalter. Fuck! Er ist durch den Spalt da gefallen!«

»Der Kolumbusfalter? Wieso …? Hast du … gelesen?«

»Das ist nicht witzig! Ich wollte ihn bei mir haben, falls … Ist doch egal. Fuck! Wie konnte das passieren! Stefan! Ich brauche dieses Buch! Verstehst du das? Ich steig da runter. Ich muss den Kolumbusfalter wiederhaben. Er ist durch diesen Spalt gefallen. Wenn ich mich anstrenge, kann ich mich durchzwängen.«

»Christian, im Ernst: wozu?«, blafft Stefan. »Vergiss das Buch! Bitte!«

»Da unten muss es sein.« Mit den Beinen voran durch die Öffnung. Rein in einen abschüssigen Tunnel. »Ich habe eine halbe Packung Zigaretten. So lange gebe ich dir Zeit, mich zu retten, falls ich nicht mehr raufkomme. Du rettest mich doch, oder?«

»Du bist völlig übergeschnappt!«, ruft Stefan. »Lass mir dann wenigstens die Karte da!«

Ich schiebe mich in den Stollen, beuge mich über ein Loch, leuchte in einen Schacht. Dort unten liegt es. »Ich hab es schon!« Ich stecke meine Beine in den Schacht, taste nach trittfesten Stellen. Ein einfacher Abstieg. Ich gehe in die Hocke, leuchte um mich. Eine kleine Höhle. Schulterhohes Gewölbe. Kein zweiter Zugang. Ungemütlicher Ort.

»Ich komm wieder rauf!«

Keine Antwort.

»Stefan?«

Stille.

Ich klemme das Buch zwischen die Zähne, klettere in den Schacht zurück. Leuchte in den Spalt. Schuhe. Nicht die von Stefan, sondern … Scheiße!

Meine Füße verlieren den Halt. Ich falle in die Höhle zurück. Winde mich am Boden. Krieche in den hintersten Winkel. Knipse die Taschenlampe aus, kauere mich an die Wand. Die dünne, kalte Luft brennt mir in den Augen, in der Nase, sticht mir in den Ohren. Mir wird schwindlig. Ich sehe nichts, kralle die Finger in den Steinboden. Verkrampfe die Zehen. Lange Eisennägel in meinen Füßen. Ich höre *ihn* durch den Schacht klettern, ächzen, schmatzen, kichern, kleine Steine rieseln, ein dumpfer Auftritt. Glasklare Stille. Ich kann kaum Atem holen, greife um mich. Meine rechte Hand ertastet etwas Spitzes, Schweres.

Im selben Moment blitzt grelles Licht in meine Augen. Ich wimmere, blinzle, höre eine aufspringende Klinge. »Wer nicht hören will, muss fühlen!«

Er ist es. *Er* hat uns verfolgt. Paul, menschengroß geworden. Sein fauliger Atem. Mein Blut stockt, mein Körper schweiß- und tränenüberströmt. Mir dreht sich der Kopf, mein Rücken quetscht sich gegen die Höhlenwand, ein spitzer Stein bohrt sich in meine Lunge. Elektroschocks. Das ist es dann gewesen auf dieser miesen Welt. Diese Höhle ist mein Grab. Mama wird für eine Gedenktafel am Dorffriedhof sorgen, mein Grab eine Leerstelle. *Verschollen im Gebirge.* Niemand wird erfahren, was ich durchgemacht habe: höllische, durch ein scharfes Messer zugefügte Schmerzen. Krönung eines gescheiterten Daseinsversuchs. Ich sehe einen Zen-Meister in seiner Klause auf Shangri-La. Er fühlt den Schlächter hinter sich, dessen Dolch. Ein Klopfen an der Fensterscheibe. Klopf, klopfklopf, klopf, klopfklopfklopf. Jahrzehntelange Übung kann die Neugierde nicht bannen. Was ist sein letzter Anblick in diesem Leben? Der Zen-Meister geht zum Fenster. Ein Bursche baumelt am Galgen, zerrt verzweifelt mit den Händen an dem Strick um seinen Hals. Tränen laufen dem jungen Mann übers Gesicht: ›Lässt du mich sterben?‹

Das bin ich! *Ich!*

»Nein!«, höre ich mich brüllen.

Was denn, was denn, was denn? Paul will mich abstechen! Doch ich muss leben! Den Burschen vom Galgen holen.

Ich taste nach der Taschenlampe. Lasse ihn herankriechen. Halte sie gegen das Brustbein gedrückt. Warte, bis der Gestank unerträglich wird. Dann Lampe an, und mit dem Kopf voran gegen den Gnom schnellen. Ihn zu

Boden stoßen. Mit der rechten Hand ausholen. Den Stein in Pauls Schädel rammen. Ein Aufschrei, das fahrig fuchtelnde Messer, weg mit der Lampe, Pauls Hals würgen. Das Messer schneidet in meine Schulter, ich hole noch einmal aus, bohre den Stein in Pauls rechtes Auge. Der Gnom lässt die Taschenlampe fallen. Ein weiterer Schlag auf die Stirn, das Messer entgleitet ihm, ein weiterer ins rechte Auge, der Körper verliert an Spannung. Sackt zusammen, zuckt ein paar Mal, keine Regung mehr.

Ich nehme die Taschenlampe, leuchte zur Decke, über den Boden, auf mich. Vor mir ein Schädel, aus dem das Blut quillt. Ich habe diesen Schädel eingeschlagen. Paul, meinen Begleiter seit Jahren, erschlagen. Das ist meine Situation. Rundum gespenstische Ruhe, ein Friedhof. Leichen. Stefan ein paar Meter über mir mit aufgeschlitzter Kehle, gewiss, warum soll Paul ihn verschont haben? Und nun? Werde ich hier einfach verenden. Bald. Hoffentlich. Allein. Nie wird es anders sein. Nie ist es anders gewesen. »Was macht uns das, mein Herz, was macht uns das?« Doch vom Zen-Meister fehlt jede Spur. Er hat sich aus dem Fenster gestürzt. Himmel und Hölle sei es gedankt, der Krieg ist vorbei. Der Bombenhagel zu Ende. Ich spüre, wie mir warmes Blut aus der Messerwunde rinnt, lasse den Stein neben den *Kolumbusfalter* gleiten. Ich beginne zu weinen.

»Und es begab sich, dass Christian Rieder zum Mörder wurde.« Nein. Ich habe das nicht gehört, kann es nicht gehört haben. »Doch, doch, du hast richtig gehört. Du bist ein Mörder.« Ich schreie, jaule, klage, jammere. Aber die Stimme, tausendfach verstärkt, übertönt mich, selbst als sie haucht: »Mör-der!« Sie kichert, blafft exakt im Takt meines Herzschlags: »Bum!«, erst leise, nach und nach stimmhaft, laut. Sanft ohrenbetäubend wie ein Echolot, wie Finns Goa-Trance. »Bum! Bum! Bum!« Pauls Gesicht im Halbschatten, unverändert entsetzt, ein Auge zermatscht. Doch die Lippen schieben sich mit jedem »Bum!« nach vorne, ein Fisch auf Ecstasy. Ich strecke mich durch, den Stein wieder in der Hand, das »Bum!« hört auf, Stille. Pauls Lippen pulsieren lautlos weiter. Ich hole aus.

»Bemüh dich nicht, er ist schon tot.«

Ich lasse den Stein sinken, leuchte das leblose Gesicht des Gnomen an. Seine Lippen schieben sich vor und zurück.

»Das sind die letzten Zuckungen.« Die Stimme kommt aus der Mitte der Höhle. Ein Kopf ragt aus dem Schacht, eine Zigarette im Mundwinkel. »Aber wenn es dir ein Bedürfnis ist, schlag zu. Bitte diesmal ins linke Auge. Bin ein Freund der Symmetrie.«

Über meinen Rücken läuft es heiß-kalt. »Wie kann das sein?«, stammle ich. »Ich habe dich doch gerade …«

Paul lässt sich fallen, federt mit den Händen vom Boden ab, eine elegante Rolle vorwärts. Er sitzt mir im Schneidersitz gegenüber, raucht. »Was hast du?«

»Dich erschlagen!«

Er neigt den Kopf zur Seite, blinzelt mich an. »Sicher?« Eine Zigarette aus der Packung fischen. Unmöglich. Ich gebe nach drei zerbrochenen auf. »Schau mal genau hin! Schau mal, wen du erschlagen hast … Ja, genau. Da liegt er, dein geliebter Tommy. War ja darauf gefasst, von dir erschlagen zu werden, wo er dich doch aus dieser Höhle befreien wollte.« Paul pafft Rauchringe. »Ich hab ihm gleich gesagt, lass ihn! Lass ihn verrecken, er ist es nicht wert. Wenn er in dem Loch verendet, ist es wirklich an der Zeit. Er ist nur eine finanzielle, ökologische und nervliche Belastung. Ja,

Christian Rieder, du nervst ungemein. Ohne dich wäre die Welt erträglich. Aber es trifft meistens die Falschen.«

»Die Falschen?«

»Den Falschen.«

»Du meinst …«

»Tommy, genau. Himmel, bist du einfältig geworden. Warst du wahrscheinlich schon immer.«

»Paul, warum bist du so gemein? Ich habe gerade … Tommy umgebracht.«

»Ich bin gemein? Ah, du Dreckskerl! Das sieht dir ähnlich. Du bringst jemanden um, und man soll dich bemitleiden. Heule ich rum? Ich habe dir zuliebe Tommy hergeschleppt. Hab eh gewusst, wie es endet. Dir Feigling fällt nichts Besseres ein, als den armen Kerl zu erschlagen. Hab ihm noch gesagt, nimm ein Messer mit, er wird dich erschlagen. Er wartet ja nur darauf, der Hund. Und was war … du hast ihn erschlagen. Armer Tommy! Und jetzt … bin ich gemein! Wahrlich, ich sage dir. Besser wäre es gewesen, du wärst damals statt Tommy auf das Motorrad gestiegen. Ein Genickbruch deinerseits, und die Welt hätte frohlockt. Ja, flenn nur. Der Einzige, der flennen müsste, bin ich! Was für eine Qual deine Beschränktheit in all den Jahren war! Allein im letzten Winter! Zum Haare-Raufen! Ich habe wirklich die Schnauze voll von dir! Weißt du, was? Es ist Zeit, die Karten auf den Tisch zu legen. Ich werde dir eine Geschichte erzählen. Eine wahre Geschichte. Ich wollte sie dir ersparen, aber du verdienst es, sie zu hören. Du verdienst die Wahrheit. Bereit? Also Ohren auf: Es war einmal ein pummeliges Kind. Dieses Kind hatte keine besonderen Fähigkeiten. Keine, die seine Eltern stolz gemacht hätten. Keine Talente, weder für ein Instrument noch für eine

Sportart, weder für Geschichte noch für Physik, eigentlich für gar nichts, außer Fernsehen, Computerspielen, Essen. Es hätte froh sein können, so ein liebevolles Elternhaus zu haben, wo es sich dieser Liebe durch keinerlei Leistung würdig erwies. Aber war das Kind froh? Natürlich nicht, es war viel zu dumm, um sein Glück zu schätzen. Dummheit wiederum schützte es nicht vor Boshaftigkeit. Und so begab es sich, dass dieses Kind ein Wochenende bei seinem Freund Stefan verbrachte und danach seinen armen Eltern in den Ohren lag: Warum haben wir nicht auch so ein großes Haus? Warum fahren wir in den Ferien nicht nach Dubai? Warum ist mein Mountainbike nicht so teuer wie das von Stefan? Als ob dieses faule Kind freiwillig auf ein Rad gestiegen wäre! Aber trotzdem, die Vorwürfe trafen die Eltern, insbesondere den gutmütigen Vater. Er fühlte sich wie ein Versager. Vielleicht war es nicht genug, was er geben konnte? Vielleicht hatte der Bengel recht mit seinen hochtrabenden Ansprüchen, schämte sich aus gutem Grund, dass sein Vater bloß ein Angestellter war. Nagende Selbstzweifel, schlaflose Nächte – und dann dieser Brief aus der Hauptstadt, Brunhilde Nachtmann, ein möglicher Ausweg, ein Versprechen, dem trotzigen Kind das Leben zu bieten, nach dem es in seiner Maßlosigkeit verlangte. Den Rest der Geschichte kennst du. Du weißt, dass es deine Geschichte ist. Du kannst dir die Ohren zuhalten, du hörst sie trotzdem. Die Tatsachen sind nicht zu leugnen, sie stellen dir seit fünfzehn Jahren Fragen. Seit fünfzehn Jahren antwortest du mit Lügen. Aber das ist die Wahrheit. Du hast deinen Vater auf dem Gewissen. Du hast deinen Vater umgebracht.«

»Stopp! Aus! Aus! Bitte, Paul!«

»Und wenn ich nicht aufhöre? Was willst du machen? Mich auch umbringen? Es würde nichts ändern. Es würde die Tatsache nicht ändern, dass das pummeligen Kind ein zwar nicht mehr pummeliger Jugendlicher wurde; aber ein Vampir ist es geblieben. Die eigene Leere wurde einfach mit dem Leben seiner Freunde aufgefüllt. Sie mussten sein, wie er gerne wäre. Sie mussten sagen, was er sich nicht traute. Sie mussten tun, wofür er zu bequem war. Du konntest dich in ihrem Glanz sonnen, dir einbilden, es wäre dein eigener. Kein Wunder, dass Tommy dein bester Freund war. Du hast ihn als Gottheit missbraucht, als Freibrief deiner Arroganz, deiner Bequemlichkeit, deiner Heuchelei. Selbst warst du nichts, aber weil du den einzig wahren Glauben kanntest, und weil du mit dem einzigen wahren Gott so eng warst, hast du dich über alle anderen erhoben. Du kanntest keine Zweifel, solange er keine kannte. Du hattest keine Angst, solange er keine hatte. Du hast nichts gefühlt, was er nicht fühlte. Du hast nichts gedacht, was er nicht dachte. Du warst sein Doppelgänger, dabei hätte er sich nach einem echten Freund gesehnt. Nach einem Freund, der sieht, was er nicht ist, seine Fehler, seine Beschränktheit. Das wolltest du nicht, es hätte dich zerbrochen. Es hätte Mut von dir abverlangt. Aber du hattest keinen. Warum hast du es nicht verhindert? Warum hast du ihn nicht weggeholt von diesen Empathischen Metamorphen? Auf der Berghütte, warum hast du ihm nicht gesagt, dass es dumm wäre, in seinem Zustand aufs Motorrad zu steigen, und wenn er es sich noch so geil vorstellte? Warum hast du ihm nicht den Schlüssel weggenommen? Ich weiß es. Du hast ihn nicht mehr ertragen. Du hast zusehends deine eigene Leere bemerkt.

Deine Beziehung war ein Desaster. Im Studium ist nichts weitergegangen. Ah, diese Lüge von dem Praktikum bei dem Nachrichtenmagazin! Glaubst du, Tommy hat dir ein Wort geglaubt? Er hat dich durchschaut. Hat gewusst, dass du am Ende bist. Die Zukunft war plötzlich real und sie war düster. Und Tommy hatte selber mit sich zu kämpfen. Hat dich das je interessiert? Nein, es ging ja immer nur um dich! Was also tun? Dich von ihm emanzipieren? Anfangen selber zu denken und selber zu fühlen? Nein, das wäre mühsam gewesen. Du hast ihn beiseiteschaffen müssen, das war einfacher. Du musstest ihn töten und dadurch von allen Seiten Mitleid bekommen, Verständnis für deine Lethargie, denn von einem armen Burschen, der erst den Vater und dann noch den besten Freund auf so grausame Weise verliert, kann man nichts erwarten, darf man nichts erwarten; diesen armen Menschen bitte mit Glacéhandschuhen anfassen! Aber was wird in ein paar Jahren sein, wenn die Nummer nicht mehr zieht? Wen schickst du als Nächstes in den Tod? Tut mir leid, wenn ich so direkt bin, aber du musst verstehen, ich bin maßlos enttäuscht. Du hättest eine zweite Chance bekommen. Tommy, der Traumtänzer, hätte dir das alles verziehen. Du hättest dich hier und jetzt bei ihm entschuldigen können. Und du, was machst du? Erschlägst ihn! Tötest ihn ein zweites Mal! Du machst immer alles kaputt.«

Ich öffne meine Augen. Tommys Leiche ist verschwunden. Paul reicht mir das Messer. »Willst du es selber tun, oder soll ich …?«

»Es ist besser so, wie?«

»Ganz bestimmt.«

»Dann selber.«

Ich nehme das Messer. Setze es an meinen Bauch. Kitzle mit der Spitze meinen Nabel. Stupse in mein Fleisch. Werde plötzlich von Paul am Handgelenk gepackt, der reißt das Messer an sich, rammt es sich ins linke Auge. Ein grässlicher Schrei, eine Fontäne schwarzen Bluts. Ich nehme den Stein, hole aus, schlage ein, hole noch einmal aus, schlage wieder ein, und noch einmal, immer mit vollem Schwung, blind. Blut und Hirn auf meiner Hand, diesmal gehe ich auf Nummer Sicher. Hämmere auf Paul ein, bis nichts mehr von ihm übrig ist. Der zugleich in meinem Bauch rumort, bis ich kotzen muss. Ich lasse den Stein fallen. Kotze wieder, immer wieder auf Pauls Überreste, bis ich nur mehr trocken würge, alles draußen ist. Ich muss jetzt handeln, muss mich anstrengen! Nach der Taschenlampe greifen, den *Kolumbusfalter* nehmen, auch die Zigaretten. Unter die Öffnung kriechen. Keuchend liegen bleiben, rasten. Kraft sammeln oder sterben.

»Jetzt hast du es wieder getan!«, höre ich Pauls Stimme.

Ich raffe mich auf, klettere in den Schacht, jeder Griff, jeder Tritt sitzt. Ich spüre nichts mehr, wie ein Fisch im Wasser schlängle ich mich voran, gelange in einen waagrechten Stollen, hoch genug, um aufrecht zu gehen. Alles tut mir weh, aber weiter, es muss dieser Weg sein, einen anderen gibt es nicht. Ich stürze immer wieder, raffe mich auf, nur nicht robben, klettern oder kriechen, bloß vorwärts gehen, nicht nachdenken, bald bin ich zuhause in meinem Bett. Nie wieder werde ich Paul erschlagen, nie wieder Tommy, mich nie wieder mich in einem Berg verirren, wie ein Tier verenden. Nein. Da vorne, endlich: ein heller Punkt – nach einer halben Stunde, zehn Minuten, zwei Stunden, fünfzehn Jahren. Der Punkt weitet sich zu einem Flecken, der

Flecken zum Ausgang; das Ende des Stollens. Meine Augen vom Licht geblendet, ich stolpere ins Freie, Vogelgezwitscher, Frühlingsblumengeruch. Eine Seidendecke wird über mich geworfen; zärtliche Finger streichen durch mein Haar. Ich wandle wie ein Erleuchteter, der Zen-Meister macht Loopings in der Luft. Die Tiere im Wald halten inne. Ich falle rücklings um. Endlich Stille. Am blauen Himmel über mir kreist der Adler.

Ein junges Gesicht schiebt sich davor. Der Bursche hat meinen Rucksack umgeschnallt.

»Hi«, sagt Finn.

51.

Es ist so weit. Er liegt auf einem Holzstoß. Unter ihm plätschert das Wasser. Über ihm leuchten die Sterne. Rund um den See stehen die Menschen. Sie halten einander an den Händen. Es sind seine Freunde. Sie lassen ihn nicht alleine sterben. Lassen ihn nicht alleine zurückreisen. Die Geburt in einem Stall. Als Zwölfjähriger im Tempel. Die Zeit in Indien. Die Predigerzeit in seiner Heimat. Die wilden drei Jahre dort. Zeichen und Wunder. Magdalena. Der Einzug in Jerusalem. Der Prozess. Die Kreuzigung. Sein erster Tod. Die Flucht nach Europa. Die wilde Zeit in Rom. Ach, Rom. Dort stürzte er sich in die Besinnungslosigkeit. Frauen, Wein, er betäubte sich Tag für Tag. Magdalena zu vergessen, gelang ihm dennoch nicht.

Also war er abermals losgegangen. Er setzte stur Schritt um Schritt, immerzu in Richtung Norden. Es hatten schon andere über die Alpen geschafft, er würde es ebenso schaffen. Ein Gebirge zwischen sich und Magdalena zu wissen, das wäre eine deutliche Grenzziehung, so könnte er sie vergessen, zudem seinen Ekel vor sich selbst, spätestens nach der Zeit in Rom; sein Leben war ihm unerträglich geworden. So marschierte er bis ans Ende seiner Kräfte, bis mit einem Mal nichts mehr ging. Sein Fuß ließ sich nicht mehr heben. Er fiel um und blieb im Schnee liegen. Das Gebirge hatte ihn besiegt. Er hatte sich selbst überschätzt, den Menschen überschätzt.

Lus Worte, so dämmerte es ihm, kurz nachdem dieser ihn in Pudelgestalt vor dem Erfrieren gerettet hatte: ›Du überschätzt den Menschen!‹

›Und du unterschätzt ihn‹, hatte er damals erwidert. Würde er das heute auch noch behaupten? Wie hoffärtig er Lu gegenüber war, obwohl dieser ihn damals ins Leben zurückgeholt, ihn aufgepäppelt, zum Zwecke seiner rascheren Genesung hie und da sogar zur Geige gegriffen hatte; und eines Morgens schließlich auf einen Berg führte, um ihm die Stadt in den Wolken zu zeigen, mehr noch, sie ihm zu Füßen zu legen – und alles, was Jesus sagte: ›Wirklich, Lu? Noch einmal?‹

›Ja, wirklich. Der Mensch lebt immer noch nicht vom Brot allein.‹

›Ich hab damit abgeschlossen. Lass mich gehen.‹

›Wohin denn?‹

Er zuckte mit den Schultern. Was sollte er sagen? Eigentlich wollte er heim zu Magdalena, aber …

›Kein Aber. Du willst zu ihr – geh zu ihr! Soll ich dich hinbringen? Nein, ich biete dir nicht an, dich hinzubringen. In zwei Sekunden könntest du bei ihr im Bett liegen. Aber ich biete es dir nicht an.‹

›Was willst du von mir?‹

›Gar nichts. Ich habe alles und genug. Die Menschen

dort unten, die brauchen dich. Sie haben Brot. Aber wie wir wissen, ist das nicht genug.‹

›Du bist doch so mächtig.‹

›Fängst du wieder damit an. Ich kann ihnen Brot geben und Sicherheit, ja. Ich kann sie vor Hunger und vor Feinden beschützen. Ich nehme die Menschen ernst. Sie haben viel durchgemacht. Sie sind oft misshandelt worden. Sie wurden getäuscht und verraten. Auf mich können sie sich verlassen. Obwohl ich nicht viel von den Menschen halte. Sie waren nie nett zu mir. Du ja auch nicht.‹

›Komm zur Sache.‹

›Ich schenke dir diese Menschen. Sie könnten dein Zuhause sein. Sie könnten deine Erfüllung sein. Sie werden dir zuhören. Sie werden dich ernst nehmen. Sie werden nicht versuchen, dich umzubringen. Das müssen sie nicht. Niemand unterdrückt sie. Sie haben meinen Schutz. Aber das andere kann ich ihnen nicht geben.‹

›Ich vielleicht? Noch mehr Predigten …? Gleichnisse …?‹

›Keine Predigten! Keine Gleichnisse! Gib ihnen ein Gefühl!‹

›Was haben sie davon?‹

›Dasselbe wie du. Ein Zuhause im Paradies.‹

›Aber es gibt einen Haken. Das Paradies hat immer einen Haken.‹

›Allerdings.‹

›Die Menschen sind grausam.‹

›Du kennst sie gut.‹

›Sie opfern dir.‹

›Das tun sie.‹

›Sie opfern dir …‹ Jesus richtete sich auf. ›… etwa Kinder?‹

›Ganz genau.‹

›Das ist widerlich.‹ Er wandte sich zum Gehen.

›Du hast recht. Du kannst versuchen, sie davon abzubringen. Ich brauche ihre Kinder nicht. Ich wollte nur wissen, wie weit sie gehen. Sie sind sehr weit gegangen. Aber du. Wäre ich wie du, ich würde mir auch einbilden, Sein Sohn zu sein. Der Gedanke ist eine Zumutung.‹

›Welcher Gedanke?‹

›Dass man einen Menschen wie dich nur aushält, wenn er zum Gott gemacht wird. Die traurige Wahrheit ist: Du bist bloß ein Mensch, und trotzdem …‹ Lu stand ebenfalls auf, klopfte sich den Staub ab.

›… wollte man mich umbringen.‹

›Schlimm eigentlich. Aber vorhersehbar. Man wird es wieder tun. Du bist zu groß für die Welt. Du bist zu groß für eine Welt, die mich schon nicht aushält. Du musst im Verborgenen bleiben. Mit mir. Nur eine kleine Welt kann deine Größe verstehen. Ich kann sie verstehen, die Leute dort unten.‹

›Aber dass sie dir eines Tages nicht mehr opfern, dass ich sie davon abbringen kann, glaubst du nicht.‹

›Ich glaube gar nichts. Ich lasse mich überraschen. Ich nehme die Menschen, wie sie sind. Ich gebe ihnen, was sie brauchen. Wenn sie einen anderen finden, der ihnen Brot gibt – ich lege ihnen keine Steine in den Weg.‹

›Amüsantes Wortspiel.‹

›Manchmal überkommt es mich.‹

›Warum lachst du?‹

›Weil ich mir gerade vorstelle, wie es Ihn zerreißt. Wir beide …‹

›Darum also geht es dir?‹

›Das spielt keine Rolle. Ich habe gesagt, was zu sagen ist.

Ich glaube, es könnte der Beginn von etwas Bedeutendem sein. Aber du kannst auch gehen.‹

›Das werde ich. Fürs Erste runter in dieses Tal. In deine Stadt. Die Menschen sind mir wahnsinnig auf die Nerven gegangen. Aber je länger ich mit dir rede, desto stärker vermisse ich sie.‹

›Langsam verstehst du, was ich meine.‹

›Mag sein. Du bist ein Kotzbrocken. Wir sehen uns.‹

›Da bin ich mir sicher.‹

Das Gespräch auf dem Berg hatte sein zweites Leben eingeläutet. Oft sind sie einander begegnet in den vergangenen siebzig Jahren, Lu und er. Es waren gute Jahre, die Stadt in den Wolken blühte auf. Er ist auf die Menschen zugegangen, sie haben Vertrauen gewonnen, ja sie lieben einander, sind gut zueinander, es gibt keinen Raub, keinen Mord, keinen Neid, keinen Betrug, weil ... Nein, natürlich nicht wegen ihm, nicht *bloß* wegen ihm. Er hat sich nie Illusionen gemacht. Es ist wegen der Opferung, alle zehn Jahre. Die Menschen stehen zu dem Pakt mit Lu. Er, Jesus, hat sich nichts vorzuwerfen. Er hat nie einen Hehl daraus gemacht, wie bestialisch er das findet. Aber mit den Jahren hat er verstanden, dass es nicht anders möglich ist. Dass dem Menschen, egal wo, egal wann, *auch* Bestialisches innewohnt. Wer war er, Jesus, anzunehmen, dieses sein Wesen zu ändern läge ausgerechnet in seiner Macht? Insgeheim verstieg er sich sogar hie und da zu dem Gedanken, es sei ehrlicher, alle zehn Jahre beispiellos grausam zu sein, als sich unentwegt, im ewigen Hickhack, im tagtäglichen Kleinkrieg, in verbrämter Gehässigkeit zu zermürben. Das Paradies hat seinen Preis. Alles hat seinen Preis. Alle zehn

Jahre ein Kind. Was kann er dafür, es ist nicht seine Schuld. Woran sollte er auch schuld sein?

»Es ist *Seine* Schuld«, sagt Lu.

Jesus wendet den Kopf. Lu ragt aus dem Wasser, klammert sich mit beiden Händen am Holzstoß fest. Der Sprung in der Sonnenbrille steht ihm. Er macht ihn verwegen.

»Lass los … du kannst nicht loslassen, Lu.« Wie gerne würde er seinen Gefährten berühren. Doch er ist zu schwach mittlerweile, kann sich nicht mehr regen. Lu zieht sich mühevoll aus dem Wasser, hockt sich im Schneidersitz neben Jesus.

»Mag sein. Ich habe nachgedacht. Darüber, was du vorhin gesagt hast, wegen Liebe und so. Ich habe mir was überlegt. Die Seelen dieser Kinder – sie sind eigentlich eine Verschwendung.«

Jesus seufzt. »Verschwendung. Lu, du bist manchmal so heftig.«

»Ich bin … wie ich bin. Hör zu. Du weißt, ich brauche diese Seelen nicht. Was soll ich damit? Sie geben mir nichts.«

»Wer weiß, Lu. Vielleicht machen sie dich menschlich.«

»Eben, sie sind eine Verschwendung. Zumal sie in den letzten Jahrzehnten immer vollkommener wurden. Nicht besser, nicht schlechter, vollkommener. Das hat wohl mit dir zu tun. Je intensiver die Gefühle in der Stadt, desto grausamer die Opferung für alle Beteiligten, desto vollkommener das Produkt, sprich die Seelen, im menschlichen Sinn. Das ist doch logisch, oder nicht? Es ist unser beider Verdienst. Diese Seelen sind unsere Geschöpfe. Du bist die Liebe, ich bin der Hass. Gemeinsam sind wir … «

»Lu, lass gut sein, lass mich sterben.«

»Geduld, Geduld! Ich bin mir sicher, es wird dir gefallen. Hör zu! Ich werde diese Seelen in Zukunft verwerten. Kein Opfer wird vergebens sein. Ich werde sie in die Welt schicken. Ich werde sie ungeborenen Menschen einverleiben. Das Ergebnis wird umwerfend sein, du wirst sehen. Diese Wesen werden die Erfahrung größter menschlicher Liebe und größter menschlicher Grausamkeit in sich tragen. Sie werden sein wie du.«

»Ich war nie grausam.«

»Ach, ach. Auch meine Ems werden nicht grausam sein, keine Sorge. Doch sie werden die menschlichen Möglichkeiten kennen, wie du, und sie werden ihre Mitmenschen voranbringen, wie du. Die Menschen haben dich geliebt und sie haben dich gehasst – wie umgekehrt. So wie du nie von ihnen losgekommen bist, werden auch sie nie von dir loskommen.«

Das Sprechen bereitet Jesus bereits viel Mühe, er bekommt kaum noch genügend Luft. »Sie schreiben meine Geschichte auf, hast du vorhin gesagt?«

»Ja, deine Geschichte. Erbärmlich. Was soll man je aus einer Geschichte lernen? Du wirst zwischen zwei Buchdeckel gepresst werden. Willst du das? Durch unsere Engel aber wirst du lebendig sein. Sie werden sein wie du. Wenn ich eines weiß, dann das: Der Mensch will nur durch andere Menschen lernen. Alle Propheten und Philosophen werden weniger ausrichten als ein Einziger, der so ist wie du: hingerichtet um meinetwillen von deinesgleichen. Was sagst du? Für alle Beteiligten ist es eine Win-win-Situation.«

Jesu Augen sind zugefallen. Er weiß, was Lu von ihm hören will. Er weiß, was Lu ihn fragen wird. Er weiß, weswegen Lu sich all das überhaupt ausgedacht hat.

»Ich bräuchte das alles nicht. Ich könnte die Seelen verlottern lassen. Mir könnten die Menschen gestohlen bleiben. Ich mache es nur für dich und für sie. Weil … Das ist doch sehr nett von mir, oder? Da könnte ich doch auch … also, da könnte man mich doch … was sagst du, Jesus, liebst du mich jetzt? Bin ich jetzt einer, den man lieben kann?«

Er spürt Lus Kopf auf seiner Brust liegen. Selbst wenn Jesus eine Antwort wüsste, er könnte nicht mehr sprechen. Es ist wirklich so weit. Die Menschen beginnen zu singen. Er hört durch die Luft schießende Pfeile. Der Holzstoß geht in Flammen auf. Sternschnuppen fallen vom Himmel. Lu schmiegt sich noch enger an ihn, liegt neben ihm wie ein kleines Baby; bleibt unversehrt, während sein Körper in Flammen aufgeht. Ein letztes Mal schielt er zu seinem armen Freund, Lu. Ein kleines, trauriges Kind in seinen Armen, ein Kind, das mit großen Augen singt. *Schlaf, Kindlein, schlaf, der Vater …*

52.

»Hat ja ganz schön lange gedauert«, lächelt Judit müde, ihre Stimme knarzt. Endlich ist sie zu mir raus auf die Terrasse gekommen, wo ich schon seit einiger Zeit sitze, die grandiose Aussicht bewundernd. Judit trägt ein bodenlanges schwarzes Kleid mit Puffärmeln, ihr blondes Haar hat sie hochgesteckt. Sie ist stark geschminkt, ihre Lider, ihre Lippen … tiefschwarz. »Wie oft habe ich dich eingeladen? Gut, besser spät als nie.«

Aber ich war ja bei ihnen, in ihrer Wohnung; es muss Anfang Februar gewesen sein. Sie hat mir damals jenes Bild gezeigt, Luzifers Sturz aus dem Himmel … ob sie sich daran nicht mehr erinnere?

»Kann sein, kann sein. Es war so eine turbulente Zeit …«

Davon kann ich ein Lied singen. Aber dass ich wirklich hier bin, in der Stadt in den Wolken … Unter meiner linken Schulter klebt ein großes Pflaster. Und dann noch meine geschundenen Beine, ich muss unzählige blaue Flecken haben. Aber wie gut ich rieche! Lavendelseligkeit … Meine Haut ist weich; mein Haar fühlt sich glänzend an. Ich horche in mich hinein. Da ist nichts. Paul … ist in der Höhle geblieben … ich bin …. daheim! Dieses Hochtal … legt sich wie eine Schablone über meine Sehnsüchte. Stadt meiner Sehnsüchte. Und in welch schickem Haus ich gelandet bin! Das Gebäude thront albinoweiß auf einem Hügel. Panoramafenster, Eichenparkett, Designermöbel in klarer Formensprache. In den Badezimmern Marmorfliesen, in der Küche Arbeitsflächen aus schwarzem Granit. Hier auf der Terrasse Palmen, Tonskulpturen, Feuerschalen. Hängematten sind gespannt. Eine einladende Loungegarnitur. Wahnsinnig bequem. Ich habe bereits alles aufs Genaueste inspiziert.

»Es ist schon später Nachmittag. Wenn die Sonne weg ist, wird es rasch frisch …« Judit reicht mir eine Wolldecke, schenkt mir Kaffee ein. Wirkt sie nicht größer als früher? Kardamom steigt mir in die Nase. Auf dem Tisch eine Karaffe mit Zitronenwasser, ein Teller mit frischem Streuselkuchen. Ein Flechtkörbchen voller bunter Eier. Richtig, heute muss Ostersonntag sein … Von irgendwoher tönt Concord-Jazz. Ansonsten atemlose Stille über dem Hochtal. Gäbe es Wolken am Himmel, ich würde sie bauschen hören. Inmitten von bewaldeten Berghängen blitzt ein Meer von Kuben und Würfeln in sämtlichen Farben des Regenbogens. Ein Tempel mit vergoldeter Außenfassade und einer roten Kuppel ragt heraus. Die Stadt … die Stadt in den Wolken.

Luis, mein ehemaliger wortkarger Nachbar, kommt aus dem Haus, schreitet über die Terrasse zum Geländer. Er trägt einen auberginenfarbigen Morgenmantel. Sein Haar ist pink gefärbt.

»Wie eitel er ist.« Judit lässt sich auf einen Rattansessel sinken; beugt sich zur Seite nach einer Flasche Chardonnay, einem Weinglas. Füllt es bis zum Rand. Erst jetzt bemerke ich ihre Plateauschuhe. Und ihre Augen … erzengelblau; zwar recht erschöpft, leicht benebelt, aber … kein teuflisches Rot mehr.

»Das waren sie nie.« Sie trinkt das Glas in einem Zug aus. »Kontaktlinsen. Habe sie ihm zuliebe getragen.«

Da fällt mir etwas ein … Ich springe auf, gehe ins Haus, in mein Zimmer an der Nordseite. Auf dem Nachtkästchen der *Kolumbusfalter.* Habe ihn gestern vorm Einschlafen noch gierig verschlungen, zum ersten Mal seit … Bin aber kurz vorm Ende eingenickt. Kein Wunder nach der langen Wanderung, bei dem weichen Bett. Am Fußende lehnt mein Rucksack, noch nicht ausgeräumt. Ich nehme die Sonnenbrille raus. Zurück auf der Terrasse überlege ich nicht lange. Steuere auf Luis zu, tippe ihn sachte an der Schulter an. Er riecht nach … nichts. Reagiert auch nicht.

»Du muss sie ihm aufsetzen«, meint Judit. »Er ist ziemlich lethargisch.« Ich zögere. Schiebe ihm die Sonnenbrille dann doch auf die Nase. Luis dreht sich zu mir. Hinter den Gläsern ist das Funkeln der Augen kaum noch wahrnehmbar. Judit seufzt. »Aber was habe ich erwartet? Mit dem Teufel eine Affäre anfangen, kann nicht lang gutgehen.«

Die Sonnenbrille ist verbogen. Passt schon, unterstreicht

die Exzentrik des Mannes. Ehrlich, ich mag ihn. Judit hingegen … zwischen den beiden läuft es nicht gut, eindeutig. Na, vielleicht kann ich helfen. Ist doch traumhaft hier, die beiden sollten ihr Glück schätzen. Ich setze mich wieder. Nippe am Kaffee. Kardamom, immer wieder großartig. Was hilft bei Beziehungskrisen? Richtig, Erinnerungen an das goldene Zeitalter. Wie haben sich die beiden kennengelernt? Dass Luis von hier abgehauen ist, leuchtet mir ein … War ihm halt nicht mehr recht, dass seinetwegen Kinder verbrannt werden; verständlich. Aber er hätte gewiss alle Möglichkeiten gehabt. Auf der ganzen Welt, im Kosmos. Warum ausgerechnet unsere Hauptstadt, warum Judit? Was wollte er?

»Du schätzt ihn vollkommen falsch ein«, erklärt Judit. »Luis wollte überhaupt nie irgendwas. Er überlegt sich auch nichts. Er hat keinen Plan. Überhaupt keinen. Auch jetzt nicht. Frag ihn, was er will, und er wird es dir nicht sagen können.«

Luis hebt die Schultern, dreht sich zu uns, rückt die Sonnenbrille zurecht. »Was soll das? *Was soll das?* Ich will sehr wohl etwas: *Liebe!*«

»Ach was!« Judit füllt ihr Glas auf. »Du imitierst wieder deinen Jesus. Aber meinetwegen, vielleicht hat es dich gereizt, einen auf ›Liebe‹ zu machen. Ein, zwei Tage lang. In Wirklichkeit … Wenn du was wolltest, dann eine, die dir das Leben vom Hals hält, kocht, für dich wäscht. Liebe … pfff. Hör mir doch auf mit deiner Liebe!«

Luis macht eine wegwerfende Handbewegung. Richtet seinen Blick abermals auf die Stadt. Zwischen den beiden … ist der Hund drin. Ob Judit denn noch weiß, was sie einst von ihm wollte?

»Ich wollte ihn«, sagt sie. »Vom ersten Augenblick an. Ein schönes Zuhause wollte ich ihm bieten, ihm und dem Kind. Was habe ich mich reingekniet, damit sie es gut haben … die größere Wohnung, dreimal am Tag gesundes Essen, ordentliche Kleidung … So viel habe ich auch nicht verdient … Trotzdem … Es ist gegangen, hat funktioniert. Aber ich wollte nicht *nur* seine Haushälterin sein. Mich kümmern um ihn, das schon, ist ja selbstverständlich. Irgendjemand musste sich um den ja kümmern! Aber nicht *nur.*« Sie sieht mich verstohlen an, flüstert. »Ich habe auch Bedürfnisse, wenn du verstehst …« Ach, daher weht der Wind! Judit nickt. »Ich bin ehrlich, wenn das funktionieren würde, dann … Aber was soll's. Ich werfe mir jedenfalls nichts vor. Er hat halbwegs Tischmanieren. Seine Zähne sind gerichtet worden. Mittlerweile duscht er sich sogar. Und was den Rest betrifft, es ist egal. Hilf dir selbst, so hilft dir Gott. Der ganze Plunder hier hat sowieso ein Ablaufdatum. Solange im Kühlschrank genug Wein ist, soll er rumstehen und blöd dreinschauen.«

Sie muss ihr Glas schon wieder auffüllen. Lehnt sich zurück. Blickt in den dämmernden Himmel. Ablaufdatum? Wie meint sie das?

»Naja, wegen Finn. Er hat den Buben gekidnappt. Weißt du nicht? Keine Opferung. Deswegen ist die Stadt schutzlos. Schau dir Luis an. Wen soll der noch beschützen? Du hast es hierher geschafft, anderen wird es auch gelingen. Dieser verrückten Frau Nachtmann zum Beispiel. Dann heißt es: Gute Nacht!« Sie lacht entenhaft. Kann man das gar nicht verhindern? »Da kenn ich mich zu wenig aus. Vielleicht, wenn Finn …«

Sie hält sich den Mund zu. Wie aufs Stichwort kommt

der Bursch auf die Terrasse. Als er mich hierhergebracht hat, gestern?, heute?, war ich zu erschöpft, um ihn wirklich zu betrachten, war nur froh, endlich in einem Bett zu liegen, zu schlafen. Finn wirkt älter als in meiner Erinnerung, der Rücken breiter, Bartstoppel im sonnengebräunten kantigen Gesicht. Ein makelloses Model könnte er sein, mit seinem raspelkurzen schwarzen Haar, den erzengelblauen Augen. Frisch und sauber, parfümiert und eingeölt. Trägt schwarze Leinenhosen, ein rotes T-Shirt, weiße Sneakers. Wir begrüßen einander durch ein wortloses Nicken. »Ich bin dann weg«, murmelt er. »Wartet nicht auf mich, ich hab meinen Schlüssel dabei. Kann ich Geld haben?«

Judit dreht das Gesicht zu Luis. Ihr gelangweilter Blick auf seinem krummen Rücken. »Hallo, Herr Erzengel! Wärst du so gütig … Finn braucht Geld!«

Luis stopft die rechte Hand in die rechte Hosentasche, stülpt sie um, leer. Stopft die linke Hand in die linke Hosentasche, auch leer. Er zuckt mit den Schultern. Lehnt sich weit über das Geländer. Er wird doch nicht … Naja, *den* Sturz würde er auch noch überleben.

»Das war ja klar«, grummelt Judit. Sie steht auf, hakt sich bei Finn unter. »Komm, mein Süßer. Wird halt die Haushaltskassa wieder dran glauben müssen.«

»Danke, Judit, du bist so lieb!«

Dieses Gesäusel … Imitation einer verflossenen Kinderstimme. Finn macht sich nicht mal die Mühe, nicht verlogen zu klingen. Die beiden gehen ins Haus. Ziehen die Terrassentür zu. Schlendern schäkernd zur Kücheninsel. Ich stehe auf, stelle mich neben Luis. Hinter dem Geländer geht es senkrecht runter, eine zerklüftete Felswand. Dem Hügel vorgelagert ein klarer See. Dahinter liegt die Stadt.

Alles wirkt so … sauber, harmonisch, die Landschaft, die Häuser, von reinster Schönheit. Ich habe noch nie so frische Luft eingeatmet. Das soll ein Ablaufdatum haben? Dieses Meisterwerk? Wäre doch ein Jammer! Luis kann stolz auf sich sein! … Ein schweres Seufzen brandet in dem Mann neben mir auf. Drama-Queen. Wenn er diese Stadt schon aufs Spiel gesetzt hat, soll er wenigstens seine Familie … muss sich ein bisschen mehr anstrengen! Genau so sage ich ihm das. Er kann nicht nur die ganze Zeit herumstehen und auf die Stadt schauen. Verantwortung übernehmen, das muss er; hat Judit auch getan!

Luis drückt sein Kinn gegen die Brust. Pinke Haare fallen über die Sonnenbrille. Sie rutscht nach vorne. Ich schiebe sie ihm wieder auf die Nase. »Ich weiß ja, was du sagen willst, ich weiß das alles!«, stöhnt er. »Es ist so anstrengend. Dieses Familienleben … Im Vertrauen … Früher bin ich oft hier oben gestanden, habe die Menschen unten beneidet um ihr Glück. Familienleben. Wollte ich auch haben. Menschen, die für mich da sind, die mich … gern haben. So wie ich bin. Die keine Angst vor mir haben, aber auch nicht verlangen, dass ich alles, was auf der Welt schiefläuft, ausbügle. Aber mit wem hätte ich das haben sollen? Hunderte Jahre hat mich diese Frage gequält. Ich bin leider einzigartig.« Er wischt sich die Haare aus dem Gesicht. Seine Finger krallen sich fester um das Geländer. Plötzlich riecht er nach … Chloroform? »Ihr Menschen«, raunt er, »könnt euch miteinander vergnügen. Wir Erzengel haben nichts, womit wir uns vergnügen könnten, wenn du verstehst. Wir können bloß Harfe spielen oder vom Himmel fallen. Beides ganz gut. Aber …« Er schielt zur Terrassentür. Finn und Judit lachen ausgelassen. Fallen einander in die Arme. Sie küsst den Burschen auf den Mund. »Ich kann sie nicht … du weißt schon. Ich verfüge über nichts, womit ich das könnte. Auf die Dauer … Am Anfang, da habe ich es überspielen können. Habe den Schüchternen gegeben, den etwas Prüden. Das hat ihr auch gereicht, nebeneinander auf der Couch liegen, fernsehen, mehr wollte sie nicht. Familienglück, habe ich mir gedacht, eine gemütliche Sache. Wir liegen die ganze Zeit aneinander gekuschelt herum … War ja wirklich schön. Ich hatte diesbezüglich ein ziemliches Defizit. Der Letzte, der mich berührt hatte, war Jesus.«

Stimmt, der Heiland. Wie der wohl so drauf war … Dort unten der See. Sein Sterbeort … wenn das der Papst wüsste.

»Ach, Jesus«, schwelgt Luis. »Er war ein Phänomen. Ich vermisse ihn jeden Tag. Die Sterblichkeit von euch Menschen ist ein Ärgernis. Ihr seid generell ein Ärgernis. Aber ihr könnt wenigstens …«

Judit kommt zurück auf die Terrasse. Luis und ich stehen mit dem Rücken zum Geländer. Sie wirkt gelöster. Sieht uns dennoch skeptisch an. Schon verengen sich ihre Augen, »Was erzählt er denn wieder, der Herr Erzengel?«, keppelt sie. »Hm? Weißt du eigentlich, dass er gar kein richtiger Erzengel mehr ist?«

Luis weicht zurück, drückt sich ans Geländer. Ich muss schmunzeln. Jedes Kind weiß das. Er ist der Teufel. Luis ist Luzifer.

»Der Teufel! Ja, das hat er mir auch erzählt«, erwidert Judit spöttisch. Sie schreitet langsam auf uns zu. »Aber ein Teufel ist böse, oder? Vor einem Teufel fürchten sich die Kinder, nicht wahr? Was glaubst du, warum er den ganzen Tag hier auf der Terrasse steht? Die Kinder in der Stadt lachen ihn aus. Nicht nur die Kinder, jeder! Sie. Lachen.

Ihn. Aus! Weil er eine Lusche ist. Welcher Teufel haut sich sein ganzes Imperium zusammen? Bildet sich ein, von allen bewundert, geschätzt, geliebt zu werden, wenn er so tut, als hätte er ein Herz? Hat Finn es dir jemals gedankt, dass du ihn gerettet hast? Du bist so ein …« Sie steht knapp vor uns. Glasiger Blick auf Luis. Sie streckt ihre Arme nach ihm aus. Er beugt sich zu ihr. Ein Knacksen. Sie legt ihre Hände auf seine Wangen. »Ach, mein Liebling … mein Engel! Es tut mir so leid, ich wollte das nicht sagen, ich … Wir waren doch so glücklich! Am Anfang, weiß du noch …« Sie zieht sein Gesicht zu sich runter. Ihre Nasenspitzen berühren einander. Schlagartig funkeln ihre Augen höllenrot … von wegen Kontaktlinsen … sie kann es steuern! »Es ist das Kind«, murmelt sie mit kalter Stimme. Ich mache einen Schritt weg. »Es ist Finn. Er hat uns genötigt, zurückzukehren. Damit er hier sein Highlife führen kann. Schau uns an, Luis. Was ist aus uns geworden? Wir streiten nur noch! Das ist wegen dem Kind! Finn … zerstört uns! Er zerstört alles! Alles!«

Luis greift nach ihren Händen, nimmt sie zwischen seine. »Du solltest noch einen Schluck trinken, meine Gute. Du bist überspannt.«

Aussichtslos. Ich kann mir nur an die Stirn greifen. Verfahrene Situation. Judit schlurft zurück zu ihrem Rattansessel. Schenkt sich neuerlich Wein ein. Luis sieht ihr kopfschüttelnd nach. Dreht sich um, beugt sich über das Geländer. Die Sonne ist fast hinter dem Bergkamm verschwunden »Wie soll das bloß weitergehen?«, fragt er. »Zweitausend Jahre im Himmel, zweitausend unter der Erde, zweitausend hier in dieser Stadt … irgendwann wurde mir alles zu langweilig. Aber immerhin, erst nach zweitausend Jahren.

Dieses Menschenleben ermüdet mich jetzt schon – nach sechs Monaten … Ich habe noch keine Idee, was ich stattdessen machen könnte. Ich kann ja nicht einmal sterben.« Er sieht mich an. »Was soll ich tun?«

Judit hatte recht, es ist kühl jetzt, die Luft schneidend. Ich reibe meine Hände aneinander. Was Luis tun soll … keine Ahnung, wirklich nicht. Aber ich … ich muss mal …

Ich schleiche mich an Judit vorbei. Chillt mit geschlossenen Augen in ihrem Sessel. Rasch in mein Zimmer, einen Pullover holen, raus aus diesem Haus. Auf den gepflasterten Weg, der hinunter in die Stadt führt.

Nach ein paar Minuten habe ich Finn eingeholt. Gehe im Gleichschritt neben ihm her. Stecke meine Hände wie er in die Hosentaschen. Ich trage schwarze Leinenhosen, ein rotes T-Shirt, weiße Sneakers. Er wirkt nicht überrascht. Ich bin es auch nicht.

»Hast es auch nicht mehr ausgehalten. Die beiden keppeln die ganze Zeit«, beschwert er sich. »Wegen mir. Hab ja gedacht, das wird besser, wenn wir hier sind, aber … Wozu der mich aus dem Bett geholt hat, will ich wissen. Wirklich, ich hätte auf den Scheiß verzichten können.«

Die sind alle so destruktiv hier! Wenn die wüssten, welches Glück sie haben. Soll ich es ihm sagen? Weiß er es? Mag ja sein, dass seine Zieheltern Defizite in punkto gewaltfreier Kommunikation aufweisen, aber … wäre es ihm anders lieber gewesen, dass ihn sein Vater … in den Ziehbrunnen, und seine Mutter … am Scheiterhaufen … meine Güte, das kann er doch nicht … Ist ihm das überhaupt bewusst?

»Ja, ja, ich bin voll und ganz im Bilde, haben sie mir alles erzählt. Na und? Wäre das so schlimm gewesen? Im

Moment vielleicht nicht gerade lustig. Aber wenn ich es hinter mich gebracht hätte, wäre ich ein Em geworden. Hätte mir diesen Zirkus erspart.«

Im Ernst? Er wäre lieber …

»Wenn ich es dir sage! Als Em wäre ich unsterblich. Hätte in einem fort die geilsten Leben. Was habe ich jetzt? Meine Eltern sind tot, und ich muss mir jeden Tag ihren Scheiß anhören … Wenn sie es wenigstens mal miteinander trieben, das würd sie runterbringen. Judit vor allem, was die mir in den Ohren liegt deswegen …«

Er wird doch nicht … der Kuss! Ich muss stehenbleiben, so abrupt, ich rudere mit den Armen. Finn geht ein paar Schritte weiter, dreht sich um, sieht mich ungläubig an. »Was hast du denn für kranke Phantasien? Glaubst du, ich geh mit ihr ins Bett?« Er zwinkert mir zu, ein kurzes verschmitztes Grinsen. »Verdienen würd es der Arsch ja. Haut alles zusammen und kann es ihr nicht mal anständig besorgen.«

Ganz schön derb, der Bursche, aber meine Güte, ist halt erst fünfzehn. Der Himmel dunkelt. Am Wegesrand tauchen die ersten Häuser der Stadt auf. Seltsam. Von oben hat das alles so perfekt ausgesehen. In Wahrheit … eingeschlagene Fensterscheiben. Verrußte Fassaden. Manche Häuser komplett ausgebrannt. Und überall liegt klobiges, sperriges Zeug herum, Bretter, Kessel, Mistgabeln, Zaunpfeile … Zudem ist kein Mensch auf der Straße. Niemand.

»Trauen sich nach der Dämmerung nicht mehr raus. Zu gefährlich. Die sind ja alle total übergeschnappt, als ich weg war …«

Mir fällt die Sage in Opas Buch ein. Das in Flammen stehende Dorf, von Finn und seiner Retterin von einem Hügel aus betrachtet. Finns Eltern … bei den Unruhen ums Leben gekommen. Du lieber Himmel. Der Bursch muss Luis ja enorm hassen. Und die Leute hier … wo immer sie sind … müssen doch Finn … jetzt, wo er wieder da ist … Sie könnten ihn ja … nachträglich opfern, oder? Hat er denn keine Angst? Ist es für ihn denn nicht gefährlich, nach Einbruch der Dämmerung in die Stadt zu gehen?

»Sag mal, was kapierst du eigentlich nicht?«, blafft er mich an. »Ich warte ja nur drauf, dass mich einer abmurkst. Man könnte mir keinen größeren Gefallen tun. Raus aus dem Scheiß hier. Irgendwas anderes. Verstehst du? Ich *will* dieses Leben nicht! Aber so einfach ist die Sache halt nicht.«

Wir tauchen immer tiefer in die Stadt ein. Das verwüstete Bild bleibt dasselbe. Hie und da ein schwacher Kerzenschein hinterm Fenster. Gemurmel hinter Mauern. Aber sonst … tote Hose. Keine Straßenbeleuchtung. Bloß die ersten Sterne funkeln vom Himmel. Katzen huschen durch die Gassen. Wolfsgeheul aus den Bergen. Finn schlurft gelassen dahin. Wir gehen im Gleichschritt, unsere Arme streifen aneinander.

»Angst?«

Und wie!

»Hätte ich auch an deiner Stelle, so ehrlich bin ich.«

Ich höre doch Schritte hinter uns, oder? Da schleicht uns doch jemand nach … Und dort im Hauseingang, da steht doch jemand …

»Kann schon sein. Aber wir sind gleich da.«

Na hoffentlich. Hoffentlich gibt es dort Bier … wohin marschieren wir eigentlich?

»Ich geh zu den Ems. Sind die Einzigen, bei denen ich

es aushalte. Die sind gut drauf, obwohl schon ziemlich am Ende. Du bist um keinen Tag zu früh gekommen. Viel länger würden sie nicht durchhalten. Einer nach dem anderen würde verenden, wenn sich niemand …«

Plötzlich vielstimmiges Brüllen; jemand stößt mich weg, Finn wird am Kragen gepackt, zu Boden gerissen. Typen drücken ihn mit den Füßen nieder, einer mit einem Messer beugt sich über den Burschen. Ich will zu ihm schnellen, werde abermals zur Seite gerempelt, diesmal von Frauen. Zischen an mir vorbei, stürzen sich schreiend auf die bulligen Typen, drängen einen nach dem anderen von Finn weg. Es gibt ein Gerangel, in dem Chaos aus Armen und Beinen gelingt es Finn, sich aufzurappeln. »Wie das nervt. Wie unglaublich nervig das ist.« Dann macht er ein Zeichen zum Weitergehen, als wäre nichts gewesen. Ich torkle benommen hinter ihm her. Saukalt ist mir auf einmal. Ich ziehe den Pullover an. Finn trägt bloß sein T-Shirt, naja, er ist halt zehn Jahre jünger.

»Nein, nein, mir ist auch kalt. Es *ist* kalt. Aber gleich wird es ziemlich heiß werden, wirst sehen …«

Ich würde mich am liebsten bei ihm unterhaken, wie Judit früher, aber … Kann ja nicht wissen, wie die Leute es aufnehmen. Hinter uns tapsen immer noch … bläst mir nicht jemand seinen Atem in den Nacken?; und dort oben aus dem offenen Fenster kommt doch ein Flüstern, höre ich es nicht? … *›Das ist er! Da geht er! Seht ihn euch an, das Opfer!‹* Am Himmel beäugt ein goldener Mond jeden unserer Schritte. In den dunklen Seitengassen lauern Messerstecher. Ich glaube … ich habe mich gerade angemacht. Macht mir nichts aus. Finn macht es nichts aus. Ich hätte halt so gerne ein Bier. Vielleicht … wenn wir bei den Ems sind, vielleicht bei Tommy. Ob Tommy auch da ist? Er ist ja ein Em. Ein Empathischer Metamorph … einer von Luzifers Engeln … wer hat mir davon erzählt? Finn?

»Keine Ahnung. Du bist ganz schön fertig, wie? Aber Tommy ist da, keine Sorge. Seit gestern ist er *der* Star.«

Das überrascht mich jetzt am wenigsten. Oder doch … warum erst seit gestern?

»Na wegen dir. Weil du es geschafft hast. Er hat gewonnen.«

Verstehe ich das? Verstehe ich das?

»Wahrscheinlich nicht. Aber du wirst es bald. Da vorne ist schon der Tempel …«

Die Straße mündet in einen großen Platz. In seiner Mitte ein mickriger Ziehbrunnen. Aus seinem Schacht höre ich das Wimmern von Kindern. Und trotzdem ist es so still. In mir ist es völlig still. Vor meinen Augen ragt der Tempel in den Himmel. Eine breite, weiß schimmernde Freitreppe führt zum Portal zwischen zwei dorischen Säulen. Vor diesen brennende Feuerschalen.

»Der wurde vor hundert Millionen Jahren oder so gebaut. Für Jesus. Kennst ihn ja, oder? Unseren Ahnen hat er Himmel und Hölle erklärt. Soll auch die Idee mit den Ems gehabt haben. Schlauer Mann.«

Er greift nach meiner Hand. Drückt sie fest zusammen. Hilft nichts. Kann nicht verhindern, dass er zittert. Oder zittere ich? Ich frage mich, ob …

»Wir zittern beide«, flüstert er. »Es ist unser Zittern. Und ja, ich würde es mir anders wünschen. Das willst du doch fragen. Wenn ich entscheiden könnte, ich müsste kein Opfer sein. Kein Em werden. Ich hab nur groß geredet.« Wir sehen einander an. Ich versinke in seinen ernsten Augen. Ertrinke in ihnen. »Am liebsten wäre ich wieder bei meinen

Eltern. Dass alles so wird, wie es war, bevor Luis mich aus dem Bett geholt hat. Es war schön. Mir ist nichts abgegangen. Diese Stadt … es war toll hier. Aber …«

… das Paradies hat seinen Preis, das verstehe ich jetzt. Ich verstehe, es *muss* ein Opfer geben.

Ich muss mich opfern.

Finn muss sich opfern.

»Genau. Wollen wir reingehen?«

Wir schreiten zum Portal. Am Tor nimmt Finn den schlangenförmigen Ring in die Hand. Klopf, klopfklopf, klopf, klopfklopfklopf.

53.

Ich verstehe jetzt.

Habe den Tempel betreten und sofort verstanden.

Finn und ich halten einander an den Händen. Wir befinden uns in einer riesigen Halle. Am Boden aus poliertem Marmor brennt eine mannshohe Kerze. Das einzige Licht, aber ich sehe klar.

Es stimmt, es ist heiß hier drinnen. Wir haben uns ausgezogen. Finns Bauch ziert ein roter Kreis. Ich höre mein Schnaufen, und ich höre das Schnaufen Finns. Gleichmäßig, synchron. Wir sind eins. Und dich kann ich spüren, Tommy. – Tommy, ich spüre dich endlich wieder!

Du bist unter den Empathischen Metamorphen jetzt der Star. Du hast gewonnen.

Ihr alle, die ihr im Kreis um Finn und mich steht … habt euch nach einem wie mir gesehnt. Doch gewonnen hast du, Tommy. Ich habe es hierherauf geschafft. Sonst keiner. Ich habe mich angestrengt. Richtig angestrengt. Ich bin der Weltenretter.

Du hast dich so danach gesehnt, und ich bin über mich hinausgewachsen. Wie ist das jetzt für dich …? Erzählst du mir später? Gut. Sehr gut. Später musst du mir soviel erzählen.

Zum Beispiel, wie das war damals, als du mit dem Motorrad von der Berghütte weg bist. Zugedröhnt bis obenhin. Und trotzdem klar im Kopf. Zu klar. Hast ja gewusst, du musst es tun … musst dich in den Tod stürzen. Habt ihr alle tun müssen, weiß ich, weiß ich. Alle musstet ihr herauf in die Stadt kommen. Euch nach einem wie mir sehnen. Einem, der sich opfert. Ich verstehe jetzt alles. Trotzdem wild. Zu wissen … ich steige auf ein Motorrad, um zu sterben. Hast ja nicht davon ausgehen können, dass alles gut geht, dass ich mich … Doch? Du hast gewusst, ich werde es schaffen? Ach, Tommy! Danke, das ist … Finn ist gar nicht nervös, merkst du es, Tommy? Aber du … du und die anderen Ems, ihr seid ein bisschen angespannt, nicht wahr? Ob ich es wirklich tun werde?

Natürlich werde ich es tun.

Ich will ja, dass du wieder lebst, Tommy; dass du wieder bei mir bist, nicht in dieser Stadt herumhängst und irgendwann verpuffst. Ich will, dass wieder Ordnung herrscht. Ich will nichts mehr als das. Hauptsache ist, dass …

»Christian!«

»Was ist, Finn?«

»Mach es endlich.«

Schau, Tommy, wie ungeduldig dein zukünftiger Kollege ist. Kann es kaum erwarten. Ich meine, für mich ist das auch nicht einfach. Hab noch nie jemanden ...

»Christian!«

Jetzt gibt mir der Kleine das Messer. Na gut, na gut, wenn

er so darauf brennt. Wie ist das eigentlich, wird er gleich danach ein Em, oder … Ja, ja, ich bin ja schon still. Aber eben, es ist zu still. Könntet ihr nicht … Tommy, du und die anderen, würdet ihr mir einen Gefallen tun? Würdet ihr für mich … Ja, genau! Du weißt das? Ach, Tommy, es ist so schön, wie gut du mich kennst. So schön. So wunderschön. Ah, ja … *Schlaf, Kindlein, schlaf* … so schön; und meine Hand ist so ruhig, Tommy … *der Vater hüt die Schaf* … danke, Tommy, das ist … so schön … und meine Hand … ich bin so ruhig, Tommy … *die Mutter schüttelt's Bäumelein* … Schau, schau! Wie ruhig meine Hand ist. Ich drücke Finn das Messer in den Nabel, siehst du das, Tommy, siehst du? … *fällt herab ein Träumelein* … Ihr singt so schön, Tommy, so schön. Und jetzt steche ich zu, schau gut hin, Tommy! … Ich steche das Messer in seinen Bauch, ganz hinein bis zum Griff … *schlaf, Kindlein, schlaf* … Sein Blut, Tommy, ich spüre sein Blut! Es ist warm, sein Blut und so schön, Tommy.

Adieu, Tommy.

Adieu.

Paul Auer

Kärntner Ecke Ring

Roman

»Was wollte er von ihm hören? Was war mit dieser Stadt? Sie war beeindruckend, musste eine Heidenarbeit gewesen sein. Aber sollte ihm was Spezielles auffallen? Die Bahnhöfe vielleicht. Alles ein bisschen schöner. Große Plätze, keine Hochhäuser. Kein Wohnpark in Favoriten. Das war es. Er wäre nirgends aufgewachsen.«

Es ist ihrer beider Geburtsstadt – Norbert Bauers und Ludwig Bilinskis. Doch der Schoß, dem sie entstammen, ist nicht der einer liebevollen Mutter: »Wien du Hure …«, heißt es in dem Ehrenstein-Gedicht, das der junge Stricher Norbert seinem 60-jährigen Freier wöchentlich auf der OPERA TOILET VIENNA deklamieren soll. Dieser Abort ist das Wahrzeichen der Beziehung zweier Menschen, die unterschiedlicher nicht sein könnten. Was sie jedoch verbindet, ist der Hunger nach Anerkennung, die Frage nach der eigenen Identität, der Wunsch nach Gerechtigkeit – sowie die Kompromisslosigkeit, mit der sie ihre Ziele verfolgen. Der aufwieglerische Leserbriefschreiber Bilinski hat einen penibel ausgeklügelten Plan: Er will Wien wieder zur »Perle Europas« machen, die Stadt von baulicher Hässlichkeit befreien, gleichzeitig sich für Enttäuschungen in seinem Leben Genugtuung verschaffen.

Gebunden mit Schutzumschlag und Lesebändchen

192 Seiten, ISBN: 978-3-902711-57-1

Gudrun Büchler

Koryphäen

Roman

Auf einer Plattform im Atlantik werden sämtliche Profile und genetischen Informationen der Menschen gesammelt, um Algorithmen für die Optimierung menschlicher Ressourcen zu schreiben.

Curt, Leiter der Serverfarm, überwacht die sogenannten Castings, Suchläufe abseits des Datenschutzes und aller Menschenrechte, die von Lobbyisten, Geheimdiensten und anderen Interessenverbänden in Auftrag gegeben werden. Hausman, ehemaliger Wissenschaftler, lebt als Aussteiger auf einer Insel im Indischen Ozean – zusammen mit einem verkabelten Gummibaum, der ihm jede sensorische Irritation von außen anzeigt. Kommunikation betreibt Hausman über seinen Bewusstseinsfaden, durch den er mit dem weltweiten telepathischen Netz verknüpft ist. Auf seinen körperlosen Streifzügen durch Geist und Raum gerät er in Curts Gedanken und aktiviert dessen sensorische Fähigkeiten. Doch dieses Wissen um die Grenzenlosigkeit des menschlichen Bewusstseins ist gefährlich, weiß Hausman und bald auch Curt, vor allem, wenn man übergeordnete Interessen empfindlich stört und die Netze außer Kontrolle geraten.

»Menschen können zwar getötet werden, aber kein Gedanke, der einmal gedacht worden ist.«

Gebunden mit Schutzumschlag und Lesebändchen
184 Seiten, ISBN: 978-3-902711-60-1

Lydia Steinbacher

Schalenmenschen

Erzählungen

Eine Spaziergängerin trifft auf eine alte Frau, die inmitten eines Trümmerhaufens kauert und einsame Worte vor sich hin flüstert – ein unterirdischer Stollen mag dort gewesen sein und auch das alte Weiblein scheint aus der Zeit wie aus der Welt gefallen in seiner Seltsamkeit. An einer anderen Stelle weilt Monsieur Palmaro eines Morgens zum ersten Mal auf einer Bank im Park, der er all die Jahre zuvor keine Beachtung geschenkt hat. Und die schlaflose Unruhe der vergangenen Nacht soll ihn noch länger begleiten, besonders bis zu jenem Zeitpunkt, an dem plötzlich die neue Schülerin Ambre auftaucht. Anderswo begibt sich der nicht mehr ganz junge Ivan zurück an einen Ort, von dem ihm der Dachboden und die Spielfiguren, die dieser einst beherbergt hat, am meisten in Erinnerung geblieben sind – nicht zuletzt deshalb, weil er sich dort nach vielen Jahren wieder des Verlusts seines besten Freundes gewahr sein muss.

Traum und Wirklichkeit verschwimmen hier oft zu einem Ganzen, in dem Erinnerungen und Beobachtungen zu phantastischen Geschichten werden.

Gebunden mit Schutzumschlag und Lesebändchen
216 Seiten, ISBN: 978-3-902711-86-1

Markus Bundi

Der Junge, der den Hauptbahnhof Zürich in die Luft sprengte

Erzählungen

Was hat ein zweijähriger Hosenscheißer der Welt der Erwachsenen um ihn herum voraus? – So ziemlich alles.

Warum aber entschließt sich eine ältere Dame, sich künftig als sprechende Puppe zu verdingen? Und was umtreibt den Buckligen, der jeden Tag an derselben Tramhaltestelle den Bettler mimt? – Auf virtuose Weise zeigt Markus Bundi, dass die Motive des einen den Vorstellungen eines andern zuweilen aufs Krasseste zuwiderlaufen. Das gilt nicht zuletzt für den Jungen, der den Hauptbahnhof Zürich in die Luft sprengt, oder den Altenpfleger, der seinen liebsten Patienten verloren hat und jetzt unentschlossen vor dessen Abschiedsgeschenk, einem großen Paket mit unbekanntem Inhalt, sitzt.

Wie Markus Bundi den einzelnen Figuren eine Stimme gibt, Leserinnen und Leser auf deren Umlaufbahn bringt, ist bezaubernd und entlarvend zugleich. Ein Schelm, wer sich da nicht selbst auf frischer Tat ertappt. Immerhin so viel steht fest: Einige von uns werden eines Tages im Kollektiv eines riesigen Shopping-Centers aufgehen – und das ist nicht etwa ein Untergang, sondern vielmehr ein Glücksfall!

Gebunden mit Schmuckprägung und Lesebändchen
144 Seiten, ISBN: 978-3-902711-89-2